Ein viel zu kurzes Leben

VOLKER HIMMELSEHER

Ein viel zu kurzes Leben

... zwischen Belgien und Deutschland mit wirtschaftlichem
Aufstieg und Niedergang, Liebe, Hass und Mord

Bibliografische Information der Deutschen Nationalbibliothek:
Die Deutsche Nationalbibliothek verzeichnet diese Publikation
in der Deutschen Nationalbibliografie; detaillierte bibliografische Daten sind im
Internet über https://portal.dnb.de/ abrufbar.

© 2021 Volker Himmelseher
Satz, Umschlaggestaltung, Herstellung und Verlag:
BoD – Books on Demand, Norderstedt

ISBN: 978-3-7543-9093-1

Inhalt

Vorspann 7

Der Aufstieg von Genk 9

Sicherheit für die Genker Familien durch Ford 13

Die Jugendjahre von Nathalie Bogaert
und Alain Leidgens 17

Eine willkürlich herbeigeführte Schwangerschaft
und ihre Folgen 21

Das Ende der Ford-Werke in Genk 26

Abschiednehmen bei den älteren Leidgens
und Streit bei den jüngeren 42

Ein neuer Lebensabschnitt für Freddy Leidgens
als Witwer und Frührentner 48

Alain Leidgens vergebliche Arbeitssuche 53

Alain Leidgens unerwartete Aussicht
auf eine Anstellung 58

Alain Leidgens Bewerbungsgespräch in Köln 64

Alain Leidgens bereitet sich auf Köln vor
und nimmt Abschied von Genk 71

Alain Leidgens als Strohwitwer in Köln 83

Deutsche Sprach', schwere Sprach'! 100

Parallelwelten in Genk und Köln 105

Weihnachtszeit in Köln und in Genk 109

Kommissar Zufall schlägt zu 118

Luc de Clercq hegt finstere Gedanken 126

Alain Leidgens überdenkt seine Lage 130

Alain befindet sich in einer Zwickmühle 139

Ein nervenaufreibender Vorlauf zum Mord 143

Nur bei Suizid ist das Opfer der Mörder 147

Wahre und geheuchelte Sorge um einen Vermissten 154

Fünf Jahre danach! 163

Der dornige Weg bis zum Urteil 180

Sabine Kassens Trauer 183

Personenverzeichnis 184

Literaturverzeichnis 187

Vorspann

Dieses Buch schildert die Bedeutung sicherer Arbeitsplätze für eine Region und ihre Menschen. Es zeigt, wodurch deren Sicherheit aus den Fugen geraten kann. Zum Beispiel durch das Erschöpfen natürlicher Ressourcen, wie Steinkohlevorkommen, oder durch die Entscheidungen gewinnorientierter Unternehmen. Solche Umstände reißen Familien aus ihren Zukunftsträumen, lassen Zukunftsängste entstehen und fordern den Leidtragenden Entbehrungen ab. Ein Einfach-weiter-so gibt es nicht. Krise, was nun? Eine Antwort muss her. Die Betroffenen müssen sich im Kampf um ein erträgliches Leben umorientieren, neue Wege suchen. Diese Wege verlangen in einem verbundenen Europa auch den Schritt über Grenzen. In diesem Roman zieht es den Protagonisten aus Belgien nach Deutschland. Die geschilderten Einzelschicksale sind bedrückend. Eine ganze Familie gerät in die Krise. Eine Ehe wird nicht aus Liebe geschlossen. Verantwortungs- und Ehrgefühl sowie bei der Partnerin reine Berechnung geben den Ausschlag für sie. Die Ereignisse driften ins Kriminelle ab, bis hin zum Mord. ...

Die Geschichte hat sich in ähnlicher Weise ereignet. Sie wurde in andere Gegenden versetzt und in schriftstellerischer Freiheit verändert und ergänzt. Wenn die erfundenen Hauptdarsteller im Regen stehen, klingt der nur mit geschlossenen Augen wie Applaus. ...

Der Aufstieg von Genk

Genk brauchte eine längere Entwicklungszeit, um aus einem kleinen Weiler zu einer Stadt, sogar Industriestadt, zu werden. Unter dem Namen »Geneche« fand sich in einer Schenkungsurkunde aus dem Jahre 1108 erstmals seine namentliche Erwähnung. Der Weiler und seine Umgebung gehörten zu diesem Zeitpunkt der Grafschaft Loon an. 1366 ging er an das Fürstbistum Lüttich. Etwa im 17. Jahrhundert begann man Genk mit Schanzen zu schützen. Das galt nicht nur für Genk sondern auch für die Dörfer Winterslag, Gelieren, Sledderlo, Langerlo, Terboekt und Waterschei, die später zum größten Teil eingemeindet wurden.

Die Ruhe der Heidelandschaften der Kempen blieb noch längere Zeit erhalten und die Gegend wurde bei den reichen Bürgern von Antwerpen und Brüssel als Zweitwohnsitz immer beliebter. Etwa 1840 ließen sich dort auch fast zweihundert Landschaftsmaler nieder. Die abwechslungsreiche Landschaft bot viele Bildmotive. An diese Blütezeit der Landschaftsmalerei erinnert heute noch die Villa Le Coin Perdu. Das Atelier und der Wohnsitz des Künstlers Emile van Doren werden seit 1976 städtisch als Emile Van Dorenmuseum betrieben.

Noch Anfang 1900 war Genk ein verschlafener Ort und hatte weniger als zweitausendfünfhundert Einwohner. 1902 stieß man nahezu zufällig auf ein erhebliches Steinkohlevorkommen. Nun begann eine rapide Wachstumsphase. 1914 wurde erstmals in der Mine Winterslag Kohle gefördert. Zwei weitere Bergwerke entstanden in kurzer Abfolge in Waterschei und Zwartberg. Die neuen Arbeitsstätten zogen aus allen Herren Ländern Bergleute an, zunächst aus den Niederlanden, aus Polen, der Ukraine, aus Italien, Spanien, Portugal und Griechenland. Ab etwa 1964 kamen Türken und Marokkaner hinzu. Die Ukrainisch-Orthodoxe Kirche erinnert heute noch an die Neubürger. Auch Moscheen wurden gebaut. Die Bergleute ließen Genk schon bis 1930 auf rund fünfundzwanzigtausend Einwohner anwachsen.

Die Wirtschaftsvielfalt ging weiter: 1936 wurde im südlichen Genk der Albert-Kanal gebaut. Dort, im Stadtteil Langerlo, siedelte man den »Port Charbonnier de Genck« an, um die abgebaute Steinkohle schleusenfrei zur wallonischen Schwerindustrie um Lüttich zu verschiffen. Trotzdem wurde die Gemeinde Genk erst im Jahre 2000 zur Stadt erhoben. Es entwickelten sich die Stadtteile Bokrijk, Boxbergheide, Bret-Gelieren, Centrum, Driehoeven, Hoevenzavel, Kolderbos, Langerlo, Nieuwe Kempen, Nieuw Texas, Sledderlo, Termien, Vlakveld, Waterschei, Winterslag und Zwartberg. Zu dieser Zeit hatte längst ein Strukturwandel eingesetzt. Schon 1966 beendete, genau wie die Bergwerke in der Wallonie, die Mine Zwartberg den Kohleabbau. Er war nicht mehr rentabel durchzuführen. Waterschei hielt sich immerhin bis 1987, Winterslag schloss ein Jahr danach. Der Hafen behielt seine Bedeutung, wurde aber umgewidmet. Nach dem Export von mehr als 89 Millionen Tonnen heimischer Steinkohle wurde hier nun Steinkohle eingeführt. Damit versorgte man das zweitgrößte nichtnukleare Kraftwerk Belgiens, das direkt am Hafen lag. Die Benennung Kolenhaven van Genk konnte auch für die neue Aufgabe beibehalten werden.

Die Zukunft wird nur von denen gemeistert, die nicht am Vergangenen kleben. Als Ersatz für die fortfallenden Arbeitsplätze durch die Beendigung des Bergbaus verhandelte die Regierung von Limburg mit dem amerikanischen Autobauer Ford. Im April 1962 unterschrieb die Provinzregierung mit dem Weltunternehmen einen Fünfjahresvertrag. Im Kölner Ford-Werk waren die Arbeitskräfte knapp geworden, und man hatte im nahen Ausland nach einem Standort für ein weiteres Werk gesucht, denn das Geschäft boomte. Dank günstigem Lohnniveau und hoher staatlicher Zuschüsse fiel die Wahl auf den Standort Genk im belgischen Limburg.

Ford wurde ein Segen für die vom Niedergang der Kohlezechen zurückgeworfene Provinz.

Auf einer Gesamtgrundfläche von 134 ha erstanden die Ford-Werke Genk. Als Name des Standorts wählte man *Genk Assembly Plant.* Zunächst sollten dort Taunus und Transit montiert werden. Das Werksgelände war verkehrstechnisch bestens angebunden. Es hatte Schienenanbindung genau wie Zugang zur Autobahn und dem Albertkanal. 1964 öffnete Ford-Genk seine Pforten und begann mit der Montage. Das Werk wurde schnell mit viertausendfünfhundert Mitarbeitern zum größten Arbeitgeber der Provinz und sorgte für Prosperität. Ford montierte dort zunächst die Modelle Taunus (1964), Transit (1965) und Escort (1968) sowie Taunus Cortina (1970). Später kamen Sierra (1982) und Mondeo (1993), Galaxy und S-MAX (2005) als Nachfolgemodelle. Mit dem Sport Van S-MAX gelang Ford eine echte Innovation, die viele Kunden von anderen Herstellern wegzog. Der Van kannte bei seinem Marktdebüt keinen Vergleich.

Ab 2007 wurden in ihm ein neues Automobil-Design »Ford Kinetic Design« verwendet, das gemeinsame Merkmal war der untere Kühlergrill in umgekehrter Trapezform mit seiner glänzend schwarzen Oberfläche.

Im Supplier Park gründeten sich zehn bedeutende Zulieferfirmen.

1968 traten erste Probleme auf. Rivalisierende Gewerkschaftsgruppen versuchten sich durch Streikmaßnahmen zu übertrumpfen. Ihr Ziel war es, zu erreichen, dass in Genk die gleichen Löhne wie bei Ford Antwerpen gezahlt würden. Ford lehnte ab. Dies war nicht Grundlage für die Wahl des neuen Standorts gewesen. Im November vereinbarte man einen Kompromiss, doch bald wurde das Werk von Antwerpen geschlossen. Dessen Anlagen wurden nach Großbritannien verschifft. Es blieben nur Erinnerungen: Ford glaubte einstmals mit der Wahl von Antwerpen einen Glücksgriff getan zu haben, als im Jahr 1926 der Automobilbau nach Hoboken, an das Ufer der Schelde, verlagert wurde. Hoboken wurde dann 1983 ein Stadtteil von Antwerpen. Die Entscheidung für den Ort der Niederlassung soll der Firmengründer Henry Ford persönlich getroffen haben. Er kam sogar zur Gründungsfeier von Detroit nach Antwerpen.

Schon im 16. Jahrhundert wurde Hoboken Namensgeber für eine Siedlung am Hudson durch Niederländer. Ihre Siedlung lag gegenüber von New York.

Nach dem Zweiten Weltkrieg lief die Produktion nach Unterbrechung in den Kriegsjahren wieder vorsichtig an. Ende der vierziger Jahre stellten die Beschäftigten bereits fünfunddreißig Autos am Tag her. Nun aber waren die Weichen umgestellt worden. Ford baute in Antwerpen künftig statt Autos landwirtschaftliche Traktoren. Auch dieses Projekt wurde zunächst zur Erfolgsgeschichte.

1999 sorgten in Genk ein Container-Terminal mit Anbindung an die Eisenbahn sowie die Autobahnen E313 und E314 für zusätzliche Arbeitsplätze. Rund achtzigtausend Container wurden im Jahr umgeschlagen. Mit der steigenden Wirtschaftskraft wuchs der Fußballverein KRC Genk in die Runde der Top-Clubs Belgiens hinein. 1988 hatten die beiden Vereine FC Winterslag und THOR Waterschei in ihm fusioniert. Nach Abstiegen 1989 und 1995 konnte sich der neue königliche Club dauerhaft in der ersten Liga etablieren. Er gewann 1998, 2000, 2009 und 2013 den Pokal und wurde 1999, 2002, 2011 und 2019 sogar Landesmeister. Sein 1999 errichtetes Stadion, die Crystal Arena, ragt jenseits des Genker Zentrums wuchtig aus dem Ortsteil Waterschei hervor. Die alten Häuser der Siedlung der Minenarbeiter reichten noch fast bis zu ihr hin. Wo das letzte von ihnen aufhörte, fing das Stadiongelände an.

Gleich hinter beidem sah man einen spitzkegeligen Hügel, der zur Landschaft der Terrils gehörte. So hießen die Abraumhalden, die bei der Förderung von Kohle und Galmei zurückgeblieben waren. Die Welt um Genk sah rosig aus, seine Bürger lebten zufrieden, bis ….

Sicherheit für die Genker Familien durch Ford

Die Familien Leidgens und Fontaine hatten schon während der Blüte des Bergbaus in den anmutigen Backsteinhäusern der Werkssiedlung an der Duinlaan gewohnt. Dort war auch die Generation heimisch geblieben, die nun Arbeit bei Ford Genk fand. Die fußläufige Nähe zum Fußballstadion und dessen Geräuschkulisse bei den Heimspielen machten es selbstverständlich, dass alle Familienmitglieder Fußballfans waren, natürlich Blau-Weiße. Freddy Leidgens war 1963 ein Jahr nach seiner Schwester Claudine in die Minenarbeiter-Familie Leidgens hineingeboren worden. Sein Vater arbeitete bis zum Schluss im Jahre 1987 in der Mine Waterschei als Elektromechaniker und fand danach sofort eine Anstellung bei Ford. Freddy hatte bereits 1983 bei Ford als ausgebildeter Maschinenschlosser Anstellung gefunden. Zwei Jahre später heiratete er mit Billigung der Eltern seinen Schulschwarm Michelle Birset. Er hatte Michelle schon auf dem Schulweg immer nachgeschaut. Sie hatte einen sexy Hintern. Er mochte auch, wie ihre Hüften beim Gehen wackelten. Als sie sich einmal plötzlich umdrehte und ihn ansah, grinste er betreten und sagte: »Erwischt!« Sie quittierte das mit einem Lächeln und war eindeutig bereit für einen Flirt. Als er sie in einer Toreinfahrt schnell und fast kindlich küsste, war Michelle nur kurz sprachlos, dann sagte sie: »Erschreckend, wie lieb du sein kannst, wenn du etwas willst.« Das war ihr Anfang! Sein Vater hatte Michelle am längsten kritisch beäugt. Es galt, seinen Vorbehalt zu widerlegen: »Die jungen Frauen von heute tun für ihr Äußeres Dinge, für die ein Gebrauchtwarenhändler ins Gefängnis käme.« Michelle überzeugte ihn letztlich mit Bravour. Sie war sich zwar ihrer Wirkung bewusst, roch angenehm nach herbem Parfüm und war nicht aufdringlich aufgehübscht, als Freddy sie seinen Eltern vorstellte. Als er auch noch mit ernster Miene sagte: »Wir werden gemeinsam altern und schrumpeln, bis wir aussehen wie Zwillingsrosinen«, ging der Daumen seines Vaters endgültig nach oben. Das ziehharmonikaartige Fältchen auf seiner Oberlippe, das zeigte, wenn er unangenehm berührt war, blieb ihnen erspart. Freddys Mutter hatte Michelle ohne Vorbehalte aufgenommen. Ihr eigenes Eheleben hatte mit einer Teenagerehe begonnen. Sie hatte zum Zeitpunkt der Hochzeit nicht einmal wählen dürfen, so jung war sie gewesen.

Außerdem durchlebte sie gerade einen besonders freudigen Lebensabschnitt. Die Weltfirma Ford hatte ihrer Familie endlich wieder Sicherheit beschert. Die Zeit, in der sie den Marktfrauen schon aus Geldnot beim Wiegen auf die Finger schauen musste, war Gott sei Dank vorbei. Freddys Vater war ebenfalls mit seinem Leben zufrieden. In diesen Jahren wurde zur Fertigung des neuen Sierra in Roboter investiert. Er war an verantwortlicher Stelle in die technischen Vorarbeiten eingebunden. Ford Belgien koordinierte nun alle notwendigen Aktivitäten im Werk Genk. Das machte ihn stolz und zufrieden. Er bestellte sich seinen ersten Sierra: Panther-Schwarz-Metallic, Fließheck, Leichtmetallräder, Seitenscheiben ab 2. Sitzreihe und Heckscheibe getönt, Rücksitze beheizbar, Audio-Paket Spezial, Komfort-Paket, Technik-Paket! So konnte das Leben weitergehen.

Das tat es dann auch: 1986 brachte Michelle die kleine Claudine auf die Welt. Bereits 1987 folgte Alain nach. Beide waren gesunde, hübsche Babys. Mit drei Jahren kamen sie in die Vorschule und hatten dort ersten Kontakt mit ihren späteren Ehepartnern.

Freddys Mutter war sehr gläubig. Die schon lange während Zeit der Prosperität machte ihr Angst. Sie musste immer wieder an die sieben fetten Jahre in der Bibel denken (Gen. 41–48). Die fetten Jahre mussten bald vorbei sein, dachte sie, man schrieb inzwischen schon das Jahr 1991. Die Zeit des Wohlstandes, des Überflusses oder im übertragenen Sinn des Erfolgs würde zu Ende gehen. Ihr Mann tat das grimmig ab: »Sorgen sind verschwendete Emotionen!«

»Verheiratete Männer leben länger als ihre Frauen«, antwortete sie. Ihr

Mann erwiderte mit einem Grinsen: »Das glaube ich nicht. Es kommt ihnen nur so vor.« Er liebte seine Frau. Ohne sie würde die hektische Welt für ihn in Stücke brechen.

Für seine Frau sollte es, wie von ihr befürchtet, schlecht verlaufen. Sie traf die Vergänglichkeit. Was für ein erhabenes Wort, sie hatte Krebs im Endstadium und starb noch im gleichen Jahr. Ihr Mann war völlig neben sich. Er suchte eine Tür, um dem Unglück zu entfliehen. Der Tod ist so eine Tür, befand er schließlich und verstarb wenige Monate nach ihr. Das Ableben des Paars ereignete sich nicht ganz wie bei Philemon und Baucis. Er musste vor seinem Tod das Grab seiner geliebten Frau beschauen. Die Familie Leidgens war nun klein geworden. Freddy und Michelle blieben mit ihren Kindern im Haus zurück. …

Die Phase der Sicherheit hatte jedoch noch Bestand und drängte die Trauer nach einiger Zeit in den Hintergrund. Wichtige Einschnitte ins Familienleben spielten eine Rolle dabei: 1992 kam Claudine in die Schule, Alain folgte ihr das Jahr darauf. Seine spätere Frau Nathalie war mit ihm von Anfang an in der gleichen Klasse. Eine Wiederholung früherer Abläufe zeichnete sich ab.

Das neue Modell Mondeo wurde zum Welterfolg und sogar zum Auto des Jahres gewählt. Alain wurde in diesem Umfeld automatisch zum Autonarr. Schon mit vier Jahren war er seinem Vater zwischen den Füßen herumgekrabbelt, wenn der in seiner Freizeit an seinem Sierra schraubte. Später durfte Alain ihn sogar auf seinem Fahrrad bei Arbeitsschluss an der Werkspforte abholen. Sein Rad kam in die Kofferkammer, und die beiden »Männer« fuhren vergnügt nachhause. Alain wurde ein Vaterkind und Claudine zusammen mit ihrer Mutter die kleine Hausfrau.

Das Jahr 1999 bescherte Alain ein unvergessliches Erlebnis. Die Saison 1998/99 der Jupiler League fand vom 21. August 1998 bis zum 16. Mai 1999 statt. Die Saison war die 96. im belgischen Fußball. Das hatte er sich alles ganz genau gemerkt. Am Ende der Spielzeit konnten noch drei Mannschaften Meister werden: Brügge, Anderlecht und Genk. Im vorletzten Spiel, einem Heimspiel, verlor Genk 2:5 gegen Anderlecht. Die

Chance auf die Meisterschaft schien verspielt. Der FC Brügge schied mit einer 2:0-Niederlage gegen Mouscron endgültig aus dem Rennen aus. Der KSC hatte am letzten Spieltag noch eine Chance, und die nutzte er. Genk gewann am 16. Mai auswärts gegen Harelbeke und wurde belgischer Meister. Alain war mit seinem Vater im Stadion. Die beiden kamen aus dem Jubeln nicht heraus. Im Bus auf der Rückfahrt wurde noch viel getrunken. Freddy hatte ordentlich mitgehalten und torkelte beschwipst ins Haus. Er dachte im Schwips: Irgendwie sind alle in meinem Alter älter als ich. Er fühlte sich einfach nur jung und stark. Als Alain am nächsten Morgen über seine Trunkenheit Scherze machte, meinte sein Vater humorvoll: »Wer auf dem Boden liegen kann, ohne sich festzuhalten, ist meines Erachtens nicht betrunken.« Noch Jahre danach erzählten sie am Stammtisch davon.

Der Topscorer Branko Strupar war zu dieser Zeit Führungsspieler der Genker. Bereits 1998 war er mit zweiundzwanzig Treffern Torschützenkönig der Liga und Belgiens Fußballer des Jahres geworden. Im Meisterschaftsjahr heiratete er eine Belgierin und nahm die belgische Staatsbürgerschaft an. Er war Alains großer Held, und der fieberte nun auch mit Strupar bei den Spielen der Nationalmannschaft mit. Strupar spielte 17-mal für Belgien, dabei gelangen ihm fünf Tore. ...

Die Jugendjahre von Nathalie Bogaert und Alain Leidgens

In der Grundschule war Alain der Beste seiner Klasse. Er zeigte in keinem Fach Schwächen. In Mathematik und Turnen war er hervorragend. Er war beliebt bei den Jungen, aber auch die Mädchen fanden ihn toll. Nathalie hatte ein Auge auf ihn geworfen. Sie wollte immer das Beste für sich, auch wenn sie selbst nur gehobenes Mittelmaß war. Alain war ein Tüftler, ein wenig ein Eigenbrötler. Er merkte nicht, wenn ein Mädchen ihn anhimmelte. Seine Schwester Claudine beobachtete dies allerdings ganz genau und mit finsteren Blicken. Nathalie mochte sie nicht und wies sie manchmal bei ihrer Anmache in die Schranken. In solchen Fällen bekam ihre Stimme den Klang eines Schleifers vor seinen Rekruten. Ihr Bruder ging ihr über alles. Alain sah sie dann erschrocken mit Hundeaugen an, als wolle er gestreichelt werden oder wäre getreten worden.

1999 zum Ende der Grundstufe machte ihre Klasse eine Wanderung im Thor Park. Auf den 30 Hektar herrlicher Naturumgebung blühte zu dieser Zeit die Heide. Das Lila leuchtete im Licht eines Sonnentages. Der Himmel war erst am Morgen aufgerissen. In der Nacht hatte es noch geregnet, und aus den vielen Birken triefte die Nässe. Sie wanderten durch einige hübsche Gartenviertel, vorbei an leerstehenden Bergwerkgebäuden. De Schansbroek, de Klaverberg und das Kohlegleis lagen direkt in der Nähe. Sie hatten sogar einen guten Blick auf die Weite des Nationalparks Hoge Kempen.

Das Ziel der Wanderung war die Bergehalde von Waterschei. Der alte Steinberg zeugte von der großen Steinkohlevergangenheit Genks. Hier waren Steine aus allen Steinkohleadern der Umgebung auf Halde geschüttet worden. Seit 1999 stand der Berg unter Denkmalschutz. Auf dem Weg zur Spitze hatten die vielen Besucher, die vor ihnen da gewesen waren, Steinmännchen aufgestellt. Ihr Lehrer ermunterte sie, dies ebenfalls zu tun. Die jungen Leute ließen sich nicht lange bitten. Nathalie nutzte die Gelegenheit, Alain näherzukommen. Er hatte bereits ein Steinmännchen aufgebaut, sie setzte eins direkt daneben und meinte: »Das sind wir beide. Sind wir nicht ein hübsches Paar?« Alain reagierte verlegen und errötete. Dann beschloss er, einfach darüber hinwegzuhören. Er wusste nicht, was er von Nathalies Vorstoß halten sollte. Ich komme mir vor wie mit einer Kamera, bei der ich den richtigen Abstand nicht bestimmen kann, um scharf zu stellen. Ich finde keine Klarheit über Nathalie, war das Ergebnis seines Grübelns. Nathalie schnaubte nur verächtlich, als jegliche Reaktion von ihm ausblieb, dann wandte sie sich beleidigt ab. Sie beschloss aber, nicht aufzugeben, sie konnte Niederlagen wegstecken. Als sie den Berggipfel erreichten, hatte Alain die Szene längst wieder vergessen. Der fulminante Blick über das Bergwerkgelände und das Fußballstadion von KRC Genk belohnte sie für den schweißtreibenden Aufstieg.

2003 wurde Freddy Leidgens 40 Jahre alt. Michelle hatte als Überraschung einen Kaffeeklatsch mit Familie und Freunden arrangiert. Der Geburtstag fiel auf einen Sonntag, also musste Freddy nicht arbeiten und war zu Hause. Mit Claudine hatte Michelle eine herrliche Geburtstagstorte gebacken mit vielen Kerzen darauf. Die sollte Freddy zur Feier des Tages ausblasen. Doch der wehrte sich, er mochte so viel Aufhebens nicht. »Das Ausblasen einer Kerze auf einer Geburtstagstorte ist für mich ein versteckter Gesundheitstest, und den brauche ich nicht. Mein Atem ist nämlich sehr lang«, meinte er trocken und hatte die Lacher auf seiner Seite.

Für ihre Kinder hatte nun der Sekundarunterricht begonnen. Nach der Grundausbildung gingen ihre Wege auseinander. Claudine hatte den berufsausbildenden Sekundarunterricht gewählt. Sie wollte einen kaufmännischen Beruf erlernen. Stenografie wurde ihre große Leidenschaft. Für Alain waren das böhmische Dörfer, doch sie erklärte ihm das Fach sehr einleuchtend: »Mit Stenografie kann man so schnell schreiben, wie man spricht.« Zu ihrem Leidwesen wählte Nathalie die gleiche Ausbildungsrichtung. Gott sei Dank war sie eine Klasse unter ihr.

Alain wählte den technischen Sekundarunterricht. Er hatte für sein Berufsleben die Ford-Werke fest im Sinn und wollte zum Hochschulstudium nach Antwerpen gehen. Mit der Verschiffung von jährlich über dreiundsiebzigtausend neuen Ford-Fahrzeugen war der Hafen von Antwerpen seit vielen Jahren eine der wichtigsten europäischen Drehscheiben des weltumspannenden Logistiknetzes von Ford. Die Neuwagen stammten aus den Produktionsstätten Köln, Saarlouis, aber auch aus Genk. Sie gingen vom Antwerpener Seehafen in den Mittelmeerraum, den Vorderen Orient, nach Afrika sowie Asien. Alains Erinnerungen an die Heimat, in die er bald wieder hinwollte, blieben also vor seinen Augen. Da er schnell Geld verdienen wollte, beschloss er den kurzen Ausbildungsweg zu wählen und nur einen Bachelorabschluss zu machen. Sein Vater hatte diese Pläne abgesegnet. Ein Kopfnicken unter Männern, das war es. Freddy freute sich heimlich darüber, dass aus der Familie Leidgens nun ein Studierter bei Ford eintreten würde. Einen sichereren Werdegang konnte er sich für seinen Sohn partout nicht vorstellen.

Alain fand bei einer alten Dame ein günstiges Quartier. Sie hatte ihr graues Haar zu kleinen, festen Löckchen gedreht, wie sie auch ihr Hund hatte. Sie hatte wohl nur ihn, und er war ihr Ein und Alles, dachte Alain voll Mitleid. Wie der Rüde sich an ihr geschwollenes Bein drückte, bestätigte seine Annahme. Der Kellerraum, den er bewohnte, war in der Vergangenheit stehen geblieben: Linoleumboden, Einbauschränke, ein Arbeitstisch mit Resopalplatte, Raufasertapete mit leuchtend orangenen Kringeln. Hier hatte er auch den ersten Sex mit einer gleichaltrigen Studentin. Alain war nicht sehr anstellig und es blieb bei einem One-Night-Stand ohne Folgen und weiterem Kontakt. In seiner freien Zeit fuhr er öfters zum Hafen. Er mochte den Geruch des Meeres, den der Dieselmotoren und das Geschrei der Möwen, die im Wind dahinsegelten. Seine Abschlussprüfungen schaffte er mit Bravour und besten Noten. Er ließ nur wenige Tage der Muße verstreichen, bevor er sich schriftlich bei Ford Genk bewarb. Ihn trieb das Heimweh, er wollte wieder nach Hause. ...

Eine willkürlich herbeigeführte Schwangerschaft und ihre Folgen

Im Jahr 2008 erreichte die Produktion in Genk 280.000 Autos. Der frisch-gebackene Ingenieur Alain erhielt eine Anstellung bei Ford Genk in der Qualitätskontrolle. Diese Stelle kam seinen Neigungen sehr entgegen, und er freute sich auf sie. Der erste Tag im Werk bescherte ihm eine un-erwartete Überraschung: Nathalie war als kaufmännische Angestellte in seiner Abteilung beschäftigt. Sie begrüßte ihn kokett mit den Worten: »Seien Sie gegrüßt, Herr Ingenieur.« Dabei blitzten ihn zwei Augen an, und bald musste er sich an ihm gewidmete eindeutige Augenaufschläge gewöhnen. Dies machte ihn unsicher.

Im Jahr 2010 verzichteten die Mitarbeiter von Ford in Genk auf zwölf Prozent ihres Lohns. Sie kauften damit vermeintlich das Versprechen ein, dass auch die neue Generation der Ford-Modelle, der Mondeo, der Galaxy und der Sportvan S-MAX, in Genk gebaut werden würden. Die Lohnkürzung führte zu Verärgerungen, wurde der Belegschaft aber als Sicherung des Standorts verkauft und letztlich akzeptiert.

Das Jahr 2011 hielt zunächst Erfreuliches bereit: Der Niederländer Mario Been trainierte nun den Königlichen Racing-Club. Den Jahres-etat hatte der Verein auf 28 Millionen Euro angehoben. Man wollte in Europa mitmischen. Doch dazu musste man sich zunächst mal quali-fizieren. Am 17. Mai fand das letzte Meisterschaftsspiel der Saison statt. Für Genk war es ein Heimspiel. Die Arena war schon bald mit knapp fünfundzwanzigtausend Zuschauerplätzen ausverkauft. Alain hatte wie sein Vater aus dem Ford-Kontingent eine gute Karte ergattern können. Die beiden Männer fieberten dem wichtigen Ereignis entgegen. Sie träumten von der Meisterschaft, die noch möglich war, und hatten auch Ambitionen im europäischen Fußball. Im Stadion überraschte Nathalie Alain ein weiteres Mal. Sie hatte sich ebenfalls eine Karte besorgt, saß nun neben ihm und strahlte ihn an. Ihr »Freust du dich?« ließ er unkommentiert. »Ich wusste nicht, dass du dich für Fußball interessierst«, antwortete er stattdessen, bemühte sich aber nicht unfreundlich zu wirken. »Ich teile viele deiner Passionen.« Auf Nathalies Antwort hin blieb er stumm und widmete sich dem Geschehen im Stadion.

Die Geräuschkulisse war groß, und die Kriegsgesänge für den KRC waren unüberhörbar. *Strijdbaar* zu sein und *Passie* zu zeigen, wurde auf Flämisch besungen. Genk befand sich in einer guten Ausgangslage. Für die Meisterschaft würde ein Remis genügen.

Die reguläre Spielzeit der ersten Hälfte war vorbei. Immer noch stand es 0:0. Dieses Ergebnis würde Genk reichen. Doch in der Nachspielzeit des ersten Durchgangs schoss der Spieler Eliaquim Mangala von Standard Lüttich ein Tor. Die Genker standen Kopf, die Zuschauer aus Lüttich jubelten. Sie wollten unbedingt ihren Gegner als Meister verhindern, wo sie selbst doch keine Chance mehr hatten. Die Minuten der zweiten Halbzeit schienen viel zu schnell durchzulaufen, ohne dass etwas zu Gunsten von Genk geschah. Die Anfeuerungsrufe wurden immer aggressiver. In der 77. Minute kam endlich die Erlösung. Der eingewechselte Nigerianer Kennedy Ugoala Nwanganga glich für die Heimmannschaft aus. Der tosende Jubel brach bis zum Schlusspfiff nicht ab. Racing war Meister!

Die Clubführung jubelte in ihren dunklen Anzügen mitten auf dem Platz. Champagner spritzte aus vielen Flaschen auf die Menschen und auf den grünen Rasen. Die Begeisterung war übergroß. Es wurde getanzt, gesungen und geschrien. Auf der Tribüne stupste Nathalie Alain in die Seite und rief strahlend: »Ich bin deine Glücksfee!« Er war in einem Glückstaumel und konnte ihr nicht widersprechen. Er umarmte sich allerdings nur mit seinem Vater.

Nach der Meisterschaftsehrung ging es in die Stammkneipe. Nathalie klebte an Alains Seite. Er vertrug nicht viel Alkohol und nahm sich vor, nur wenig zu trinken. Doch ein alter Schulfreund rief ihn zur Ordnung:

»Heute ist Alkohol Pflicht. Mit Kopfhörern schaltest du einen Sinn aus, mit Alkohol auch, dann doch lieber Alkohol!« Alle um sie herum lachten. In der Kneipe gab es keine Sitzplätze mehr. Sie standen in der Nähe des Tresens. Nathalie drängte sich an Alains Seite. In der Enge hätte er nicht einmal ausweichen können. Die Abfolge der Trinkrunden wurde immer schneller. Alain merkte, dass er beschwipst wurde. Er wollte sich leise davonmachen und torkelte Richtung Ausgangstür. Er ließ seine Baseballcap auf dem Tresen liegen, obwohl sie sein liebstes Kleidungsstück war. Er hatte sie von einem kurzen Trip zu Ford Amerika mitgebracht und pflegte sie wie einen Schatz. Nathalie nahm sie auf, trug sie ihm nach und hakte sich, ganz Fürsorge, bei ihm unter. Sie meinte dabei leise: »Ich gehe mit dir.«

Er ließ es geschehen. Die frische Luft draußen verstärkte seinen Rausch. Er merkte nicht, dass Nathalie ihn einen anderen Weg führte als den nach Hause. Erst als sie stehen blieb und ihm erklärte: »Meine Tante ist verreist. Ich habe ihren Wohnungsschlüssel, weil ich die Blumen gieße. Wir gehen in ihre Wohnung. Dort kannst du dich ungestört ausschlafen«, stutzte er einen Moment, dann stapfte er willenlos hinter ihr her. Sie führte ihn ins Schlafzimmer und half ihm beim Ausziehen. Als er lag, huschte sie nackt zu ihm unter die Decke. Er fühlte ihre Wärme und fand das angenehm. Nathalie hatte ein Ziel, und das verfolgte sie mit aller Kraft. Mit Streicheln und kleinen Küssen hielt sie ihn wach und merkte bald, dass es ihr gelang, ihn zu reizen. Als sein Glied anschwoll, schob sie sich auf ihn und sein Glied schnell in sich hinein. Sie hatte darin Erfahrung. Mit sanften Bewegungen und leisem Stöhnen erregte sie ihn immer mehr und führte ihn zum Erguss. Sie hatte bewusst keine Verhütung betrieben!

Als Alain am späten Morgen erwachte, schlief Nathalie neben ihm tief und fest. Sie war nackt. Es dauerte einen Moment, bis ihm klar wurde, was mit ihnen in der Nacht geschehen war. Am liebsten hätte er sich heimlich davongeschlichen. Doch das vertrug sich nicht mit seinem Charakter. Bis sie aufwachte, hatte er sich einige unverbindliche Floskeln zurechtgelegt. Nachdem er sie ausgesprochen hatte, zog er sich an und ging. Ein »Bis bald« quälte er sich als Abschiedsgruß regelrecht ab.

In den nächsten beiden Monaten wurde der Vorfall zwischen ihnen totgeschwiegen. Doch dann schlug die Hiobsbotschaft wie eine Bombe ein. Nathalie nahm ihn im Büro zur Seite und sagte:»Wir müssen reden. Können wir in der Pause vor die Tür gehen?« Er hatte ein beklommenes Gefühl, nickte aber.

Draußen im Park eröffnete sie ihm:»Ich bin schwanger.«

Sein Atem wurde kalt und sein Gehirn arbeitete fieberhaft. Schnell kam er zum Schluss, er müsse sich der Situation stellen. Tonlos sagte er:»Ich werde dich heiraten. Das gehört sich so.« Nathalie hatte bei seinen Worten zu weinen begonnen. Nun schniefte sie noch einmal, riss ihre Augen weit auf und flüsterte:»Ist das wahr?« Er nickte kurz und ergänzte:

»Morgen sagen wir es unseren Eltern.« Dann drehte er sich um und ging zu seinem Arbeitsplatz zurück. Nathalie wusste, dass sie am Ziel war, aber es würde keine Liebesheirat werden. Das war ihr klar. Ihre Ehe würde dem Pflicht- und Ehrgefühl Alains geschuldet sein.

Seine Eltern informierte Alain noch am gleichen Abend.

Er verschwieg auch nicht, wie er sich in die Bredouille gebracht hatte. Sein Vater sagte:»Schwierigkeiten sind wie Babys, sie kommen meistens nachts. Und von dir, mein Sohn, habe ich nichts anderes als ein Heiratsversprechen erwartet.«

Claudine war die Einzige, die versuchte, ihren Bruder von seiner Absicht abzubringen.»Nathalie ist eine Schlampe«, giftete sie. Ihr Bemühen war vergeblich, und das verursachte ihr Magenschmerzen.»Böse Worte kann man nicht zurückpfeifen wie Hunde. Hättest du sie runtergeschluckt, hättest du dir nicht den Magen verdorben«, sagte Alain trocken, als sie darüber klagte.

Zunächst heiratete Claudine Bruno Fontaine, der inzwischen Stadtbeamter geworden war. Gegen den Vorschlag einer Doppelhochzeit hatte sich Claudine massiv gewehrt. Freddy Leidgens ließ sich bei der Ausrichtung ihrer Hochzeit nicht lumpen. Seine Tochter heiratete schließlich aus Liebe und in allen Ehren. Es wurde ein schöner Tag. Selbst das Wetter spielte mit. Das Paar zog zu Brunos Eltern. Dieser Umstand ärgerte Claudine maßlos. Nun trug sie auch noch dazu bei, dass in ihrem Elternhaus die obere Etage für Nathalie und Alain frei wurde. Das gönnte sie diesem Weib gar nicht.

Das Aufgebot für Nathalie und Alain wurde bald bestellt. Nathalies Schwangerschaft sollte nicht sichtbar sein. Die Heirat fand in kleinem Kreis und in bescheidenem Rahmen statt. Eine Tochter kam Anfang 2012 gesund auf die Welt.

Sie nannten sie Yvette.

Das Paar lebte von Anfang an in Parallelwelten. Alain war jedoch der Harmoniebedürftigere von beiden. Er hoffte heimlich, dass sich mit der Geburt ihres Kindes etwas verbessern möge. Es würde sicher kein dauerndes Glück, aber vielleicht ergaben sich wenigstens Glücksmomente. Die traten auch ein, denn Alain liebte seine Tochter vom ersten Moment an. Er bemühte sich nun, auch ansonsten Gutes an ihrer Ehe zu sehen. Nathalie war beileibe keine Schlaftablette. Sie strotzte vor Unternehmungslust und riss ihn manchmal mit. Doch ihr gefährliches Halbwissen schloss sie für ihn allzu oft als Gesprächspartnerin aus. Er hatte stets den hässlichen Klang der Worte seine Schwester im Ohr: »Ihr passt nicht zusammen. Ich gebe euch höchstens vier bis fünf Jahre.« …

Das Ende der Ford-Werke in Genk

Für Mittwoch, den 24. Oktober 2012 hatte Freddy Leidgens ein großes Fest der Ford-Familie in Genk vorhergesagt. Vor genau fünfzig Jahren war das Werk eröffnet worden. Dieser Umstand war seines Erachtens eine Feier wert. Doch das Management von Ford International hatte anderes im Sinn. Auch wenn ihr Vorhaben gar nicht auf dieses Datum passte, eher makaber war. Schon einen Tag zuvor schwappten erste düstere Gerüchte aus Deutschland nach Genk herüber. Die Frankfurter Allgemeine Zeitung berichtete mit Berufung auf eine kompetente Stimme der Konzernleitung davon, im Werk Genk sollten für Ford die Lichter ausgehen. Im Werk wurde das Gerücht zwar bekannt, aber keiner wollte es ernst nehmen. Schließlich waren noch im April erhebliche Neueinstellungen erfolgt. Anfang Mai war sogar noch gefeiert worden, als der 14-millionste Ford ausgeliefert wurde. Einem Mondeo Clipper Titanium S 2.0 TDCi 136 PS Power Shift wurde genau 48 Jahre nach der ersten Auslieferung ein Schild mit der Zahl vierzehn Millionen an die Frontscheibe geheftet. Besitzer von vierzehn historischen Ford-Modellen wurden zur Feier eingeladen. Ebenfalls im Mai verkündete die Werksleitung, im Jahr darauf würde in Genk exklusiv der Ford Mondeo weiter produziert und damit der Fortbestand des Werks auf Jahre gesichert. Es schien also keinen Grund für Sorgen wegen einer unschönen Zukunft zu geben.

Aus Ford Europe in Köln kam zunächst auf die schlimmen Gerüchte keine Stellungnahme. Erst am Mittwochvormittag bestätigte man die Schließung des Werks, und zwar per Ende 2014. Dann würden die letzten Wagen der Modellreihe Mondeo, S-MAX und Galaxy vom belgischen

Band rollen. Danach sei Schicht! Der Konzern habe sich angesichts hoher Verluste in Europa und wegen nicht verkaufbarer Überkapazitäten zu diesem drastischen Schritt entschließen müssen. Zu dem unglücklich gewählten Datum der Bekanntgabe, exakt am Gründungstag, schwieg man sich aus.

Nach den Worten des Sprechers hatte die in der Eurozone herrschende enorme Schuldenkrise, ein gigantischer Schuldenberg von 8,6 Billionen Euro wurde genannt, zur Zurückhaltung der Käufer vor allem auf den für Ford wichtigen südeuropäischen Märkten geführt. Die konzerninternen Analysten hätten errechnet, dass mit einer Werksschließung immerhin Einsparungen in einer Größenordnung von 384 Millionen Euro erreicht werden könnten. ...

Zunächst reagierten die Betroffenen nur sprachlos. Selbst, dass die konkurrierende Volkswagen-Tochter Skoda, die ihre Wagen ebenfalls hauptsächlich in Europa verkaufte, viel besser als Ford dastand, wurde erst später von anderer Seite angeführt. Zu diesem Zeitpunkt gab es schon erste Mutmaßungen, welche Werke von der Umstrukturierung von Ford Europa profitieren würden. Das spanische Valencia wurde an erster Stelle genannt. Aber es wurde auch spekuliert, dass der kompakte Familienwagen C-Max wieder dahin zurückkehren könnte, wo er schon einmal gewesen war, nämlich ins Saarland nach Saarlouis.

Am Mittwochmorgen versammelten sich hunderte von Mitarbeitern zum Protest vor den Werkstoren, obwohl es regnerisch und trüb war. Ein Elektriker, der schon seit fünfundzwanzig Jahren bei Ford arbeitete, gab einem Reporter die Auskunft: »Hier zu sein ist besser, als zu Hause die Wand anzustarren. Man befindet sich unter Gleichen. Alle, die hier sind, sind betroffen.« Der Mann war für alles Elektrische an den Produktionsanlagen zuständig. Freddy und Alain Leidgens waren ebenfalls anwesend. Nathalie war trotz der Aufforderung von Alain nicht mitgekommen. Mit der Geburt von Yvette hatte sie aufgehört, bei Ford zu arbeiten. Es entsprach ihrem Naturell, nur Dinge an sich rankommen zu lassen, wenn sie eine reelle Chance sah, sie in ihrem Sinn zu nutzen. Das war ihrer

Meinung nach an diesem Morgen nicht der Fall. Gegen die Meldung zu agitieren, erschien ihr eher kontraproduktiv. Wenn man da mitmachte, fiel einem diese Scheiße später leicht auf die Füße, dachte sie für sich. Außerdem lohnte es sich nicht, ein Pferd zu reiten, was schon totgesagt war. Gegenüber Alain schob sie als Entschuldigung vor, sie müsse zu Hause auf die kleine Yvette aufpassen.

Alain nahm ihr das nicht ab. Alles wurde teurer, nur ihre Ausreden immer billiger. Seine Mutter hätte nur allzu gerne auf Yvette aufgepasst. Es mehrten sich die Risse in seiner Seele. ...

Die drei Gewerkschaften, die sozialistische Gewerkschaft ABVV, die Gewerkschaft ACV Union und die Gewerkschaft CSC Metea, hatten für die Beschäftigten gegen den Regen Zelte aufgebaut. Nach der Farbe ihrer Vereinigungen rote, gelbe und blaue. Doch die meisten Arbeiter blieben lieber draußen stehen. Sie wollten nichts verpassen. Dafür ließen sie sich sogar nass regnen. Viele Menschen standen einfach fassungslos zusammen und beobachteten, was passierte. Geredet wurde kaum, es herrschte Schockstarre. Sie waren stumm, nur wenige schrien ihre Wut heraus. Viele suchten Hilfe untereinander. Sie stützten sich und umarmten sich. Die meisten Paare dachten an ihre Kinder, deren Zukunft noch ungewisser war als die ihrige.

Eine außerordentliche Betriebsratssitzung war angesetzt. Hinter der Tür des großen Sitzungssaals verschwanden die Funktionäre. Der Raum wurde proppenvoll. Wie gerne hätten die Beschäftigten Mäuschen gespielt. Aber sie mussten einfach nur warten. Endlich war die Sitzung zu Ende. Die Gewerkschaftsführer kamen heraus und traten vor die Mitarbeiter. Man konnte eine Nadel fallen hören, so still war es. An den Gesichtern der Funktionäre erkannten sie, dass nichts Gutes herausgekommen war. Luc Prenen von der Gewerkschaft ACV Union kam sofort auf den Punkt: »Ford-Europachef Stephen Odell hat uns ohne Vorankündigung schriftlich mitgeteilt, das Management habe entschieden, die Fabrik in Genk 2014 zu schließen. Er hat nicht mal den Mut gehabt, selbst zu kommen und die Entscheidung zu begründen. Das ist eine bittere Pille für die gesamte Region.« Ein Sturm der Entrüstung brauste auf. Schon nach kurzer Zeit hing ein Bild von Odell am grünen Zelt und war mit dem flämischen Wort für Feigling beschriftet. Die Aktion war noch aus der Sitzung heraus vorbereitet worden. In den Köpfen der Zuhörer lief ein schlimmer Film ab. Die Zukunft von Tausenden Familien war kaputtgegangen! Sie verloren nicht nur ihren Job, nein auch die Freunde und ihr soziales Umfeld! Man musste etwas unternehmen.

Ronny Champagne von der sozialistischen Gewerkschaft ABVV nahm das Wort: »Vor fünf Wochen unternahm ich einen Besuch ins Kölner Werk, Fords Europa-Zentrale. Man hat mir versichert, dass wir auch die neuen Modelle produzieren. Man bestätigte mir, Genk bliebe der wichtigste Eckpfeiler für die großen Pkws, und das dank einer Mannschaft von bestausgebildeten Arbeitnehmern. Unser Produktionssystem, hatte seine Effizienz bewiesen. Das war aber alles Lug und Trug. Ford hat mir ein Messer in den Rücken gestoßen. Wir hätten 2010 niemals den Lohnkürzungen zugestimmt, wenn wir gewusst hätten, dass das Fallbeil längst gegen uns scharfgestellt war.«

Champagne baute ein Feindbild auf: »Ich bin enttäuscht, die deutschen Fordarbeiter haben ihre belgischen Kollegen im Stich gelassen. Die mächtige deutsche Gewerkschaft IG Metall hat einen Deal mit Odell gemacht. Zu Gunsten von Saarlouis im Saarland! Deutschland hat eben eine große Gewerkschaft und nicht wie wir drei kleine. Schon deshalb hat man uns gar nicht gefragt. Wenn man einen Teich trockenlegen will, darf man nicht die Frösche fragen. Außerdem hat Deutschland mehr Kunden. Für uns ist es der Beginn eines großen Dramas. Im Werk arbeiten 4300 Menschen, außerdem hängen mehr als 5000 Jobs bei Zulieferern aus der Region an Ford. Oft arbeiten ganze Familien für das Unternehmen, Ehepaare, Väter mit ihren Söhnen. ...«

Nun entlud sich die Wut in Aggression. Die Sicherheitsleute schauten weg. Schließlich waren auch ihre Jobs verloren. Mehrere Arbeiter schleppten die halbe Karosserie eines Mondeos vom Fließband nach draußen und zündeten sie an. Die Situation an einigen Hotspots lief aus dem Ruder. Die Streikenden reagierten auf den Einsatz der Security aggressiv mit einem

Hagel von Feuerwerkskörpern, der die Sicherheitsleute gefährdete. Das konnten die nicht dulden. Diese Straftaten ließen sich nicht rechtfertigen, und so hielten sie dagegen.

Am frühen Morgen waren viele Ford-Mitarbeiter nach Hause gegangen. Viele Kollegen blieben aber auch zurück und zündeten vor dem Werkstor Paletten an. Andere warfen Holz auf die kokelnden Reste des Mondeos. Gewerkschaftler versuchten vergeblich die aufgebrachte Belegschaft daran zu hindern, weitere Zerstörungen im Werk anzurichten. Es ging trotzdem weiter. Alle Eingänge wurden blockiert. Dazu benutzte man Bauholz. Hinter dem Haupttor bauten die Rebellierenden eine Barriere aus Neuwagen auf. Neue Mondeos, der Galaxy und der Sportvan S-MAX waren zu sehen. Auch an der Teststrecke in Lommel, die nicht von der Schließung bedroht war, hatten Beschäftigte aus Solidarität die Arbeit niedergelegt und das Gelände verbarrikadiert. Von allen Seiten wurde zum Angriff geblasen.

Bürgermeister Wim Dries hatte die ganze Nacht in seinem Netzwerk herumtelefoniert. Er war völlig übermüdet, saß aber auch in den Morgenstunden immer noch an seinem Schreibtisch. In seinem riesigen modernen Büro, hinter einer Schiebetür versteckt, stand ein Kühlschrank, aus dem er sich ständig mit Coca-Cola bediente, um wach zu bleiben. Alles war in Weiß gehalten, eine Ecke des Schreibtisches war dezent angeleuchtet. Alles zeugte von dem hohen Steueraufkommen aus den Ford-Werken, das nun zu Ende gehen sollte. Jeder zweite Industriejob im fünfundsechzigtausend Einwohner großen Genk hing schließlich von Ford ab. Wiederum musste Wim Dries gähnen. Er grollte mit sich und der Welt und gab den belgischen Gesetzen die Schuld an dem Dilemma. Die machten es den Unternehmen zu einfach, ohne Rücksicht auf die vielen Betroffenen, ihre Werke zu schließen. Nur die grauen Wohnungsburgen vor seinem Fenster, wo der Wohlstand nie hingelangte, würden bleiben. Immerhin war Genk nach Gent und Antwerpen der drittgrößte Industriestandort Flanderns. Was für ein Verlust! Eine vergleichbare Katastrophe erinnerte er aus Mitte der sechziger Jahre. Die Region war durch den Kohleabbau groß geworden, dann wurden die Zechen geschlossen.

Ford hatte dem Dilemma damals den Giftzahn gezogen. Mit zwischenzeitlich vierzehntausend Arbeitsplätzen war es das größte Ford-Werk Europas geworden. Wim Dries war bereit, für den Standort zu kämpfen. Er verfolgte zusammen mit der flämischen Regierung aber als weitere Option schon die Entwicklung eines Sozialplans, für den Fall, dass man trotzdem hängen gelassen würde. Man musste das eine tun und durfte das andere nicht lassen. Er war mit dem flämischen Sozialminister im Gespräch. In jedem Fall musste es dann ein gewaltiger Sozialplan werden. Seine Stadt und deren Einwohner mussten schließlich überleben. Der Industrieverband Agoria geißelte die Versäumnisse der belgischen Regierung. Hohe Energie- und Lohnkosten hatten seiner Meinung nach die Konkurrenzfähigkeit der Unternehmen abgetötet. Wie wichtig die Autoindustrie für Belgien war, zeigte er in Zahlen: Autos machten zehn Prozent des belgischen Gesamtexports aus. Das Ford-Werk in Genk trug dazu als Wertschöpfung 15 Prozent bei. Die Schließung von Genk würde Belgien in etwa 0,3 Prozentpunkte des Bruttoinlandproduktes kosten. Mit Genk würde bereits in den letzten zwei Jahrzehnten das dritte Werk in Flandern seine Türen schließen. Schon 1997 ging Renault aus Valverde weg.

Im Oktober 2010 war es in Antwerpen das Opel-Werk gewesen. Das hatte zweitausendfünfhundert Beschäftigte getroffen. Danach blieben nur noch Audi in Brüssel und Volvo in Gent. Wobei die Volvo Car Group bereits 1999 an die Ford Motor Company verkauft worden war.

Man forderte im Schulterschluss mit den drei Gewerkschaften eine massive staatliche Intervention.

Alles kann noch zum Guten verändert werden, die düstere Zukunft muss kein Schicksal sein, glaubte man. …

Ein kurzer Hoffnungsschimmer leuchtete auf, als das europäische Ford-Management in Aussicht stellte, seine Kürzungspläne dem belgischen Ministerpräsidenten Elio di Rupo und der Arbeitsministerin Monica De Coninck zu erläutern und zu begründen. Stephen Odell, der sich bisher verweigert hatte, wollte daran teilnehmen. Dieses Gespräch brachte jedoch keinen Durchbruch, und so wurde vehement die zweite Option, eine hohe Prämie zur Kompensation des Arbeitsplatzverlustes, eingefordert. Ford International sagte zu, sich schnellstens damit zu befassen.

In Genk wurden nicht nur komplette Autos gefertigt. Man produzierte auch Autoteile und Räder und lieferte sie an andere ausländische Werke. So wurden beispielsweise drei Viertel der produzierten Räder ins Ausland geliefert. Dass dies trotz angeblicher Überkapazitäten so weiterging, schürte bei den Gewerkschaften den Verdacht, Genk müsse für die ausländischen Werke auf Vorrat produzieren, damit sie bei der Übernahme der Genker Gesamtmontage bereits über Vorräte an Einzelteilen verfügten. Die Gewerkschaften sensibilisierten ihre Mitglieder und machten sie rebellisch. Die traten in Streik und wollten die Tore zumindest so lange blockieren, bis ein annehmbarer Vorschlag für Abfindungen auf dem Tisch lag. Schließlich hatten sie jahrelang bei Lohnverzicht gearbeitet, um die Sicherheit ihres Standorts zu gewährleisten. Die Gewerkschafter dachten auch über eine Frühverrentung der über 50-Jährigen nach. Als Richtschnur für eine Entschädigung nahmen sie die knapp zweihundertdreitausend Dollar, welche die Opel-Mutter, General Motors, bei der Schließung des Werks in Antwerpen den Mitarbeitern durchschnittlich zugestanden hatte. Mehrere hundert Arbeiter belagerten nun täglich die Tore. Es wurde gestreikt, und wenn trotzdem produziert wurde, hat man die fertigen Autos und Teile nicht vom Werksgelände gelassen. Bis dahin hatten die knapp viertausendfünfhundert Arbeiter für rund tausend Autos am Tag gesorgt. Die gingen jetzt auf Halde.

Die Verhandlungen um die Abfindung zogen sich hin.

Bald zeichnete sich ab, dass die von General Motors nicht erreicht werden würden. Das wurde mit der schlimmen wirtschaftlichen Lage in Europa durch die Schuldenkrise begründet. Zudem hatte die erschlichene Lohnkürzung 2010 die Bemessungsgrundlage für die Abfindung gekürzt. Doch dann zeichnete sich ein Gesamtpaket ab, dem der amerikanische Autobauer, die Gewerkschaften und die öffentlichen Stellen zustimmten: Das Werk in Genk würde einvernehmlich Ende 2014 geschlossen. Auch in Großbritannien standen dann zwei Werke vor dem Ende. Detroit war willens, ein Fünftel seiner Kapazitäten in Europa wegen schwächelnder Nachfrage zu kappen. Die Genker Produktion wurde nach Valencia in Spanien verlagert. Bis zur Schließung des Genker Werks würde die Herstellung von Wagenteilen als Vorrat für den Start in Valencia nicht mehr behindert. Das Prüfgelände für Testfahrten in Lommel sowie für Versuche von Fremdkunden war von der Stilllegung nicht betroffen. Das Gelände wurde fortgeführt. Der US-Autokonzern gestand für die Genker Mitarbeiter eine Entschädigungssumme von 750 Millionen Dollar zu. Das bedeutete im Schnitt einen Betrag von hundertsiebenundachtzigtausend Dollar bzw. hundertfünfundvierzigtausend Euro für jeden von ihnen. Nachdem die Einigung zum Sozialplan für die Arbeiter in trockenen Tüchern war, ging es um Schadensbegrenzung für die Region in der Zukunft. Sie war bisher überwiegend von einer eher mittelständisch geprägten metallverarbeitenden Industrie getragen worden. Stahl und Eisen hatten die Region ernährt. Inzwischen erfolgte in Gesamt-Belgien zwei Drittel der Wertschöpfung im Dienstleistungssektor. Da musste man nun auch in Limburg hinkommen. Der rührige Bürgermeister Wim Dries warf seine Netze aus. Die Sicherheit der Ford-Ära war vorbei. Wie nach der Minenschließung musste der Niedergang in etwas Positives umgekehrt werden. Mit geeigneten Verbündeten wollte er an der Zukunft von Genk und Limburg bauen. Stadt, Provinz, Region, auf allen Ebenen versuchte man Investoren anzulocken. Bald zeigten sich erste Erfolge, auch wenn sie zunächst nur wie ein Tropfen auf dem heißen Stein wirkten: In Hasselt wurde von Ikea-Möbel eine neue Niederlassung eröffnet. Das Gefängnis in Leopoldsburg wurde erheblich vergrößert, genauso wie die Niederlassung von Nike. Doch diese Bemühungen brachten in etwa nur tausend Jobs. Die mehr als sechstausend verlorenen Arbeitsplätze konnten dadurch nicht kompensiert werden.

Freddy Leidgens würde bei der Werksschließung 51 Jahre alt sein. Insoweit fielen seine Bemühungen um eine Anschlussbeschäftigung eher mäßig aus. Bis zu einem vorgezogenen Rentenalter konnte er nach seiner Einschätzung mit der Abfindung den Unterhalt bewerkstelligen. Ihr

Haus war abbezahlt. Schulden waren nicht zu tilgen, und Michelle und er hatten keine großen Ansprüche. Er orientierte sich an einer Veröffentlichung von *Het Belang van Limburg*. Die Auskunft, die er zum Nettolohn erhielt, den er bis zum Rentenalter bekam, ernüchterte ihn dennoch. Die Entschädigung aus der Arbeitslosigkeit und die Zusatzprämie des Unternehmens lagen ein gehöriges Stück niedriger als sein bisheriger Lohn. Er musste bis zum Rentenbeginn von einem monatlichen Nettobetrag um die 1700 € ausgehen. Freddy haderte mit sich, dass er sich für diese sch... Amerikaner so lange den Arsch aufgerissen hatte. Undank war der Welten Lohn! Er würde trotzdem mit der niedrigen Abschiedsprämie die Weichen neu stellen. ...

Ganz anders sah das bei Alain Leidgens aus. Er würde 2014 erst 27 Jahre alt sein und war für Nathalie und die kleine Yvette verantwortlich. Er machte sich sofort auf die Suche nach einer neuen Stelle. Zunächst fragte er bei der Teststrecke in Lommel an. Dort erhielt er eine Absage. Die Strecke wurde zwar fortgeführt, aber ohne Personalaufstockung. Auch hier wurde gespart. Alain hatte das fast erwartet. Aber einen Versuch war es wert gewesen.

Auch bei dem großen Stahlblechwerk, Arcelor Mittal, das zum weltgrößten Verbund gehörte, gab es keine adäquate Arbeitsstelle, obwohl dort erfolgreich Autobleche hergestellt wurden. Im Stahlwerk Genk wurden immerhin täglich circa dreitausend Tonnen Brammen aus Edelstahl produziert. Nachdem die im Warmwalzwerk Carlam bei Charleroi zu Coils verarbeitet worden waren, kamen sie zum Teil nach Genk zurück und wurden im Kaltwalzwerk zu Edelstahlblechen verarbeitet, die vielfach in die Autoindustrie gingen.

Audi in Brüssel und Volvo in Gent produzierten zwar immer noch Kraftfahrzeuge, aber wie es bei ihnen weiterging, wurde allseits mit Bangen beobachtet. Alain beschloss, dort zunächst eine Bewerbung hintanzustellen. Er wollte sich sowieso erst einmal darum kümmern, dass die ihm zustehende Abfindung nicht infrage gestellt werden konnte. In seinem bisherigen Arbeitsvertrag stand, dass er aus Datenschutzgründen keine

Unterlagen mit nach Hause nehmen durfte. Ein Verstoß dagegen wäre ein Kündigungsgrund. In der Realität war dies aber, wegen des hohen Arbeitsaufkommens, von den Vorgesetzten bisher erwartet worden. Darauf wollte er sich nun nicht mehr einlassen. Er würde genau nach Vertragswortlaut arbeiten, damit ihm nicht zum guten Schluss mit Hinweis auf einen Vertragsverstoß ohne Entschädigung gekündigt werden konnte. Wie die meisten Mitarbeiter war er bemüht, die Höhe seiner Abfindung in Erfahrung zu bringen. Das Ergebnis schockte ihn. Die vermeintlich »dicke« Leistung wurde bei Licht betrachtet recht klein. Ohne einen baldigen neuen Job musste er sich um die Zukunft echt Sorgen machen.

Am 7. und 8. November 2012 war im Kölner Ford-Werk eine Sitzung des europäischen Betriebsrats mit der Geschäftsleitung von Ford Europe angesetzt. Dieses Treffen hatten die drei belgischen Gewerkschaften mit den Farben rot, grün und blau, sozialistisch, christlich und liberal, für eine Demonstration der Genker Arbeiter in Köln ausgerufen. In vier Bussen fuhren rund zweihundert Arbeiter und Arbeiterinnen los und erreichten schon gegen 8:00 Uhr morgens das Werk, um ihren Unmut vor die Konzernleitung zu tragen. Sie hatten große Banner mit Protestaufrufen dabei, waren mit Baseballschlägern bewaffnet und trugen Feuerwerkskörper in ihren Rucksäcken mit sich. Sie wollten sich bei den Ford-Bossen lautstark Gehör verschaffen. Auf dem Weg nach Köln war schon reichlich Alkohol geflossen, und so erreichten sie in ausgelassener Stimmung die Europazentrale des Autobauers in Köln-Niehl. Sie waren gut gelaunt, aber wütend, als sie sich vor Tor 3 zusammenrotteten. Das lag genau vor dem Sitzungssaal des Betriebsratstreffens. Das Regionalfernsehen, TV Limburg, war zugegen und filmte den Aufmarsch. Zunächst blockierten die Belgier den Eingang zur Zentrale und heizten sich mit Sprechchören auf. Dann wurden einige Reifen abgefackelt, Raketen in den Himmel gejagt und Bengalos gezündet. Auch, dass Böller geworfen wurden, gehörte zum typischen belgischen Streikverhalten. Die Aufnahmen des Regionalfernsehens machten später deutlich, dass das Vorgehen junger deutscher Polizisten zum Eklat führte. Sie erschienen in zwei Streifenwagen und wollten ungestüm klarmachen, dass solche Aktionen in Deutschland bei Strafe untersagt waren. Das trieb die Demonstranten zu derberem Vorgehen. Stadt und Polizei hätten viel früher erkennen müssen, dass sich mit Prävention eine solche Eskalation hätte verhindern lassen. Es waren am Anfang schlichtweg nicht genügend Polizisten vor Ort.

Sowohl Kölner Ford-Arbeiter und -Arbeiterinnen als auch Personen aus der linken Szene, die aufgrund der Radiomeldungen herbeigeeilt waren, solidarisierten sich. Die jungen Polizisten gerieten in Panik und lösten einen Großalarm aus. Vier Hundertschaften rückten an. Die Polizeibeamten aus dem Raum Düsseldorf-Köln stellten sich den Randalierern entgegen. Durch ihre massive Abwehrmauer konnten trotzdem fünfzig Belgier, auf das Ford-Gelände vordringen. Einige Kölner Beschäftigte solidarisierten sich mit den Genker Kollegen. Fenster und Türen gingen zu Bruch. Die Situation eskalierte weiter. Es kam zu stundenlangen Einkesselungen auf dem Fabrikgelände. Erst später waren die Polizeiführung und das Ford-Management um Beruhigung der Stimmung bemüht. Da zogen Kölner Ford-Arbeiter, die zuvor hochgehaltene IG-Metall Fahnen geschwenkt hatten, geräuschlos ab. Der Kölner Betriebsratsvorsitzende brachte den Eingekesselten allerdings belegte Brötchen und Wasserflaschen vors Tor. Ihrem Begehr, bei der Sitzung vorgelassen zu werden, folgte man nicht. Das Ford- Management verzichtete umgehend auf Strafverfolgung. Die Polizei und der Werkschutz brachten den Tumult nun langsam unter Kontrolle. Der »Streik auf belgisch« endete jedoch mit fatalen Folgen: Sechs Männer wurden festgenommen. Das Gelände glich einem Kriegsschauplatz. Reifenhaufen kokelten vor sich hin, Türen und Tore waren zertrümmert und Fenster zersplittert. Gerät hatte man umgeworfen. Drei Polizisten und ein Werkschutzmann waren von Feuerwerkskörpern verletzt worden. Eine solche Protestwelle war in Belgien gang und gäbe, in Deutschland aber strafbar. Von Amts wegen wurde auf den Verdacht von Landfriedensbruch, Personen- und Sachbeschädigung, Nötigung und Vergehen gegen das Vermummungsgesetz hin ermittelt. Auch die Polizei hatte während der Unruhen Videoaufnahmen gemacht, die wurden nun ausgewertet und einzelne Übeltäter identifiziert. Bald konnten dreizehn Strafbefehle verschickt werden. Ein 41-jähriger Familienvater, der bereits dem Abfindungsangebot zugestimmt hatte, war trotzdem angereist und wurde auf den Videofilmen als vermeintlicher Rädelsführer ausgemacht. ...

Die drei belgischen Gewerkschaften riefen am 11. November 2012 zum Generalstreik in Belgien auf. Das Motto lautete: Marsch für die Zukunft. Es blieb jedoch eine regionale Veranstaltung, zu der allerdings auch Delegationen aus Brüssel, aus Köln und aus dem spanischen Valencia kamen. Es herrschte strahlender Sonnenschein. Die Demonstration mutete wie ein Familienausflug an. Ab 11:00 Uhr fuhren Pendelbusse der Stadtwerke die Demonstranten, etwa zwanzigtausend an der Zahl, unentwegt ins Zentrum. Von dort marschierte man mit Kindern und Haustieren zu dem Industriedenkmal C-Mine, der früheren Schachtanlage Winterslag. Die gesamte Familie Leidgens war dieses Mal dabei. Nathalie gab sich voll Berechnung einen Ruck, mitzukommen. Schließlich wohnte sie mit den Schwiegereltern unter einem Dach und durfte deren Geduld mit ihr nicht überstrapazieren. Keiner von ihnen ahnte, dass es die letzte größere Zusammenkunft mit Michelle Leidgens sein würde. Wegen der vielen Kinder war darum gebeten worden, von den üblichen Knallkörpern abzusehen. Der Bitte wurde Rechnung getragen. Wenn überhaupt Raketen explodierten, so wurden sie am Rand der Demonstration gezündet. Es hatte etwas Besonderes an sich, dass die entlassenen Fordarbeiter und -arbeiterinnen zu dem Mahnmal marschierten, das für die große Arbeitsplatzvernichtung der achtziger Jahre stand. Sollten auch die Ford-Werke ein Industriedenkmal werden?

Nun wurde es ruhiger um Ford Genk. *Wenn der Mast bricht, muss man die Wanten kappen, sonst sinkt das Boot*, war inzwischen allseits akzeptiert. Alle arbeiteten lustlos und ohne Illusionen auf das Ende zu. Im September 2014 lief dann die Produktion des Mondeo mk4 aus. Im Oktober 2014 fand das Gerichtsverfahren über den Streik bei der Ford Zentrale in Köln statt. Durch belgische Arbeiter, die die Angeklagten unterstützen wollten, kam es vor dem Gerichtsgebäude wieder zu Kundgebungen. Die lokale Presse interviewte die Teilnehmer wie auch die Beklagten. Sie traf bei ihnen auf keinerlei Schuldbewusstsein: »Wir wollten nur demonstrieren. Das ist bei uns so üblich und keine strafbare Handlung. Wir sind keine Kriminellen«, verwertete ein Reporter die Worte eines der Beklagten in seinem Artikel. »Wir können nicht akzeptieren, dass ein Konzern, der im letzten Jahr zwanzig Milliarden Gewinn gemacht hat, in unserer Heimatstadt über viertausend Arbeiter auf die Straße setzt«, übernahm ein weiteres Blatt die Erklärung eines der Demonstranten. Ein anderer Belgier erklärte, man wolle die Kölner Kollegen davor warnen, dass mit der Schließung des Werks in Genk nicht automatisch das Ende der Fahnenstange erreicht sein müsse. »Die großen Bosse könnten auch bei euch noch Stellenstreichungen verabschieden!« Auch die Gewerkschaften, einschließlich der IG Metall, zeigten sich solidarisch: »Polizei und Staatsanwalt werden in einem vereinigten Europa lernen müssen, konstruktiv und verständnisvoll mit den unterschiedlichen europäischen Protestkulturen umzugehen.« Die Region Limburg hatte schon immer eine kämpferische Tradition und eine ausgeprägte Protestkultur gehabt. Die hatte Mitte der sechziger Jahre auch die Stilllegung der Minen eindrucksvoll begleitet. Ende 1966, als die Mine Zwartberg geschlossen werden sollte, traten zweitausenddreihundert Minenarbeiter unter Tage in den Sitzstreik. Hinzugekommene Minenarbeiter und Mineure aus benachbarten Zechen rissen, als Zeichen der Verbundenheit, Straßen und Bahnschienen auf, warfen mit Pflastersteinen und stürzten Lichtmasten um. Die Rijkswacht und Fallschirmjäger mussten einrücken. Es ging nicht ohne Tränengas, Wasserwerfer und sogar scharfe Schüsse ab. Mehr als achtzig Personen wurden verletzt, zwei sogar getötet. Um dem Tohuwabohu ein Ende zu bereiten, mussten Straßen und Häuser durchkämmt und von den Aufrührern gesäubert werden. Solch militantes Verhalten wurde Vorbild für spätere Generalstreiks. Voll Stolz wurde gesagt: »So streikt man in Belgien.«

Im Gerichtssaal befragte der Richter einige Polizisten, die gegen die Streikenden vorgegangen waren. Für einen lag das Ereignis schon zu lange zurück. Er konnte sich nicht mehr daran erinnern. Bei einem anderen hatten sich bleibende Eindrücke festgesetzt. Er hatte sich damals so bedroht gefühlt, dass er kurz davor stand, seine Waffe zu ziehen. Da es zu keinem körperlichen Übergriff gekommen war, hatte er diesem Drang, Gott sei Dank, nicht Folge geleistet.

Der vermeintliche Rädelsführer sollte laut Strafbefehl achtzehnhundert Euro Geldstrafe zahlen. Er und weitere Betroffene hatten dagegen Widerspruch eingelegt und die anberaumte Verhandlung erst notwendig gemacht. Der 41-jährige Rädelsführer schwieg im Gerichtssaal. Dafür nahm sein Verteidiger das Wort. Er erklärte, warum die Anklage so nicht stimmig sei, und dass man seinem Mandanten die Rädelsführerschaft niemals nachweisen könne. Er bestritt sie für ihn. Das Prozessergebnis wurde um drei Wochen vertagt.

In der Vorweihnachtszeit herrschte in den meisten Genker Familien traurige Stimmung. Das hatte in den vorangegangenen Jahren ganz anders ausgesehen.

Der 18. Dezember 2014 sollte der letzte Tag für die meisten Mitarbeiter werden. Zum Schichtende wurden in Genk die Kirchenglocken geläutet. Rund dreihundert Angestellte und Arbeiter blieben noch etwa sechs Monate in Lohn und Brot. Sie mussten die Fabrikeinrichtungen demontieren und die Verwaltung abwickeln. Was danach mit ihnen passierte, stand in den Sternen. Allerdings war klar, dass sie bei Ford keine Zukunft haben würden. Ein Kapitel belgischer Industriegeschichte ging zu Ende. Man konnte ein Fazit ziehen: Insgesamt wurden in Genk über vierzehn Millionen Autos gefertigt. Ford International hatte in Europa bis dahin 1,8 Milliarden Dollar Verlust eingefahren und rechnete noch mit weiteren 2 Milliarden. Mit dieser Schätzung ging die Drohung einher, man müsse die Einschnitte noch steigern, wenn sich die Lage in Europa zuspitzen würde. Die letzten beiden in Genk produzierten Fahrzeuge wurden verschenkt. Ein Ford S-MAX ging an die Stadt Genk und ein Ford-Galaxy an ein Hilfszentrum für behinderte Personen. Die Auslieferung der letzten bestellten Wagen ging im Tohuwabohu der Auflösung mit viel Kundenärger vonstatten. Das Wort Ford wurde für viele zum Schimpfwort.

Am 27.12.2014 veröffentlichte eine örtliche Zeitung folgenden Artikel:
Der 18.12.2014 wurde zum berührenden Schauspiel. Bevor der Vorhang endgültig fiel, traten die Protagonisten noch einmal auf die Bretter, die ihnen die Welt bedeuteten. Auch die letzten in Genk hergestellten Automodelle kamen auf die Bühne. Abschiedsstimmung war überall zu verspüren. Wenn der Vorhang fiel, würde Schicht sein. Mit Applaus war nicht zu rechnen.

Gegen 12:30 Uhr heulten stattdessen in Genk und in anderen Gegenden der Provinz Limburg die Sirenen. So schrill und lang hatte man die Werkssirenen bis dahin niemals gehört.

Es war ein Heulen ohne Tränen. Autohupen erschallten, und Kirchenglocken läuteten. Mit einmal wurde es still, beunruhigend still. Man hatte geglaubt, Genk habe für ewig zu Ford gefunden. Doch der alte Goethe hatte recht behalten: Drum prüfe, wer sich ewig bindet! Es wurde kein Glück für die Ewigkeit. Der große »Multi« Ford wurde untreu, was in Limburg sich niemand hatte vorstellen können. Ford kam zu dem Schluss, an einem anderen Standort besser gedeihen zu können, und strich die Segel. Spanien, nicht mehr Belgien, produziert nun den Mondeo, wenn auch mit Verspätung.

Ford drehte das Rad anders, wenngleich im eigenen Verbund.

Ford Europe in Köln gab die Richtung vor. Von Detroit gesteuert? Das Schicksal von Vilvoorde mit dem Ende des Renault Werks 1997 und Antwerpen mit dem von Opel im Jahre 2000 sowie dem von Volkswagen in Forest hätte eine Mahnung sein können. Bill Ford, dem Urenkel des Firmengründers, wird der Satz zugeschrieben: Ein gutes Unternehmen liefert ausgezeichnete Produkte und Dienstleistungen. Ein hervorragendes Unternehmen macht das Gleiche und strebt darüber hinaus danach, die Welt zu verbessern. Hat sich diese Absicht im Verhalten von Ford auch in Genk gezeigt? Nein, wir müssen uns wohl eher selbst helfen. Stehe auf stolzes Limburg in neuer Kraft!

Auch danach kam Ford Genk den Menschen der Gegend nicht aus dem Sinn. Zu viel Betroffenheit herrschte in allen Familien. Theatermacher der Provinz Limburg hatten die Schließung des Ford-Werks Genk als Theaterstück aufgearbeitet. Der belgische Rundfunk berichtete darüber am 4.9.2015 in den Nachrichten. Der Titel des Stücks hieß *Stroot* (*Schrott*). Man erzählte die Geschichte eines Wachmanns, der als Letzter das Werksgelände verließ. Das Stück wurde zwischen dem 23. und 30. September achtmal aufgeführt. Der Aufführungsort lag in der Nähe der ehemaligen Ford-Werke. Der genaue Standort wurde geheim gehalten und den Besuchern erst mit der Reservierung der Karten mitgeteilt. Die Aufführungen wurden durch die Fusion zweier bekannter Gruppen erst möglich. Die limburgischen Theatermacher De Queeste und die Löwener Musiktheatergesellschaft Braakland gründeten die neue, ambitionierte Gesellschaft. Sie machte mit dem Stück Furore und hielt noch längere Zeit die Traurigkeit über das unrühmliche Ende von Ford Genk wach.

Ford gab das brachliegende Werksgelände frei. Seitdem bemühte sich die Bezirksregierung Flandern um einen neuen Investor. Einen geeigneten Übernahmekandidaten zu finden, erwies sich als schwer. Die hohen belgischen Lohnkosten lagen weit über denen bei Vergleichsangeboten in den Niederlanden. Es gab noch viel zu tun, wollte man eine trostlose Zukunft abwenden.

Abschiednehmen bei den älteren Leidgens und Streit bei den jüngeren

Michelle Leidgens war mit über fünfzig Jahren immer noch eine ansehnliche Frau, aber sie sah oft müde, bleich und sorgenvoll aus. Freddy fragte sich, ob das mit ihm zu tun habe. Er fühlte, dass er mit seinem neuen Status im häuslichen Bereich ihren Tagesablauf durcheinandergebracht hatte. Er hatte sein ganzes Leben lang gearbeitet und vermisste die Arbeit nun sehr. Aus Verzweiflung mischte er sich jetzt in Dinge ein, die bisher ganz allein in Michelles Verantwortung lagen. Das tat dem häuslichen Frieden nicht gut. Seine Frau hatte ihn schon mehrfach aufgefordert, sein neues Leben anders zu strukturieren, ohne in ihren Bereich hineinzuregieren. Das hatte er zunächst nicht verstanden, er wollte sich doch nur einbringen. Dann erkannte er endlich nach längeren Diskussionen, dass es Michelle nicht um eine Regelung der Hierarchie ging, sondern lediglich um das Erhalten ihres Zuständigkeitsbereichs. Des guten Friedens willen suchte er nun nach anderen sinnvollen Betätigungen für sich und war auch fündig geworden. Er entdeckte an ihrem Haus Mängel, die er während seiner Arbeitszeit gern übersehen hatte. Er nahm sich ihrer an, und zwar so, dass er Michelle nicht in die Quere kam. Freddy besserte kleine Wandrisse aus, nahm sich die abgeblätterten Fensterrahmen und Türen vor, wechselte Tapetenstreifen, weißelte die Wände, und das war nur der Anfang. Er hatte sich einen Plan gemacht für viele weitere Schönheitsreparaturen und Instandsetzungen. Dazu gehörten verkalkte Armaturen, die Kacheln in den Nasszellen, die ebenfalls Kalkstriemen aufwiesen und in den Fugen Schimmelansatz zeigten. Dem Garten wollte er zuletzt auf den Pelz rücken. Michelle unterstützte diese Arbeiten, und die Reibereien zwischen ihnen hatten danach deutlich abgenommen.

Mit seinen früheren Kollegen arrangierte er ein wöchentliches Treffen in der Stammkneipe. Sie sprachen viel von alten Zeiten und redeten über die neuen Probleme. Bier floss in Strömen. Freddy konnte feststellen, dass die Probleme bei allen ähnlich ausfielen. Nur eines, was ihn zu Hause zusätzlich bedrückte, war bei den anderen anscheinend kein Gesprächsthema: Er war abends nicht so erschöpft wie während der Arbeitszeit und verspürte oft Lust auf Sex. Aber auch da zeigte sich Michelle nicht auf gleicher Wellenlänge mit ihm. Oftmals wies sie ihn zurück, wenngleich sehr sanft. Sie nutzte gerne kleine launige Sprüche dafür: »Heute nicht, Schatz, ich bin zu müde. Wenn ich den Lichtschalter ausmache, bin ich schneller im Bett, als es dunkel wird.« Mochte sie ihn nicht wie früher, oder war die Müdigkeit eine Begleiterscheinung ihrer erkennbaren Erschöpfung? Musste er sich Sorgen machen? Er nahm sich vor, ihr ins Gewissen zu reden. Sie sollte sich einmal ärztlich untersuchen lassen. Doch er schob diese Mahnung vor sich her. Er wollte die gerade eingetretene Harmonie nicht durch unerwünschte Ratschläge infrage stellen. Michelle war groß und stark genug, für sich selbst zu entscheiden.

Es war wieder Donnerstagabend, sein Männerabend.

Freddy freute sich schon den ganzen Tag darauf. Auch Michelle war erleichtert, dass Freddy diesen Abend aushäusig sein würde. Sie fühlte sich schon den ganzen Tag erschöpft und verspürte leichte Bauchschmerzen. In ihren Kreisen war es nicht üblich, wegen so etwas zum Arzt zu gehen. Sie hatte auch nie Vorsorgeuntersuchungen vereinbart. So kannte sie es von ihren Eltern. Krankheiten fielen einen an und gingen auch wieder von allein fort. Alles, was blieb, war gottgewollt. Sie freute sich, heute früh ins Bett gehen zu können. Sie hatte die letzten Nächte schlecht geschlafen. Dies hatte nichts mit Freddys Schnarcherei zu tun, denn sie schliefen inzwischen getrennt. Sie bedauerte, dass dies Freddy schmerzte, aber sie hatte es behutsam durchgesetzt. Freddy hatte gegen 6:30 Uhr das

Haus verlassen. Michelle hatte noch ein wenig herumgetrödelt, denn fürs Abendbrot fehlte ihr der Appetit.

Nach den 8:00-Uhr-Nachrichten wollte sie ins Bett. Der Roman, den sie gerade las, lag schon auf dem Nachttisch bereit. Das Buch war interessant, und sie wollte sich mit der Geschichte in den Schlaf lesen. Schon gegen 9:00 Uhr fielen ihr die Augen zu. Sie konnte gerade noch das Licht löschen.

Gegen 9:45 Uhr verspürte sie einen starken Schmerz im Brust- und Bauchbereich und wachte wieder auf. Ein bis dahin unentdecktes Bauchaneurysma war geplatzt. Die Schmerzen strahlten bis in den Rücken und ein Kreislaufschock nahm ihr das Bewusstsein. Die einsetzenden starken inneren Blutungen merkte sie gar nicht mehr. ...

Freddy war außer Haus und so gab es niemanden, der ihren lebensbedrohlichen Zustand entdeckte. Doch auch das hätte ihr kaum geholfen, denn nach der Statistik erreichten nur rund zehn Prozent aller Patienten mit einem geplatzten Aneurysma lebend das Krankenhaus. Die schweren Blutungen führten bei Michelle im eigenen Bett zum Tod. Das Unglück wurde erst am nächsten Vormittag entdeckt. Freddy war in der Nacht spät nach Hause gekommen und hatte sich äußerst geräuschlos verhalten, um seine Frau ja nicht aufzuwecken. Erst als er morgens zur Frühstückszeit immer noch nichts von ihr hörte oder sah, ging er in ihr Schlafzimmer und schaute vorsichtig nach ihr. Schnell erkannte er, dass etwas Schlimmes geschehen war. Michelle reagierte selbst auf stärkeres Bemühen, sie aufzuwecken, nicht. Er rief sofort den Notarzt an, und der kam innerhalb einer halben Stunde. Der Arzt stellte den Tod fest. Freddy saß wie versteinert da, war völlig fassungslos. Die Vorabdiagnose lautete auf Verbluten nach einem geplatzten Aneurysma. Die Bauchhöhle war durch einen fulminanten Blutausfluss deutlich gefüllt. »Wir werden die Todesursache Ihrer Frau gründlich untersuchen.« Das Wort Obduktion nahm der Arzt bewusst nicht in den Mund. »Erst dann kann ich Genaueres sagen. Bis dahin muss Ihnen mein Beileid reichen.« »Kann ich mitfahren?«, wollte Freddy von ihm wissen. Der Arzt erklärte ihm mit ruhigen Worten, dass dies nicht zulässig war. »Ich kann Ihnen höchstens einen Beistand besorgen«, bot er an. »Darauf kann ich verzichten. Dafür habe ich meine Familie«, antwortete Freddy resignierend. Er wartete, bis der Wagen mit seiner toten Frau verschwunden war, dann ging er ans Telefon. Obwohl Alain mit seiner Frau unter dem gleichen Dach wohnte, beschloss er seine Tochter Claudine anzurufen.

Er wollte nicht, dass Nathalie als Erste zu ihm kam. Alain war bestimmt nicht im Haus. Beim Warten auf Claudine haderte er mit sich, dass er Michelle nicht aufgefordert hatte, zum Arzt zu gehen. Ich bin ein Feigling, beschimpfte er sich. ...

Claudine sah ihren Vater zum ersten Mal in ihrem Leben unter Tränen. Sie ging auf ihn zu und nahm ihn in den Arm. So schluchzten sie gemeinsam. Das brachte ihren Vater dazu, sich zu beruhigen. Er drückte sie fest an sich und sagte: »Kind, was soll ich nun nur machen? Eins ist sicher für mich, es gibt keinen Gott.« Claudine hielt den Widerspruch, der ihr auf der Zunge lag, zurück. Sie sprach stattdessen beruhigend auf ihn ein: »Papa, sag sowas nicht. Du weißt gar nicht, wie gut es Mama jetzt vielleicht hat. Und um dich solltest du dir auch keine Sorgen machen. Du ziehst zu uns, das ist doch klar. Ich werde gut für dich sorgen.« Er war gerührt und schwieg. Claudine ließ ihren Vater schon die erste Nacht nicht allein zurück. Er schlief bei ihnen, und so sollte es künftig bleiben.

Der Bericht, der ihnen nach der Obduktion zuging, war ein unterschwelliger Vorwurf gegen die Nachlässigkeit Michelles hinsichtlich jeglicher medizinischer Vorsorge. Bei ihr lag nachweislich schon längere Zeit Bluthochdruck vor sowie eine ausgeprägte Arteriosklerose. Das waren die »besten« Voraussetzungen für einen Riss der Arterienwand.

Bei ihrer Bestattung zeigte sich eindrucksvoll, wie viel Freundinnen und Freunde Michelle gehabt hatte. Mehr als fünfzig Menschen trauerten um sie und gingen mit ihr den letzten Gang.

Als gerade ein wenig Ruhe eingekehrt war, kam es zu einem handfesten Streit zwischen Nathalie und Alain. Sie schenkten sich nichts. Es war allerdings Nathalie, die den aufgestauten Frust zuerst aus sich rausließ. Es war ein regnerischer Tag gewesen. Niemand war freiwillig aus dem Haus gegangen, und so hielten es auch die beiden jungen Leidgens und ihre Tochter Yvette. Als die Kleine sich zum Spielen in ihr Zimmer verzogen hatte, sprach Nathalie ihren Mann auf recht ruppige Art und Weise an: »Wie lange willst du eigentlich noch Trauer tragen? Ich finde, du hättest Besseres zu tun. Deine Abfindung reicht nicht bis zum Rentenalter. Ich höre rund um uns herum, dass sich andere um neue Stellen bemühen. Die werden wohl Sieger in dem Rennen werden. Du musst dich sputen. Es geht nicht nur um dein Wohlergehen, sondern auch um meines und das unserer Tochter.« Alain war fassungslos. Zum einen war er schon seit längerem bemüht, eine neue Anstellung zu finden. Er hatte sich in allen Jobbörsen vorgestellt und dort auch Angebote gecheckt. Bisher ohne Erfolg. Zum anderen hatte er viel Zeit dafür benötigt, seinem Vater möglichst viel abzunehmen. Der war nach dem Tod seiner Frau völlig durch den Wind gewesen. Er ging ungewohnterweise zum Gegenangriff über: »Was hast du denn bisher gemacht?« Nathalie sah ihn ungläubig an. »Ich versorge dich und Yvette jeden Tag. Dein Vater wird vermutlich bald noch hinzukommen. Meinst du nicht, dass das genug ist? Soll ich auch noch arbeiten gehen? Der größere Teil der Bevölkerung meint, eine Mutter gehört zu ihrem Kind und nicht an den Schreibtisch.« »Erstens ist das nicht wahr und zweitens, selbst wenn fünfzig Millionen Menschen so etwas Dummes sagen, bleibt es eine Dummheit.« Verärgert schob sie ein weiteres Argument nach und funkelte ihn dabei böse an: »In unserem Umfeld gibt es sowieso keine Stellen für Frauen. Bei uns kann nur eine Klofrau sagen: ›Mein Arbeitsplatz ist sicher.‹ Niemand will den nämlich, dafür aber ist auch meine Schmerzgrenze noch nicht erreicht.« Alain schüttelte den Kopf. »Mein Vater hat sich längst gegen uns entschieden, wohl hauptsächlich gegen dich und deinen fehlenden Familiensinn. Er wird bei meiner Schwester wohnen. Das ist längst abgemachte Sache.« Nathalie grinste ihn schief an und meinte: »Das ist ja mal endlich eine Good News. Dann könnten wir doch in die größere Wohnung deiner Eltern ziehen und hätten mehr Platz.« »Wahrscheinlich willst du die Wohnung auch noch zur gleichen Miete haben. Dass mein Vater auch sein Auskommen braucht, spielt für dich keine Rolle. Oder ist es dir schon zu viel, die Treppe in die erste Etage hochzusteigen? Du hast Härtegrad zehn, wie ein Diamant!«

»Schwachmat«, murmelte sie leise in sich hinein. Leider verstand Alain sie doch und wurde aggressiv: »Tritt dich mal selbst in den Hintern. Wenn du auch so hart gegen dich selbst wärest, würde ich nichts sagen. Das ist mein Ernst.« ...

Ein neuer Lebensabschnitt für Freddy Leidgens als Witwer und Frührentner

Freddy Leidgens hegte Befürchtungen, dass er im Hause Fontaine nicht willkommen sein würde. Bruno und Claudine waren kinderlos und führten seit längerem ein eigenes Leben. Ob er darin zum Störfaktor würde? War das Angebot von Claudine zu spontan ausgesprochen worden? Er wollte sich sehr zurückhaltend einführen und nötigenfalls in seine Wohnung zurückgehen, bevor er Unfrieden in ihre Gemeinschaft brachte.

Das erste Beisammensein verlief vielversprechend.

Claudine freute sich offensichtlich über sein Kommen. Ihre Augen strahlten. Auch Bruno, mit dem er immer gut ausgekommen war, nahm ihn mit offenen Armen auf: »Unser Haus ist jetzt auch dein Haus. Freddy, du bist hier willkommen.« Die drei saßen den Abend zusammen und redeten über eine gemeinsame Zukunft. Freddy wurde schnell klar, dass ihm viel Freiraum bleiben würde. Die beiden waren berufstätig, gingen morgens gegen 8:00 Uhr aus dem Haus und kamen erst am frühen Abend zurück. Er musste sich also fast den gesamten Tag selbst organisieren. Ihm wurde zum ersten Mal bewusst, wie sehr seine Arbeit seine Tagesstruktur und das soziale Umfeld bestimmt hatten. Er musste den Tag nun sinnvoll anders ausfüllen. Hoffnungslosigkeit, Selbstzweifel und Resignation durften erst gar nicht aufkommen. Dazu war er nicht der Typ. Er wollte nicht auf dem Sofa sitzen und das Leben an sich vorbeiziehen lassen. …

Die beiden hatten für ihn in der ersten Etage einen separaten Wohnbereich hergerichtet, mit Wohnzimmer, Schlafzimmer, eigenem Bad und

Toilette. Er konnte sein Fernsehgerät und die Musikanlage mitbringen und sich auch insoweit separieren. Diese Zimmer wurden bisher nur von Besuchern genutzt, und das kam selten vor. »Um die Mahlzeiten, um das Waschen deiner Wäsche und das Bügeln brauchst du dich nicht zu kümmern, Vati. Das übernehme ich natürlich. Du sollst nie nachlässig gekleidet oder verstrubbelt herumlaufen«, erklärte Claudine so bestimmt, dass Widerspruch sinnlos war.

Freddy war erleichtert über die herzliche Aufnahme, bedankte sich und brachte seine Vorstellungen zu Gehör: »Liebe Kinder, euer Angebot ist großzügig, fürsorglich und verhindert meine Vereinsamung. Habt Dank dafür. Aber ich will euch nicht zur Last fallen, weder finanziell noch durch Verletzung eurer Privatsphäre. Mein Obolus für die Haushaltsführung wird großzügig ausfallen. Meine Frührente lässt das zu. Außerdem habe ich noch Ersparnisse. Ich werde gerne dazu beitragen, dass auch ihr euch etwas mehr gönnen könnt. Da ihr tagsüber arbeitet, muss ich das Leben für mich allein strukturieren. Damit werde ich mich zunächst beschäftigen. Für Vorschläge von euch bin ich dankbar, und meine Ideen werde ich gerne mit euch besprechen. Worte, die in der Kehle stecken bleiben, können nicht zur Klarheit führen. Also bitte immer heraus mit der Sprache. Claudine, du warst schon zu Hause das offene Wort gewohnt. Ich möchte ein Miteinander erreichen, das für uns alle nicht nur erträglich ist, sondern schön wird.« Es war nicht schwer, sich auf dieses erste Resümee zu verständigen.

Freddys Leben nahm stetig neue Formen an. Der tägliche Besuch des Grabs von Michelle auf dem Friedhof im Zentrum, verbunden mit dem längeren Spaziergang dorthin, wurde für ihn unverzichtbar. Bald stach das Grab seiner Frau aus den anderen Grabstätten hervor. Die waren nur von den dunklen Steinplatten geprägt, Michelles Grab hingegen von dem bunten Blumenschmuck. Es war keine einfache Grabstätte mehr, eher ein gepflegtes Blumenbeet. Freddy hegte und pflegte es. Wenn Claudine am Wochenende mal mit ihm ging, genoss er ihre lobenden Worte. Wir sehen uns wieder, dachte er zum Abschluss seiner Gebete am Grab.

Die Ehemaligen von Ford hatten mehrere Stammtische gegründet. Freddy hatte sie besucht, um den besten für sich herauszusuchen. Der erste stieß ihn ab. Hier herrschte der unselige Geist des Vlaams Bloks. Der wurde 1979 als Fusion von zwei rechtsradikalen Splitterparteien, der Vlaamse Volkspartij und der Vlaams Nationale Partij, gegründet. Freddy hatte ihm immer skeptisch gegenübergestanden. Mit seiner Forderung nach Autonomie für Flandern und einem fremdenfeindlichen Programm gelang der Partei 1991 der Durchbruch. Für die Fremdenfeindlichkeit hatte Freddy niemals Verständnis aufgebracht. Wie oft hatten Spieler aus anderen Ländern in seinem Verein das Spiel entschieden.

Ayub Timbe Masika, den kenianischen Spieler, der am 30. August 2012 für Genk in der UEFA Europa League gegen den FC Luzern in der 88. Minute das 2:0 schoss, würde er als beredtes Beispiel nie vergessen. Viele tüchtige fremdländische Kollegen hatten mit ihm bei Ford gearbeitet. Gesetze zur Beendigung der Zuwanderung oder angeordnete Rückführung kamen für ihn nicht infrage. Dass der erschaffene Wohlstandsstaat nur der einheimischen Bevölkerung zugutekommen sollte, war für ihn ungerecht. Schließlich hatten viele ausländische Mitbürger an dessen Entstehen mitgewirkt. Also mussten sie auch mitgetragen werden, wenn sie in Not gerieten. Freddy hatte sich für den zweiten Stammtisch entschieden. Der fand jeden Donnerstagabend statt. Die Teilnehmer waren weltoffener, schwelgten auch nicht nur in der Vergangenheit, sondern schmiedeten Pläne für die Zukunft. Sie debattierten viel über Globalisierung und Rationalisierung, die nach ihrer Meinung wesentlich für ihre Arbeitslosigkeit verantwortlich waren. Hierbei war ein Blick in die Vergangenheit notwendig: Das Arbeitsvolumen hatte seit Mitte der 1970er Jahre, in denen die Automatisierung und die Informationstechnologie große Fortschritte machte, stetig abgenommen. Freddy sprach seinen Sohn Alain auf eine Teilnahme an diesem Stammtisch an. Auch wenn er sich gegen ein Zusammenwohnen mit ihm und Nathalie entschieden hatte, war ihm der Kontakt zu seinem Sohn nach wie vor wichtig. Sie waren schon immer Seelenverwandte gewesen. Alain hatte eigentlich Vorurteile gegen feste Stammtischtage. Das Stammtischgeplapper bestand für ihn meist aus zu vielem postmortalem Klugscheißen. Aber auch er wollte seinen Vater sehen und hielt deshalb seine Meinung zurück. Claudines Beurteilung von Nathalie teilte er inzwischen, wenn auch heimlich. Die beiden Männer beschlossen auch, gemeinsam zu den Heimspielen des KRC zu gehen. Alain fiel dabei der Satz seines Vaters zum Internet ein, von dem er ihm wegen seiner Stellensuche im Net erzählt hatte: »Das Word Wide Net! Das einzige Netz, was mich interessiert, ist das im gegnerischen Tor des KRC, und das auch nur, wenn der Ball darin zappelt.« Alain hatte grinsen müssen.

Die Abende mit Claudine und Bruno brachten mehrere Bereicherungen. Bruno erfuhr in der Stadtverwaltung immer Neues über deren Bemühungen, Arbeitsplätze zu schaffen und dafür Investoren zu gewinnen. Freddy verfügte durch ihn über erste Informationen, die er natürlich sofort an Alain weitergab, wenn sie ihm für dessen Zukunft sinnvoll erschienen. Als geborener Genker war ihm daran gelegen, dass es in seiner Heimatstadt wieder aufwärts ging. Er wollte alles über neue Entwicklungen wissen. Das Bemühen blieb allerdings oftmals ohne Erfolg. Genk blieb in der Krise.

Claudine war besonders um die psychologischen und gesundheitlichen Befindlichkeiten ihres Vaters bedacht.

Ihre Warnungen und die liebgemeinten Vorschläge wollten nicht enden: »Vati, bleib immer agil und am Ball. Es gibt so viele soziale und gesellschaftliche Möglichkeiten. Einfach arbeitslos vor sich hinvegetieren ist eine Falle. Solche Menschen verbringen mehr als doppelt so viele Tage im Krankenhaus als aktive. Sie verfallen auch eher dem Genuss von Alkohol und Nikotin. Ich möchte nicht, dass du früher stirbst.« Ihre Ängste rührten ihn, und er trug ihnen Rechnung. Er rauchte, wie bisher schon, nicht, und trank nur in Maßen. Bald gewöhnte er sich an regelmäßigen Sport. Er joggte durch den Park und hatte sich einen Expander und Hanteln gekauft, die er beim täglichen Frühsport nutzte.

Zu einem Thema blieb, trotz aller Harmonie, Dissens: Freddy hielt moderat dagegen, wenn sich Claudine in bekannter Weise gegen Nathalie aussprach und auch noch ihre Lieblosigkeit beim Tod der Mutter hervorhob. »Du solltest dich nicht in Dinge einmischen, die dich gar nicht originär betreffen.«

»Aber doch, sie betreffen unsere ganze Familie.« Ihr Vater schwieg, denn eigentlich hatte Claudine ja recht. Ihre dauernden Tiraden nervten ihn allerdings. Schweigen ist oft der lauteste Schrei, dachte seine Tochter manchmal auch einsichtig und hakte nicht nach. ...

Alain Leidgens vergebliche Arbeitssuche

Alain Leidgens machte sich nun verstärkt auf die Suche nach einer neuen Anstellung. Da der Umgang mit Nathalie eher schwieriger geworden war, ging er gerne auf das Angebot seines Vaters ein, sich dafür in die elterliche Wohnung zurückzuziehen. Freddy Leidgens wollte sie, wenn möglich, möbliert vermieten. Er wollte viele Dinge des Hausstands erhalten wissen. Das Vermieten erwies sich jedoch als schweres Unterfangen. Es gab lediglich immer mal wieder kurzfristige Vermietungsmöglichkeiten an Handelsvertreter oder Monteure, die für einen bestimmten Auftrag in die Stadt kamen. Freddy gelang es nicht, mit irgendeiner Firma in Genk für solche externen Leute einen Dauervertrag abzuschließen. Das blieb aber sein Wunsch, und bis zu dessen Realisierung stand die Wohnung leer. Natürlich gab diese Entscheidung bei Nathalie Anlass zur Kritik. Sie hatte gehofft, nun Alain die Aufsicht über Yvette ab und zu aufs Auge drücken zu können, um persönliche Freiräume zu gewinnen. Alain wies ihre Kritik rüde zurück. »Ich muss mich um eine neue Anstellung bemühen und kann solche Zusatzaufgaben nicht übernehmen, erst recht nicht, um dir Müßiggang zu ermöglichen.« Nathalie war über diese Äußerung außer sich und wurde ausfallend. Ihre Aggressivität gab ihm schon länger zu denken. Er sah einen Zusammenhang mit der Batterie von Flaschen, die in ihrem Haushalt ständig entsorgt werden musste. Er glaubte, dass Nathalie zu viel trank. Vielleicht vernebelte der Alkohol ihre Einsicht, dass auch sie von den schweren Zeiten nicht ungeschoren bleiben konnte. Großes Kino war das gestern! Er hoffte, sie könne seine Gedanken nicht lesen und bereute sie. Gerne wäre er ihr entgegengekommen und hätte die Zeit genutzt, seiner Tochter näherzukommen. Er bemerkte nämlich seit längerem, dass sie immer mehr Allüren ihrer Mutter annahm und zudem ein Mutterkind wurde.

Alain beschloss, noch einmal die in Belgien verbliebenen Autobauer zu kontaktieren. Er beschäftigte sich zunächst mit Volvo in Gent. Er erhoffte sich einen Bonus, weil er aus einem Unternehmen der Ford-Mutter kam. Das Werk hatte bisher immer noch jährlich über zweihunderttausend Fahrzeuge gefertigt und im europäischen und internationalen Handel platziert. Mit knapp fünftausend Angestellten erschien ihm die Zahl der Beschäftigten noch äußerst stattlich. Er fand keine Informationen über bevorstehende Einsparmaßnahmen. Man gewährte ihm ein persönliches Vorstellungsgespräch und bat um Zusendung seiner Bewerbungsunterlagen. Mit denen gab er sich viel Mühe und holte sogar von seinem ehemaligen Chef noch ein Zeugnis ein. Ein offizielles Zeugnis von Ford war kurzfristig nicht zu erhalten. Im Genker Werk befand sich alles in Auflösung, sofern überhaupt noch vorhanden. Er schickte die Unterlagen ab und wollte sich einige Tage später mit dem Zug nach Gent auf den Weg machen. Nathalie beäugte seine Planung die ganze Zeit. Sie wollte genau wissen, was er vorhatte, und wollte ihren Senf dazugeben. Das ging ihm arg auf die Nerven und stimmte ihn auf Krawall: »Ich nehme den Zug.« »Warum fährst du nicht mit dem Auto? Das konnte Ford dir doch nicht wegnehmen. Damit bist du doch unabhängiger und schneller.« »Das Gute an Schienen ist, dass man nicht so leicht vom Weg abkommt«, antwortete er mit einem süffisanten Lächeln. Er konnte nur noch mit Sarkasmus reagieren.

Er wurde vom stellvertretenden Personalchef empfangen. Der nahm sich Zeit für ihr Gespräch. Alain schöpfte ein wenig Hoffnung. Wie er in Genk eingesetzt war und was er genau zu verantworten hatte, wurde abgefragt. Sein Gegenüber schrieb immer wieder einige Worte auf seinen Notizblock. Dann kamen sie auf seine Gehaltsvorstellungen zu sprechen. Alain betonte weitgehendes Entgegenkommen. »Ich klebe nicht an der Höhe meines bisherigen Gehalts. Ich habe Familie und brauche eine Anstellung bei jeder zumutbaren Entlohnung.« Der Personalchef nickte verstehend. Schlussendlich war das Bewerbungsgespräch trotzdem nicht zielführend. Der Personalchef resümierte die Gründe: »Ich würde einem Fordler gern etwas Gutes tun. Sie haben einen exzellenten Ausbildungsstand. Doch solche Plätze sind bei uns bereits gut besetzt. Für die Stellen, für die wir Mitarbeiter suchen, sind Sie überqualifiziert. Selbst wenn Sie eine solche Stelle nähmen, wird das gebotene Gehalt für Sie nicht reichen. Bedenken Sie, dass Sie in Gent noch eine zweite Wohnung zahlen müssen. Ich bedaure zutiefst, dass wir nicht in besseren Zeiten leben. Ich kann Ihnen nur viel Glück wünschen. Geben Sie bitte nicht auf.« Alain war über diese Offenheit perplex, erkannte aber auch schnell, dass der Mann recht hatte. Sie gingen nach freundlicher Verabschiedung auseinander. Er fragte nicht mal nach Spesenersatz. Außer Spesen war eben nichts gewesen!

Durch eine Insider-Information seines Schwagers Bruno Fontaine bekam Alain den Anstoß, sich auch bei Audi in Brüssel zu bewerben. Angeblich wollte die Geschäftsleitung ab 2016 die neue Generation des Audi A1 in Martorell, etwa 20 Kilometer von Barcelona entfernt, bei Seat produzieren lassen. Stattdessen sollte Audi Brüssel künftig zum Schlüsselzentrum für die Elektromobilität im Audi-Konzern werden. Dafür wurden jetzt schon fähige Leute gesucht. Diese Aufgabe reizte ihn nicht nur, er fühlte sich dafür auch durchaus geeignet. Das Werk hatte zurzeit mit etwa 200.000 Fahrzeugen im Jahr eine gute Auslastung und etwa 5000 Mitarbeiter. Alle Aspekte zusammen boten eine gute Voraussetzung für eine erfolgreiche Zukunft des Standorts. Ihm gelang es wie in Gent, auch in Brüssel einen persönlichen Vorstellungstermin zu erhalten.

In Brüssel traf er zwar mit dem Personalchef selbst und dessen Assistentin zusammen, doch der Mann war lange nicht so freundlich und aufgeschlossen wie der von Gent. Der versuchte ohne Umschweife das Anfangsgehalt zu drücken. Er spekulierte dabei auf die vielen Arbeitslosen in Genk nach dem Ende von Ford: »Ihr Fordler aus Genk braucht dringend einen Job, habe ich recht? Sie im Besonderen, Sie müssen schließlich eine Familie ernähren. Sie müssen uns bei Ihrer Gehaltsforderung entgegenkommen.« Alain Leidgens schmeckte diese Art Verhandlungsführung gar nicht, doch er blieb ruhig und besonnen. Er wollte sich zwar nicht unter Wert verkaufen, aber doch die Zugeständnisse benennen, die er bereit war zu machen: »Ich bin zu vielem bereit, um die Stelle zu erhalten. Das mögen Sie daran ersehen, dass ich beabsichtige, getrennt von meiner Familie Arbeit anzunehmen. Ich bin zusätzlich bereit, einen Teil eines angemessenen Nettogehalts in ein Zimmer hier in der Stadt zu investieren. Außerdem bringe ich eine gute Ausbildung und den Willen mit, mich zu engagieren.« »Das sind für mich alles Selbstverständlichkeiten«, blieb sein Gegenüber stur.

»Wir müssen auf die Kosten schauen, unseren Standort sicher halten. Ich denke an ein Entgegenkommen Ihrerseits von rund zehn Prozent unter dem Tarif.« Das war eine klare Ansage, aber für den Genker auch ein deutliches Zeichen, seine Vorstellung zu beenden. »Da treffen Sie bei mir eine ganz wunde Stelle. Wir hatten bei Ford 2010 auf zwölf Prozent unseres Gehalts verzichtet, angeblich um den Standort zu sichern. Was es uns gebracht hat, sehen Sie selbst. Wer einen Fehler gemacht hat und ihn nicht korrigiert, begeht einen zweiten.« »Von Konfuzius, stimmt's? Sie haben beim Chinesen gegessen und einen Glückskeks geschenkt bekommen? Haben Sie noch ein weiteres Vorstellungsgespräch vereinbart?« »Nicht nebeneinander, das ist nicht meine Art. Aber jetzt werde ich es wohl machen müssen.« Nach diesem frechen Schlagabtausch verlief die Verabschiedung recht kühl.

Alain war wütend. Sein Leben stank ihm gewaltig. Fahr dich runter, Alter, dachte er. Wut ist nicht gut fürs Denken. Es gelang ihm mit Mühe. Nun saß er am Tisch und grübelte. Er hatte die monströsen Kopfhörer seines Vaters übergezogen und hörte eine seiner CDs: *Spiel mir das Lied vom Tod.* Es beschrieb so gut die Stimmung, in der er sich befand. Er beschäftigte sich mit dem Gedanken, sich in den Niederlanden zu bewerben. Er hatte gewisse Vorbehalte. In Limburg wusste man bestens, dass die meisten der Bewohner des Lands, welches zum großen Teil unter dem Meeresspiegel lag, »einen Igel« in der Tasche hatten. Sie hielten das Geld zusammen und hatten damit bei Ausschreibungen über die Grenze Limburg allzu oft zweiter Sieger werden lassen. Dieser Umstand und die Lage unter dem Meeresspiegel schürten bei ihm Befürchtungen. Er suchte Sicherheit und wollte keinesfalls in eine ähnliche Situation geraten wie in Brüssel. Er entschied sich gegen solche Bemühungen. Aber nun war er ratlos. Er musste unbedingt etwas Reelles finden und wusste nicht, wo und wie. Die Zeit, etwas, das voller Löcher war, aufs Wasser zu setzen, hatte er nicht. Sein Vater, Claudine und Bruno sahen in den nächsten Tagen, wie sehr er litt. Nathalie hingegen spritzte weiter Gift und zeigte dabei nicht einmal den Anflug von Gewissensbissen. Schließlich sagte sie: »Wenn du ein Amerikaner wärst, würdest du jetzt zu mir sagen: *Fuck you*, habe ich recht?« Er schüttelte resigniert den Kopf. »Ich bin nicht Henry Ford, bin ein Arbeiterjunge. Wir denken so etwas nicht einmal.« Er sagte das so entschieden, dass niemand hätte erkennen können, dass er log. Ich wünsche mir, ich wäre einmal du, und du wärst einmal ich. Dann würde ich mich wenigstens einmal besser fühlen, dachte er vielmehr. Seine Tochter Yvette verfolgte an der Seite ihrer Mutter interessiert das Kräftemessen der Eltern. Nathalie hatte ihr klargemacht, dass sie den Vater antreiben musste, damit es ihnen wieder gut ging. Das wollte die Kleine natürlich.

Alain Leidgens unerwartete Aussicht auf eine Anstellung

Und wenn du meinst, es geht nicht mehr, kommt von irgendwo ein Lichtlein her. ...

So geschah es mit Alain am nächsten Donnerstag beim Stammtisch. Sein früherer Chef, Henk Dendoncker, sprach ihn an:»Ich habe gute Neuigkeiten für dich. Im Ford-Werk Köln suchen sie für die Entwicklungsabteilung junge, tüchtige Ingenieure. Sie haben bei mir angefragt, und ich konnte guten Gewissens dich empfehlen. Was sagst du dazu?« Alain sah ihn verdattert an. Er zeigte keine Freude, stattdessen sprudelten Bedenken aus ihm heraus:»Mein Deutsch ist zu schlecht. Was ich auf der Schule gelernt habe, ist nicht einmal so gut wie mein Englisch. Mein heutiger Sprachschatz in Deutsch stammt von ARD und ZDF. Sendungen wie Tatort und Der Kommissar werden für uns nicht synchronisiert. Weil sie spannend sind, habe ich sie in Deutsch angeschaut. Mit der Zeit bekam ich Übung, aber nur für den Hausgebrauch.« Dendoncker lachte laut los.»Sieh nicht so schwarz, mein Lieber. In so einem Entwicklungsteam arbeiten immer internationale Kräfte. Mit der Sprache muss man sich behelfen. Ein bisschen Englisch, ein bisschen Deutsch, Flämisch und recht gut Französisch, das du beherrschst, ist schon eine ganze Menge. Wenn die bei Ford gute Leute suchen, tun sie auch etwas für die. Das hat man mir versichert. Sie bieten kostenfrei einen Sprachkurs an, und fürs erste könntest du in einer Werkswohnung unterkommen. Ich bin sicher, das ist mehr, als man dir bisher bei deiner Stellensuche offeriert hat.« Alain wusste nicht, wie ihm geschah.»Das hört sich verdammt gut an«, stammelte er.»Was muss ich tun, um genommen zu werden?« Henk Dendoncker dachte einen Moment nach, dann antwortete er: »Dass du dein fachliches Können gut überbringen wirst, steht für mich außer Zweifel. Ordentliche Bewerbungsunterlagen zustande zu bringen, hast du inzwischen schon mehrfach geübt. Ich möchte dir zusätzlich empfehlen, dich über Ford Köln, seine Entwicklung, den momentanen Stand und über bekannt gewordene Zukunftspläne zu informieren. Wissen darüber kommt in einem Bewerbungsgespräch gut an, denn es zeigt vorhandenes Interesse an Ford. Du bist schließlich ein ›Fordler‹. Den kannst du heraushängen!« Als sein Vater und seine Bekannten von seinem Vorhaben hörten, erhielt er viel Zuspruch.

Alain Leidgens wollte sich auf den Besuch bei Ford Köln gut vorbereiten. Zunächst informierte er sich über die Geschichte von Ford in Deutschland.

Bereits 1926 gab es in Berlin-Plötzensee einen ersten Standort. Ford stand zu dieser Zeit im aggressiven Wettbewerb zum damaligen Marktführer General Motors und wollte in Deutschland produzieren, um die enormen Einfuhrzölle einzusparen. Man sah darin die bedeutendste Möglichkeit, die Verkaufspreise zu senken.

Schon bald musste Ford expandieren. In Berlin war das nicht möglich, also suchte man nach einem anderen geeigneten Ort in Deutschland.

Köln schälte sich als Alternative heraus. Der Kölner Oberbürgermeister Konrad Adenauer hatte gegenüber Düsseldorf und Neuss, die mit der Domstadt in der Endauswahl standen, die besseren Karten. Am 19. Oktober 1929 kam es zum Vertragsabschluss. Die Adresse sollte lauten: Köln Ford-Werke (Köln-Niehl) Henry-Ford-Straße 1. Die verkehrsmäßige Anbindung erinnerte Alain Leidgens an die von Genk. Der Standort lag am Rhein, es gab Bahnanschlüsse und Zugang zum Fernstraßennetz. Die Nähe zum Ruhrgebiet war von großer Bedeutung. Es sollten Zulieferteile aus deutscher Produktion, speziell aus diesem Industriegebiet, verwandt werden.

Die amerikanische Vorstellung verlangte nach einer integrierten Fabrik: Büro, Kraftwerk und Produktionshallen sollten in einem Baukörper vereinigt werden. Der renommierte Essener Professor Edmund Körner stellte in wenigen Monaten einen Entwurf dafür her. Der mehrstöckige Büroflügel bildete eine Flanke der Produktionshallen. Das Kraftwerk lag zwischen den Büros und den Hallen der Rheinfront. Alle Bauten waren aus Eisen-Beton-Konstruktion ausgeführt und mit Backstein zwischen schlanken verputzten Profilen verkleidet. Ein- und zweigeschossige Bauweise wechselten sich ab. Dadurch und durch die Anordnung von Oberlichtern sollte Tageslicht bis in jeden Winkel der Gebäude fließen.

Zur Grundsteinlegung am 2. Oktober 1930 kam Henry Ford extra nach Köln geflogen. Er nahm die feierliche Handlung mit Konrad Adenauer vor. Dem hatte er die Investition in ein komplettes Werk garantiert. Der Großunternehmer sagte in seiner Rede zur Feier des Tages: »I know that the German people will make a good job.« ...

Alain las mit Interesse den mit der Stadt geschlossenen Vertrag. Er fand bestätigt, wie sehr sich das Verhalten der Städte Köln und Genk im Verhandlungsprozess ähnelte. Erhebliche steuerliche Vergünstigungen wurden zugesagt. Die Gewerbeertragssteuer wurde genauso gedeckelt wie die Gewerbekapitalsteuer. Ein besonderer Anreiz war vertraglich vorgesehen. Wurde die Schätzgröße für den Ertrag überschritten, verpflichteten sich die Vertragsparteien, um weitere Vergünstigungen auf der Steuerseite zu verhandeln. Die Summe von 4 Millionen Reichsmark Ertrag war die Ausgangsschätzgröße.

Die Halle A hatte am Tag der Grundsteinlegung Baubeginn. Sie ist inzwischen denkmalgeschützt und wurde Verwaltungssitz von Ford of Europe. Die offizielle Einweihung erfolgte am 12. Juni 1931. Eine Sternfahrt mit dem Namen *zu Ford am Rhein* wurde die Attraktion. Etwa 10.000 Ford-Wagen aus ganz Europa fuhren sternförmig nach Köln.

Die Anfangszahlen des Werks waren recht bescheiden gewesen, haben sich später allerdings immer weiter erhöht: das Fabrikgebäude maß 33.000 Quadratmeter. Es fasste 650 Maschinen. Vorgesehen waren 1250 Arbeitsplätze für die Montage von 60 Pkws pro Tag. Damals galt noch die 40-Stunden-Woche. Der Stundenlohn bei Ford lag bei zwei Reichsmark im Gegensatz zu 1,60 Reichsmark der Konkurrenz. Die Lohnempfänger hatten keinen Urlaub. Sie durften nur gelegentlich freinehmen. Den Angestellten zahlte man Gehälter zwischen 400 und 800 Reichsmark. 22 Wochen Jahresurlaub, ein Monat Kündigungsfrist waren die Regel. Das Werksgelände hatte 170.000 Quadratmeter Fläche. Die Rheinfront in Köln-Niehl betrug immerhin 280 Meter. 1931, am 4. Mai, rollte ein Lastkraftwagen als erstes Gefährt aus der Endmontage. Der erste Pkw, ein Modell A, lief am 2. Juni 1931 vom Band.

75 Jahre später konnte man schon auf ganz andere Zahlen schauen: Die Tagesproduktion betrug um die 1850 Fahrzeuge. Ford Köln hatte 19.000 Mitarbeiter aus 57 Nationen. Die vertragliche Verpflichtung im ersten Vertrag mit der Stadt, tunlichst alle Mitarbeiter aus der Region Köln zu rekrutieren, war längst vergessen. Die Belegschaft war in ihrer Zusammensetzung international geworden. Seit Beginn waren 34 Millionen Einheiten produziert worden. Alain wurde bei diesen Zahlen der enorme Unterschied zu Genk deutlich.

Mit großem Interesse las er, dass das zumeist idealisierte Bild von Henry Ford dunkle Seiten seiner Person verschwieg. So hegte der legendäre Autobauer, der Amerika das Auto für jedermann bescherte, Sympathien für die Nationalsozialisten, speziell für den Führer. Zu seinem 75. Geburtstag am 30. Juni 1938 wurde Ford vom deutschen Botschafter eine Laudatio vorgelesen, die Adolf Hitler unterschrieben hatte. Gleichzeitig erhielt er als erster Amerikaner den höchsten Orden für Ausländer, das Kreuz des deutschen Adlerordens. Er ließ sich voll Stolz das Malteserkreuz mit vier kleinen Hakenkreuzen umringt an die Brust heften. Er war von Hitler begeistert, sah in ihm den größten europäischen Politiker nach Napoleon. Auch Erfolgsmenschen konnten sich täuschen! Wenn man das Richtige will, muss man sich auch schon mal für falsche Dinge entscheiden, dachte der Belgier für sich.

Von den Meilensteinen der Produktentwicklung merkte er sich zwei besonders: Mit dem Mondeo, der am 5. März 1993 auf dem europäischen Markt eingeführt wurde, schafften europäische und amerikanische Entwickler den Durchbruch zu einem Wagen, dessen Plattform auf beiden

Seiten des Atlantiks nahezu identisch zum Einsatz kommen konnte. Ford hatte damit auf globaler Ebene die Grundlage für eine kostensenkende Strategie entwickelt.

Alain Leidgens kam 2008 zu Ford Genk, als der Mondeo vor dem Ende stand. Er war an dessen Entwicklung nicht beteiligt gewesen, wurde jedoch von den Spezialisten, die die fertiggestellten Teile im Windkanal überprüften und auf der Suche nach Verbesserungen weitere Testreihen vornahmen, angelernt. Er hatte sich damit unter Fachleuten sogar einen Namen gemacht.

Der Wunsch nach Kraftstoffeinsparung wurde aufgrund der stetigen Verteuerung des Rohöls immer größer. Von den amerikanischen Ford-Käufern war jedoch der Wunsch auch auf eine wichtige Kundenschicht in Europa herübergeschwappt, trotzdem weiterhin große Motoren zu fordern. Das ging nur durch optimale aerodynamische Gestaltung und entsprechende Tests im Windkanal.

Die Optimierung der Strategien war bis heute hochaktuell. Neu waren Gedanken über alternative Antriebsmotoren, Elektromotoren sowie Antrieb durch Wasserstoff-Sauerstoff-Brennstoffzellen. Alain brannte darauf, an der Erforschung mitzuwirken. Abschließend machte er sich noch Gedanken über deutsche und englische Worte, die in seinem Vorstellungsgespräch nützlich werden konnten. Er wollte sie wie Vokabeln lernen. Ich darf nichts dem Zufall überlassen, dachte er voll Zuversicht.

Henk Dendoncker hatte ihm ein ausgesprochen positives Empfehlungsschreiben verfasst. Ihm fiel das leicht, denn er hatte eine hohe Meinung von Alain. Außerdem hatte die Personalabteilung von Ford Köln von ihm einen Vorschlag für die Stellenbesetzung erbeten. Henk war also kein Bitt*steller*, sondern *erfüllte* eine Bitte. Alain legte sein Schreiben den Bewerbungsunterlagen bei und sendete sie ab. Die Antwort kam schneller, als er sie erwartet hatte. Schon nach anderthalb Wochen erreichte ihn der Antwortbrief mit zwei Terminvorschlägen für ein Treffen in Köln. Man bat ihn, möglichst einen davon telefonisch zu bestätigen. Er entschied sich für den früheren und bestätigte ihn sofort. Die Telefonnummer gehörte der Sekretärin des Personalchefs. Sie erwies sich in dem kurzen Gespräch informiert und war sehr freundlich. Nun musste er schnellstmöglich seine Reise organisieren. Zunächst machte er sich über die Möglichkeiten mit den öffentlichen Verkehrsmitteln vertraut. Die erwiesen sich als äußerst kompliziert. Er musste zunächst mit dem Bus nach Hasselt fahren, von dort ging nach einer längeren Wartezeit ein Zug nach Liège-Guillemins. Hier musste er erneut warten, bevor ein ICE nach Köln-Hauptbahnhof weiterfuhr. Alles in allem wäre er damit 3 h 40 min unterwegs. Das passte schon nicht, weil man ihn in Köln gegen 10:00 Uhr bereits erwartete. Die Fahrt mit dem Pkw war da viel besser geeignet: Die Strecke betrug etwa 124 Kilometer und ging nur über die Autobahn, zuletzt über die A4. Die Fahrzeit schrumpfte auf 1 h 30 min zusammen. Da fiel die Entscheidung nicht schwer. Ein weiterer Umstand bekräftigte dies: Er würde mit seinem Ford, anders als in Brüssel und Gent, zu Ford fahren, das machte sich gut.

Am Abend informierte er Nathalie über seine Pläne. Die konnte nicht aus ihrer Haut und reagierte negativ: »Es wird aber auch Zeit, dass sich endlich etwas tut. Fährst du wieder mit dem Zug?«

»Ich fahre zu Ford, da finde ich es sinnvoll mit meinem Mondeo vorzufahren. Das kommt bestimmt besser an, als es bei den Konkurrenzwerken in Gent und Brüssel gewesen wäre.« Nathalie verstand die unterschwellige Kritik an ihr sofort. Sie blieb noch einen Moment mit verschränkten Armen und zusammengekniffenen Lippen vor ihm stehen, aber sagte nichts mehr. Ihr Blick sprach jedoch Bände.

Alain Leidgens Bewerbungsgespräch in Köln

Am Tag vor der Abreise nach Köln traf Alain Leidgens einige Vorbereitungen, die er am nächsten Morgen nicht mehr ausführen wollte. Er musste sowieso recht früh aufstehen. Als Erstes programmierte er die Adresse von Ford in sein Navi. Er legte alle Unterlagen zurecht, genau wie die Bekleidung für den nächsten Tag. Selbst seinen Reisewecker stellte er schon auf 6:30 Uhr. Nun musste er am Morgen nur noch das Frühstück machen, denn er rechnete nicht damit, dass Nathalie für ihn so früh aufstand. Er bat sie auch nicht darum.

Er schlief immer bei offenen Gardinen. Als der Wecker klingelte, war es noch dunkel. Er griff neben sich und suchte mit der Hand den Knopf, mit dem er die Klingel ausstellen konnte. Da er wenig Übung darin hatte, den Wecker zu bedienen, musste er mehrmals nach dem Knopf tasten. Als es still wurde, war er richtig wach. Er stand auf und ging ins Bad. Sein Frühstück musste er sich, wie erwartet, selbst zubereiten. Er aß es lustlos, griff nach seinen Unterlagen, und schon saß er im Wagen. Sein Navi führte in Richtung Autobahn.

Nur einmal, kurz hinter Aachen, stockte der Verkehr. Alain Leidgens hatte sich aber ein Zeitpolster gegeben. So traf er pünktlich bei Ford ein.

Sein Termin war beim Empfang gemeldet. Man bat ihn, einen Moment Platz zu nehmen, er würde in Kürze abgeholt. Er sah sich interessiert um. Draußen schien die Sonne, drinnen war alles licht und hell.

Er musste nicht einmal fünf Minuten warten, dann stöckelte eine gutaussehende Sekretärin auf hohen Absätzen aus dem Aufzug, sah sich kurz um und kam mit einem breiten Lächeln auf ihn zu. »Herr Leidgens, wenn ich mich nicht irre?« Er bestätigte das höflich und folgte ihr in den Aufzug. »Unser Personalchef und sein Mitarbeiter werden Sie im kleinen Konferenzraum erwarten«, erklärte sie ihm auf der Fahrt zur ersten Etage. …

Der Personalchef Gerd Klein und sein Assistent Josef Müller warteten an einem kleinen Konferenztisch auf den Bewerber. Als die Sekretärin ihn hereinführte, standen sie auf und schauten ihm entgegen. Gerd Klein, der größere von beiden, sagte mit wohltönender Stimme: »Willkommen Herr Leidgens.« Beim Shakehand stellten sie sich gegenseitig vor.

Klein setzte die Reihe der Höflichkeitsfragen fort. »Hatten Sie eine gute Anreise?« »Danke der Nachfrage. Alles lief bestens. Mein Zeitpuffer für die Fahrt war richtig gewählt, und das Navi in meinem Mondeo hat mich, wie immer, sicher geführt.« Ein feines Lächeln im Gesicht des Personalers zeigte Alain, dass er mit seiner Antwort die ersten Pluspunkte gesammelt hatte. Gerd Klein zeigte ihm weiterhin Goodwill: »Ich möchte Ihnen anbieten, bei kleineren Sprachproblemen ruhig englische oder auch französische Worte zu nutzen. Letztlich sind wir ein internationaler Konzern. Wir wollen viel über Sie wissen. Ihre fachlichen Fähigkeiten und Ihre Nähe zu Ford sind uns durch die eingereichten Bewerbungsunterlagen schon deutlich geworden. Besonders der Brief von Henk Dendoncker, den Sie bitte von mir grüßen, hat uns überzeugt. Lassen Sie uns Einzelheiten über Ihre Motivation, berufliche Leidenschaft und Arbeitsweise wissen.« »Gerne. Ich bin ein neugieriger Mensch. Mich treibt eine große Lernbereitschaft. Ich möchte noch viel Neues erfahren. Mein Beruf macht mir Spaß und Erfolge erst recht. Der ist wohl für jedermann Motivation.« Josef Müller nahm das Wort: »Worin sehen Sie Ihre Stärken?« »Eindeutig in der begleitenden Qualitätsüberwachung. Ich habe Leistungsverzeichnisse erstellt und die statistische Prozesssteuerung implementiert.« *Statistical process control,* sagte er in Englisch. »Verschiedene Prozessabschnitte, auch bei Innovationen, brauchen hundertprozentige Qualitätsüberwachung.« »Was meinen Sie mit hundertprozentig?«, wollte Gerd Klein wissen. »Nun, da muss ich wohl auf eine Schwäche von mir zu sprechen kommen. Zwischen den beiden Endpolen Pragmatismus und Perfektion neige ich manchmal zu sehr in Richtung Perfektion. Ich arbeite dagegen an, denn wer zu perfekt sein will, arbeitet langsamer und umständlicher. Das richtige Maß macht es.« Gerd Klein nickte verstehend und meinte dazu: »Da ist etwas Wahres dran. Es gibt genug ›Experten‹, die ihre Existenzberechtigung darin sehen, einen Sachverhalt unendlich zu komplizieren. Wir müssen gängige Formate und eingefahrene Muster infrage stellen und schnell zu verwertbaren Ergebnissen kommen.« Alain Leidgens sah sich bestätigt und behielt seine Selbstsicherheit.

»Wie steht es mit Ihrer Kritikfähigkeit?«, wollte der Personalchef wissen. »Nachvollziehbare Kritik erschließt die Möglichkeit, sich zu verbessern. Ich bin dankbar für ein solches Feedback. Es hat mir schon geholfen, meine Arbeit zu optimieren. Hinweise auf Schwachstellen in einer Präsentation zum Beispiel können zu einer Betrachtung aus anderem Blickwinkel führen und das Ergebnis der Arbeit deutlich verbessern.« »Können Sie mit Arbeit unter Druck umgehen?« »Es kam immer mal wieder vor, dass kurzfristig geäußerte Kundenwünsche schnelle Anpassung der üblichen Arbeitsabläufe verlangten. Ich behandelte das gerne wie eine Art Wettbewerb und reagierte darauf Schritt für Schritt planmäßig, um *just in time* zu bleiben.« »Bleiben Sie bei dieser Einstellung«, ermunterte ihn Josef Müller. »Wo möchten Sie innerhalb der nächsten fünf Jahre in etwa stehen?« »Vorzugsweise im gehobenen Management. Ich würde jedenfalls alles tun, um mich weiterzuentwickeln, um den Vorstellungen des Unternehmens dafür gerecht zu werden. Natürlich wäre ich dann auch bereit, mit meiner Familie nach Köln umzuziehen. In Zeiten, in denen ein lebenslanges Arbeitsfeld immer weniger möglich wird, ist Flexibilität für mich eine Selbstverständlichkeit.«

Gerd Klein hatte genug gehört und war zufrieden. Er wollte zum Schluss kommen: »Haben Sie noch irgendwelche Fragen an uns?« Damit konnte Leidgens aufwarten. Er fragte nach der genauen Zielvorgabe für das Forschungsteam, seine Größe, seinen direkten Vorgesetzten, die Gestaltung der Einarbeitungszeit, die Erwartungen im ersten Jahr der Zusammenarbeit und die Art, den Erfolg zu messen. Leidgens erhielt auf alle Fragen befriedigende Antworten. Er gestattete sich noch eine letzte Frage: »Wann werden Sie eine Entscheidung treffen?« Gerd Klein sah ihn unverwandt an und schwieg. Ihm gefiel, dass der Kandidat dabei keine Unsicherheit zeigte. Ein Grinsen trat in sein Gesicht, und er meinte: »Ich habe meine Entscheidung bereits getroffen, und zwar zu Ihren Gunsten. Da ich davon ausgehe, dass dies auch in Ihrem Sinne ist, schlage ich vor, dass Sie nun die Einzelheiten mit meinem Kollegen Josef Müller besprechen. Wenn nicht noch Unerwartetes geschieht, kann ich sagen: Willkommen im Team!«

Zum ersten Mal während dieses Gesprächs zeigte Alain Leidgens totale Überraschung. Als er sich gefangen hatte, antwortete er: »Ich bedanke mich für diesen Vertrauensvorschuss und nehme Ihren Vorschlag gerne an.« Nach einer kurzen Verabschiedungszeremonie blieb er mit Josef Müller allein im Raum zurück, und sie besprachen in großem Einvernehmen die Details.

Am Schluss stand ein befriedigendes Gehalt, mit einem Erfolgsbonus gekoppelt, die Zusage einer Werkswohnung in Köln-Ehrenfeld sowie die Übernahme eines Wochenendkurses für die deutsche Sprache. Da sie ganz am Anfang des Monats standen, konnte Leidgens problemlos als Arbeitsbeginn den ersten Tag des nächsten Monats akzeptieren. Natalie wäre sein Abgang je eher, je früher bestimmt recht. »Dann wird auch die Werkswohnung für Sie verfügbar sein. Sie ist möbliert und mit einer vollständigen Küche ausgestattet. Sie müssten höchstens eine Musikanlage und ein Fernsehgerät mitbringen«, erklärte ihm Müller. Nachdem alle Fragen für beide Seiten hinreichend geklärt waren, erhielt Alan Leidgens die Zusage, dass ihm kurzfristig ein Vertragsvorschlag zuginge. Josef Müller bedankte sich für das angenehme und aufschlussreiche Gespräch und wünschte ihm für die Rückreise gute Fahrt. Der Belgier verließ glückselig das Werksgelände. Ein wenig traurig machte ihn, dass seine Frau zu Hause kaum angemessen auf dieses Glück reagieren würde. Dafür waren nur sein Vater, seine Schwester und sein Schwager gut. …

Auf der Rückfahrt verging die Freude über den Erfolg im Stau. Die Ernüchterung ließ Gedanken über die nächsten Wochen zu. Er musste einiges zuhause erklären und ordnen. Mit dem Arbeitsvertrag rechnete er innerhalb einer Woche. Er beschloss Henk Dendoncker zu bitten, ihn sich anzusehen. Ihm waren die Formulierungen in den Anstellungsverträgen bei Ford bekannt, und wenn der keine Bedenken gegen den Vertragstext hatte, würde er ihn umgehend unterzeichnen und zurückschicken. Nach den Absprachen im Bewerbungsgespräch musste er davon ausgehen, die nächsten Monate gar nicht nach Hause zu kommen. An den Wochenenden band ihn der Sprachkurs, und Urlaub in der Probezeit war nicht üblich. Seine Freizeit würde seltener, und er musste sie deshalb besonders wertschätzen und ausfüllen. Köln und seine Umgebung boten dafür viele Möglichkeiten. Er kannte fast gar nichts davon. Er war nur einmal als Kind mit den Eltern am Dom gewesen. Mit Besuchen von Nathalie in Köln rechnete er nicht. Seine Werkswohnung war auch zu klein dafür und ein Hotelbesuch zu kostspielig. Zumindest in den Probemonaten mochte er die neuen Einkünfte nicht unnötig ausgeben, sich lieber ein kleines Polster schaffen. Eine Telefon-Ehe würde sich sowieso wenig von seiner derzeitigen Ehe-Situation unterscheiden. Trotzdem würde er einige Personen und Sachen von Genk vermissen.

Nathalie musste den nötigen Zugang zu den Bankkonten erhalten. Sie sollte alles Nötige erledigen können, doch er wollte sich einige Kontrollmechanismen überlegen. Er hatte bisher die Verwaltung der Gelder im Griff gehabt und das musste auch nach der örtlichen Trennung so bleiben.

Er beschloss, die Möglichkeit, irgendwann mit der Familie ganz nach Köln zu ziehen, zunächst für sich zu behalten. Vor einer solchen Entscheidung würde noch viel Wasser den Rhein hinunterfließen. Was er mitnehmen musste und gegebenenfalls noch zu kaufen hatte, war gründlich zu bedenken.

Nach diesen ersten Überlegungen war er darüber erleichtert, dass der Umzug anscheinend keine unlösbaren Probleme aufwarf. Den Rest der Fahrt beschloss er, das Kopfkino abzustellen, um wieder etwas herunterzukommen. Er wollte zuhause einen ruhigen, bestimmten Eindruck vermitteln. Harmonie zu erzwingen war allerdings keine Option für ihn. Seine Energie würde er an anderer Stelle sinnvoller einsetzen können. ...

Als er abends zu Hause eintraf, konnte er seine Freude nicht teilen. Er traf nur auf Nathalie, Yvette lag schon im Bett. Seine Frau nahm das Ergebnis als Selbstverständlichkeit hin. »Das war nach der Intervention von Dendoncker doch klar«, meinte sie nur. »Sag mir lieber, wie es künftig mit deinem Gehalt aussieht.« Alain konnte eine Spitze nicht zurückhalten: »Ach ja, das einzig Wichtige für dich habe ich natürlich vergessen. Dein Talent zeigt sich anscheinend nur darin, Bargeld in Kassenbons zu verwandeln. Ich fange mit zehnprozentiger Gehaltssteigerung an. Nach der Probezeit ist an einen zusätzlichen Bonus gedacht.«

Nathalie blieb trotz seiner Drohung unbeirrt auf ihrer giftigen Linie: »Steig von deinem Thron herunter. Auch auf dem höchsten Thron sitzt man nur auf seinem Hintern. Hoffentlich bleibt nach der Miete für die Werkswohnung noch so viel über wie früher«, stieß sie hervor. Alain musste sich zusammenreißen, um nicht weiter ausfällig zu werden.

Auf den Umstand seiner längeren Abwesenheit von zu Hause reagierte Nathalie, wenn auch versteckt, erleichtert. Ihr ging wohl sein momentanes dauerndes Zuhausesein auf den Geist. Wenn er ehrlich mit sich selbst war, würde er sie auch nicht vermissen.

Um die Freude über die Anstellung mit jemand zu teilen, musste er auf den Besuch bei seiner Schwester und dem Vater warten. Auch beim Stammtisch war das möglich.

Dort bekam er dann auch seine Streicheleinheiten. Sein Vater verschlang seine Erzählung und war richtig stolz auf ihn. »Du kannst dir das kleine Fernsehgerät und das Musikdeck aus dem kleinen Schlafzimmer gern mitnehmen. Es steht da doch nur herum. Das Geld für einen Neukauf kannst du dir sparen.« Alain war sehr froh darüber. Als er von Nathalies Teilnahmslosigkeit berichtete, war Claudine in ihrem Element: »Gefühlslosigkeit könnte ihr zweiter Vorname sein«, sagte sie.

Der Vertrag kam früher in Genk an als erwartet. Alain selbst sah keinen Änderungsbedarf. Es traf sich gut, dass gerade an diesem Abend sein Stammtisch stattfand. Er hatte von Henk Dendoncker bereits die Zusage, den Text auch noch einmal einer Überprüfung zu unterziehen. Er nahm ihn mit zu ihrem Treffen. Als auch Henk ihn für gut und fair befand, zeichnete er gegen und schickte ihn nach Köln zurück. Henk gewährte ihm noch eine weitere sehr wichtige Hilfestellung. Er hatte aus seiner Arbeitszeit ein dickes Wörterverzeichnis von technischen Begriffen der Kraftfahrzeug-Fertigung. Die Begrifflichkeiten waren in Englisch, Französisch, Deutsch und Flämisch aufgelistet. Diese Unterlage brauchte er als Frührentner nicht mehr und schenkte sie nun Alain Leidgens. Der begann schon am nächsten Tag damit, freie Zeit zu nutzen, um seinen deutschen und englischen Wortschatz zu vergrößern. Er sah aus gleichem Grund nur noch deutsche Fernsehprogramme an.

Alain Leidgens bereitet sich auf Köln vor und nimmt Abschied von Genk

Alain Leidgens nutzte die arbeitsfreie Zeit, um sich noch intensiver mit Ford Köln zu befassen. Er zappte im Internet alle Quellen an, die Auskunft über die wirtschaftliche Situation von Ford Europe gaben. Schnell erkannte er, dass es nicht gut um Ford bestellt war, und das ging auf die verschiedensten Gründe zurück: In den Vereinigten Staaten hatte der Ford-Konzern große Verluste angehäuft. Viele Amerikaner hatten sich von den spritfressenden, schweren Geländewagen abgewandt und waren zu den viel sparsameren japanischen Modellen übergelaufen. Das Mutterhaus in den USA musste also eigene Probleme lösen und war mit Finanzspritzen an die Standorte Europas eher knauserig. Wegen der überbordenden Probleme wagte man nicht Investitionen, die sich als Luftschlösser erweisen konnten.

Europa war durch die hohe Verschuldung aller EU-Länder selbst in der Bredouille. Hohe Arbeitslosigkeit senkte die Kaufkraft der Konsumenten. Fahrzeuge waren, wenn überhaupt, nur mit hohen Rabatten verkäuflich. Ford konnte sich dem Preiskrieg zwischen den großen Konzernen nicht entziehen. Selbst der neue Golf von Volkswagen wurde über Internet mit 18 Prozent Rabatt verkauft! So spülten die Verkäufe keinen Gewinn in die Kassen.

Wie sehr Fordler von diesem Zustand betroffen waren, hatte sich am deutlichsten in Genk gezeigt, und das musste nicht das Ende sein. …

Ein großer Verlustbringer blieb die Premier Automotive Group (PAG), in der Ford die Nobelmarken Jaguar, Land Rover und Aston Martin zusammengefasst hatte. Ford wollte oder konnte nicht genug Geld in die Hand nehmen, um die Marken wieder profitabel aufzustellen. Man hatte zudem das Ziel verfehlt, mit den »Luxuswagen« unabhängig vom Massenmarkt zu werden.

Bei Jaguar hatte Ford nicht verstanden, dass man die Marke nur als etwas Progressives in größeren Stückzahlen verkaufen konnte. Man verharrte bei dem Wagentyp, der von einem Art Altmänner-Club Englands gefahren wurde. Und riskierte mit deren Tod, endgültig vom Markt zu verschwinden. Erst später, 2013, mit dem zweisitzigen Sportwagen F-Type wurde man innovativ, und die Umsätze gingen durch die Decke.

Für alle Produkte von Ford haperte es bei der Werbung. Es fehlte ein emotionales Marketing. Englische Slogans wie »Go further« überzeugten weder die Deutschen noch die Südeuropäer.

Sponsoring im Sport wurde nicht als Sympathieträger gebündelt, sondern bröselte klein-klein vor sich hin: Hier mal die Werbung bei einem Formel-1-Rennen, dort mal die Werbung bei einem Champions-League-Spiel. Die Werbung bei Autorennen war wohl dem Engagement von Jaguar in der Formel-1 geschuldet. Man hatte sogar Niki Lauda als Berater gewonnen. Trotzdem belegte man nur hintere Plätze. Unter der Hand erzählte man den Witz: Gott sei Dank sind die Wagen alle grün lackiert, da sieht man nicht, dass sie so oft in den Rennen auf den Grasrabatten liegen bleiben.

Die Werbung blieb für die Ford-Gruppe kontraproduktiv.

In der Finanzabteilung herrschte eine undurchsichtige Systematik. Immer wieder traten Fehler auf und verlangten nach kostenträchtigen Korrekturen. Falsche Angaben über die Gesamtkosten ermöglichten weder eine sichere Planung noch eine Kostenkontrolle.

Der Betriebsratschef sprach unter der Hand von einem Kosteneinsparpotenzial von 50 bis 70 Prozent. Zu lange und zu oft waren seiner Meinung nach Entwicklungsarbeiten oder Teilefertigung an Fremdfirmen vergeben worden, anstatt sie im eigenen Haus zu erledigen. Seine Mahnung im Sinne einer soliden Standortsicherung fiel ausgesprochen deutlich aus.

Das Verhältnis zwischen Betriebsrat und Geschäftsleitung bei Ford war eigentlich immer gut, deshalb wurde diesen Äußerungen großes Gewicht beigemessen.

Sorgen machte der Krankenstand bei Ford. Er lag bei 11,8 Prozent und damit deutlich über dem Branchendurchschnitt von 5,4 Prozent. Die Gründe dafür waren nicht erkennbar, denn eigentlich bemühten sich die Mitarbeiter, die schließlich um ihren Job fürchten mussten, um Anwesenheit.

Alain Leidgens fand interessante Informationen zur Entwicklungsarbeit in seinem neuen Betätigungsfeld:

Danach lag in der Modellpolitik von Ford vieles im Argen. Angeblich hatte der Konzern bei seinen Sparprogrammen neue Trends am Kraftfahrzeugmarkt verschlafen.

Der Konkurrenz hinkte man insbesondere bei innovativen Kleinwagen mit verbrauchsgünstigen Werten hinterher.

Auch für die Interessenten schwerer Wagen hatte man kein Spitzenangebot. Das galt für Cross-over-Modelle genauso wie für SUVs. Sie wurden auch nicht in Deutschland gebaut, sondern gingen in Spanien und Rumänien vom Band.

Opel Rüsselsheim hatte mit dem Mini-Van Zafira wenigstens eine Marktnische erobert. Der Zafira konnte zwar nicht mit großer Stückzahl aufwarten, tat aber dem Image der Marke Opel gut und war rentabel.

Ford war mit seinem Angebot immer erst nach VW, Renault und Opel auf den Markt gekommen. So kam der Kompakt-Van Focus C-Max erst nach dem VW Touran und dem Opel Zafira. Bald hieß es sogar, er solle schon 2018 wieder aus dem Sortiment genommen werden.

Das Rezept des Opel Chefs gegen die Krise: *Modelle, Modelle, Modelle!* verhallte in Köln ungehört. Die Fachzeitungen lieferten eine Begründung dafür: So mancher Ford-Europa-Manager habe in seiner Position nur ein Sprungbrett für einen schnellen Aufstieg in die US-Zentrale gesehen, obwohl die existierenden Mammutaufgaben bei Ford Europe nach Kontinuität im Management schrien.

Die Dauerkrise ließ bei dem Autobauer das Personalkarussell noch zusätzlich drehen. Ein Schuldiger wurde immer gefunden und musste dann gehen.

Bei der Technik stimmte es noch am ehesten, Innovationen wie der neue Dreizylinder waren Beispiele dafür, doch sie genügten nicht für eine nachhaltige Gesundung. Es musste was geschehen, ohne Belebung des Marktes, würde der Stellenabbau auch Köln erreichen. Sein Resümee war ernüchternd: Sein neuer Arbeitsplatz war nicht sicher. Sein Arbeitgeber stand vor riesigen Problemen. Ein Alles-wird-gut war nicht garantiert. Seine Aufgabe schien ihm auf einmal so schwer, wie Tulpenfelder in der Sahara zum Blühen zu bringen. ...

Hoffnung machte ihm lediglich die erkennbare Aufrüstung des Ford-Entwicklungszentrums in Köln-Merkenich, seiner künftigen Arbeitsstätte. Es war bereits 1968 nach etwa hundert Millionen Gestehungskosten eröffnet und unentwegt fortentwickelt worden. Zunächst kam ein Design-Zentrum dazu, eine Testanlage für Fahrzeugsicherheit, eine Teststrecke, die Crashtest-Bahn und Bürogebäude. Eine Abteilung für Zuverlässigkeitstests war ebenfalls errichtet worden. Windkanäle, ein Akustikzentrum, ein Prototypengetriebe-Zentrum und zuletzt ein Klimawindkanal-Testzentrum kamen hinzu.

Die Teststrecken wurden längst nicht mehr so genutzt, wie zu Beginn. Mittlerweile testete man viele Einzelteile auf dem Computer. Durch enge Kooperation mit dem englischen Entwicklungszentrum in Dunton und im belgischen Lommel wurden Forschung und Entwicklung auf breitere Schultern verteilt. Das wurde durch die starke Computerisierung erst möglich. Die Entwicklung von Navigationssystemen und Fahrassistenten verursachten nämlich enorme Datenströme.

Nun kniete sich Alain Leidgens in die Veröffentlichung von Prof. Dr. Eckard Helmers: *Die Modellentwicklung in der deutschen Autoindustrie: Gewicht contra Effizienz* hinein. Dort fand er Erläuterungen, die ihm erlaubten, in seinem neuen Betätigungsfeld mitzureden.

Er hielt sie in einer Notiz fest: Wegen ihrer Bedeutung für die globale

Treibgasemission stand die Automobilindustrie unter ständiger Beobachtung.

Professor Dr. Helmers sprach bei der Modellentwicklung von dem Konflikt Gewicht gegen Effizienz.

Die weltweite Treibgasemission hatte sich seit 1970 verdoppelt. Bis 2100 wurde eine Vervierfachung der Zahl an Fahrzeugkilometern erwartet. Dagegen sollten in Zukunft sparsamere und effizientere Fahrzeuge angeboten werden.

Als Faktoren für die Effizienz nannte der Professor: das Gewicht, die Leistung und die Antriebstechnik.

Ein Golf Dieselmodell hatte sich beispielsweise zwischen 1978 und 2015 gewichtsmäßig von 850 kg auf 1375 kg erhöht. Entsprechend erhöhte sich auch der Treibstoffverbrauch. Wegen der Verbesserung der Antriebseffizienz der Motoren hatte sich allerdings real eine durchschnittliche Halbierung des Verbrauchs auf 0,4 Liter Benzin per 100 Fahrkilometer und 100 kg Fahrzeuggewicht ergeben. Bei unverändertem Gewicht gegenüber 1978 wäre sie also viel deutlicher ausgefallen.

Das Ansteigen des Gewichts ging auf Komfortwünsche der Kunden zurück. Die Wagen wurden geräumiger.

Um die gewohnte Geschwindigkeit beizubehalten, wurde die Motorleistung angehoben, was die Emissionen erhöhte. Da Deutschland auf vielen Teilen der Autobahnen kein Tempolimit kannte, wurde die ermöglichte Geschwindigkeit von den Kunden auch abgerufen. Damit gab sich auch real eine erhöhte CO_2-Emission. Da die Ansprüche an die Beschleunigung ebenfalls gewachsen waren, schossen die Emissionswerte noch mehr in die Höhe.

Nicht nur die Kunden hatten an dieser Entwicklung Interesse, sondern auch die Hersteller. Schwere Fahrzeuge, die hochtourig ausgerüstet waren, waren technisch anspruchsvoller und hatten einen höheren Reparatur- und Wartungsbedarf. Das schlug sich in den Vertragswerkstätten als Mehrumsatz nieder und brachte Gewinn.

Als kontraproduktiv für den Umweltschutzgedanken erwiesen sich hingegen steuerliche Vergünstigungen, so beispielsweise bei Firmenwagen.

Für die Angestellten waren Spritkosten sowie Reparatur und Wartung von zweitrangiger Bedeutung. Diese Kosten übernahm der Arbeitgeber! Ein Anstoß zur Emissionsminderung erfolgte eher bei einer Kaufentscheidung. Die steuerliche Bevorzugung von Diesel-Pkws wirkte in die gleiche Richtung. Sie löste einen Dieselboom aus, mit zunächst niederschmetternden Folgen für die Emissionen. Ohne Rußpartikelfilter kam es zu CO_2-äquivalenten Emissionen und sogar zu einer höheren Luftverschmutzung. Später, mit Filtern als Standard, blieb diese Gefahr bestehen. Beim Verkauf der Wagen in den Osten, nach Südosteuropa, Afrika und Asien wurden die Filter gerne ausgebaut und die Emissionen blieben unverändert hoch.

Unterschiedliche Treibstoffe zeigen eine unterschiedliche Effizienz: Betreiben von Benzinmotoren mit Flüssiggas oder Erdgas, Elektrifizierung, die Mischform des benzinbetriebenen Elektrohybriden und letztlich der Antrieb mit Brennstoffzellen standen zur Disposition.

Die deutsche Bundesregierung legte sich früh auf die Elektromobilität fest und förderte sie mit Zuschüssen beim Kauf und mit der Finanzierung von Forschungsprojekten. Hunderte Millionen von Euro wechselten den Besitzer. Universitäten entwickelten unter anderem Leichtbaufahrzeuge, die von der Industrie nicht angenommen wurden. Sie gingen nicht in Serie.

2009 wurden durch eine EU-Verordnung diese Leichtbaumodelle sogar bestraft: Die CO_2-Emissionen mussten wegen des geringeren Gewichts der Wagen überdurchschnittlich niedriger sein. Das gelang nur durch kostenintensive zusätzliche Einsparungen, wollte man einen befriedigenden Ertrag erzielen.

Die Ford-Werke GmbH verfolgten bei dieser Gemengelage eine sehr konservative, eher gar rückwärts gerichtete Modellpolitik. Die reinste Form des Wahnsinns ist es, alles beim Alten zu lassen und gleichzeitig zu hoffen, dass sich etwas ändere. Das hatte Albert Einstein gesagt. Bei Ford blieb diese These ungehört:

Flüssiggasmodelle wurden mit älteren, ineffizienteren Motoren ausgestattet. Eine Spritspartechnik mit Start-Stopp-System gab es kaum. Damit wurden die CO_2-Emissionen bei solchen Modellen höher als bei einem Benziner mit vergleichbarer Leistung. Vorzuziehen wären zudem erdgasbetriebene Modelle gewesen. In das System konnte Biogas und Windgas eingespeist werden. Diese Option wurde von Ford, wie von den meisten deutschen Herstellern, nicht genutzt.

Auch die Dieselmotorpalette zeigte Mängel: Durch Zwangskoppelung mit Sportfahrwerken ergab sich eine Amortisation erst nach 520.000 Kilometern.

Am effizientesten schien die Hybridtechnik zu sein.

Bei allen deutschen Autobauern wurden aber Spritspartechniken mit Aufpreisen verkauft. Da der Preis für den Kunden oft das hauptsächliche Kaufargument war, blieben die Aufpreisangebote Scheinangebote. Diese Modelle wurden also keinesfalls gefördert.

Wasser spalten, mit Wasserstoff die Zukunft gestalten, war bei Ford derzeit kein Thema. Dieses Gas ließ sich mittels Elektrolyse aus Wasser herstellen. Das Verfahren gestattet es, Strom aus Wind und Sonne langfristig zu bevorraten. Der Wasserstoff konnte in Fahrzeugen über Brennstoffzellen wieder in Strom umgewandelt werden. Brennstoffzellen wurden dabei im Stapel genutzt, da nur so hinreichend viel Energie generiert werden konnte. Alain Leidgens sah es als sinnvoll an, offene Fragen zu erforschen und besonders an den zurzeit noch hohen Gestehungskosten zu arbeiten. Aber da Ford andere Prioritäten setzte, legte er diese Probleme auch für sich zunächst ad acta. Ein Brennstoffzellenprojekt, von Ford gemeinsam mit Daimler begonnen, wurde bereits 2003 wieder beendet.

Um bei allen benutzten Antriebsstoffen eine gute Performance zu haben, wurden günstige Abweichungen des im Labor ermittelten Verbrauchs zum realen Verbrauch auf der Straße bewusst in Kauf genommen. Durch Manipulationen, wie Abschalten von Klimaanlagen, Heizungen etc., und durch angreifbare Rechenmethoden wurde der Laborwert günstiger ausgewiesen. In der negativen Abweichung lag Ford im Markenvergleich hinter Daimler, Audi und BMW an vierter Stelle. Die bestehende DIN-Norm ermöglichte diese Abweichungen.

Die europäische Gesetzgebung ermöglichte zudem den deutschen Auto-herstellern, die an ihr mitschreiben durften, erhebliche Reserven bei der Effizienzsteigerung ihrer Fahrzeuge zurückzuhalten, im Wesentlichen dadurch, dass die nur mit Aufpreis erreichbar waren.

Mit der Entwicklung von Drohnen-Fahrzeug-Konzepten für schnellere Notfallhilfe bei Katastrophen eroberte Ford ein Nischengeschäftsfeld. Es war imagesteigernd und sogar profitabel. Der Ford F-150 sollte für die UN als Basisstation für Drohnen dienen. Eine spezielle Software wurde entwickelt, um die Kommunikation zwischen Rettungsfahrzeugen und Drohnen zu ermöglichen.

Abschließend beschäftigte sich Alain Leidgens mit Gedanken zu Innova-tionsmöglichkeiten in Details. Er versuchte einen Überblick zu gewinnen, um am neuen Arbeitsplatz mitreden zu können:

Hinsichtlich des Antriebstoffs zeigte sich für ihn bei Ford ein eindeu-tiges Bild.

Fahrzeuge als Benziner hatten weiter Bedeutung, wurden aber nicht besonders gefördert.

Dieselfahrzeuge wurden durch Aufpreise eher eingebremst. Das galt auch für gasbetriebene Fahrzeuge.

Hybriden wurden stark beworben. Ford unterhielt bei Hybrid-For-schungsfahrzeugen zur Erprobung des autonomen Fahrens branchenweit sogar die größte Flotte.

Die Zukunft aber lag für den Kölner Standort in der totalen Elektrifi-zierung. Das *Ford Cologne Electrification Center* mit einem Investitions-volumen von einer Milliarde Dollar sollte das größte Investment werden, das in Köln je getätigt wurde. Bereits 2023 sollte im Ford-Werk in Köln-Niehl das erste batterie-elektrische Volumenmodell für Ford Europe vom

Band rollen. Von hier würden dann Elektrofahrzeuge für Kunden in ganz Europa entwickelt und gefertigt.

Im Rahmen einer Allianz mit Volkswagen sollte Ford ab 2019 seine Entwicklung der Fahrzeuge auf dem Modularen Elektrobaukasten (MEB) aufbauen. Zentrales Element des MEB war eine Hochvolt-Antriebsbatterie von besonderer Gestalt und Platzierung. Sie sah wie eine Schokoladentafel aus, war flach und aus Untermodulen zusammengesetzt. Da sie im Fahrzeugboden verbaut wurde, verblieb mehr Platz im Innenraum. Man wollte damit weiter der bewährten Strategie folgen, geeignete Systeme für verschiedenste Modelle und den gesamten Weltmarkt zu bauen. Über diese geplante Allianz konnte sich Alan Leidgens noch nicht kundig machen. Zum Zeitpunkt seiner Bewerbung standen die Verhandlungen noch unter absoluter Geheimhaltung.

Die Kehrseite der Medaille lag in der negativen Auswirkung der forcierten E-Mobilität auf den Personalbestand. Man befürchtete auf Dauer den Verlust von einem Drittel aller Arbeitsplätze. Elektroautos waren einfacher konstruiert und brauchten weniger Monteure. Bei über 15.000 beschäftigten Menschen würde eine solche Reduktion die Region Köln stark beeinträchtigen.

Gleichzeitig schien der Kampf um die Verantwortung für die globale Fahrwerksentwicklung gegen das Mutterland USA verloren zu gehen. Das Entwicklungszentrum in Merkenich verlöre dadurch erheblich an Kompetenz, und fähige Kräfte wurden entbehrlich. Auf den Qualitätsstandard der Fahrwerke war Ford Köln zu Recht immer stolz gewesen. Man hatte ein perfektes System entwickelt, mit festerem und leichterem Stahl, mit besonderen Profilen und Gummilagern das Verhalten der Fahrzeuge in Kurven sicherer und komfortabler zu machen.

Einzelne Gedanken für Abweichungen einer Gewichtsreduktion der Modelle hielt er fest:

Autos mit selbsttragender Karosserie waren ein Zauberwort für die Gewichtssenkung. Auf eine B-Säule, einen Holm hinter der Fahrer- und

Beifahrertür, konnte dabei verzichtet werden. Besondere Schließmechanismen sorgten trotzdem für Stabilität. Die war gewährleistet, wenn Vorder- und Hintertür geschlossen waren.

Alle Einschnitte in die Karosserie mussten vorab ausgetestet werden, damit die nicht in sich zusammenfiel.

Auch Schnitte an falscher Stelle durch die Feuerwehr nach einem Unfall konnten einen Kollaps verursachen.

Ford führte deshalb Rettungsworkshops durch.

Rettungskarten für Tabletts wurden angeboten, auf denen für jeden Fahrzeugtyp die Lage der tragenden Teile, von Batterien, Treibstofftank und Leitungen sowie Airbag abzulesen waren. Diese Serviceleistungen wurden von Ford noch zugekauft. Alain Leidgens merkte die Prüfung einer Eigenproduktion vor.

Ford begann als erster Automobilhersteller die Fertigung von Bauteilen aus Schaum- und Kunststoffen, die aus extrahiertem CO_2 entwickelt wurden. Das umweltschädliche Kohlendioxid wurde in den Materialien gebunden und führte zu leichten Werkstoffen und zu einer signifikanten Reduktion der Umweltbelastung.

Eine Möglichkeit, den Wunsch nach größeren Fahrzeugen umzukehren, sah man in einer besseren Komfortausstattung von kleinen Innenräumen. Alain Leidgens interessierte die Fortentwicklung der Fahrzeugsitze. Dabei konnte mit einem Spezialroboter wiederholtes Ein- und Aussteigen von verschwitzten Insassen simuliert werden, um Sitzaufbauten und Materialien zu testen, bis sie auch nach sportlicher Betätigung unbeeinträchtigt blieben.

Da der Fahrzeugsitz die größte Kontaktstelle zwischen Insasse und Fahrzeug darstellte, galt seiner Bequemlichkeit besondere Erforschung. Die Druckverteilung entlang des Körpers wurde untersucht. Nach ersten Tests fielen rund siebzig Prozent des Gewichts auf die Sitzfläche und nur zehn Prozent auf den Rückenbereich. Diese Erkenntnisse hatten Auswirkung auf den Aufbau der Sitze und konnten noch durch weitere Reihenuntersuchungen verfeinert werden. Die Werkzeuge dafür mussten für eine virtuelle Phase der Entwicklung und schließlich für den realen Sitz erarbeitet werden. Dreidimensionale Modelle des menschlichen Gesäßes sowie Hardware-Dummys eines ganzen Menschen kamen zum Einsatz, um Optimalwerte für die Sitze zu gewinnen.

Ein Faszinosum war für Alain Leidgens die Grundlagenforschung für das autonome Fahren. Ford arbeitete schon seit gut zehn Jahren mit Velodyne LiDAR-Sensoren. Die sandten pro Sekunde mehrere Millionen kurze Laserlicht-Impulse aus und erfassten die Beschaffenheit der Umgebung und die Distanz zu Objekten. Anhand dieser Daten konnte der Fahrzeugrechner in Echtzeit hochauflösende dreidimensionale Bilder des Fahrzeugumfelds produzieren. Die Sensoren erinnerten an Eishockey-Pucks und hießen deshalb *Solid-State Hybrid Ultra Pucks*.

Es gab unheimlich viele Bereiche, in denen sich Alain fortbilden musste. Jeden Tag kamen neue Aufzeichnungen hinzu. Er war fest entschlossen, sich in Köln zu beweisen. Der Ehrgeiz hatte ihn gepackt. Endlich war er über den Punkt hinweg, sich zu fragen: »Lebe ich eigentlich das Leben, das ich will, oder das, was andere wollen?« Er verspürte, um glücklich zu sein, brauchte er nur etwas, das ihn begeisterte.

Viel Zeit nahm er sich, um für Nathalie Finanzen so zu regeln, dass sie bei seiner Abwesenheit zurechtkam. Er richtete einen Dauerauftrag auf ihr Konto ein, und zwar in der Höhe des bisherigen Haushaltsgelds. Da er selbst nicht mehr zum Haushalt dazugehörte, bedeutete dies für Nathalie eine Verbesserung. Für größere Notfälle räumte er ihr Vollmacht über das Konto ein, auf dem seine Abfindung angelegt war.

Er bläute ihr ein, nur ohne Abstimmung mit ihm darüber zu verfügen, wenn eine akute Notlage dies notwendig machte. Das Geld war fest angelegt, und eine vorzeitige Auszahlung würde erhebliche Strafzinsen auslösen.

Täglich quälte er sein Hirn, ob er noch irgendetwas Wichtiges vergessen hatte. Ansonsten sehnte er den Tag seiner Abreise herbei, denn das Leben mit Nathalie und Yvette verlief freudlos. Den Satz: *Lächeln ist billiger als Strom und gibt mehr Licht*, machte sich seine Frau jedenfalls nicht zu eigen. Sie blieb ihm gegenüber eine spaßfeindliche Mimose, und er war müde, sich mindestens jeden zweiten Tag über irgendetwas mit ihr zu zerfleischen. Er sah keine Möglichkeit für eine faire Aussprache mit ihr. Er wollte nicht länger in dieser unschönen Zwischenwelt verharren. Er würde den Vorwärtsgang einlegen. ...

Alain Leidgens als Strohwitwer in Köln

Für Alain kamen die letzten Tage in Genk immer näher. Er hatte längst mit der Verabschiedungszeremonie begonnen. Auf dem letzten wöchentlichen Treffen mit seinen Kameraden vor dem Umzug war ihm nur das Beste gewünscht worden. In einigen Gesichtern hatte ein wenig Neid gestanden. Er hatte dafür Verständnis, denn die armen Kerle waren noch arbeitslos. Sie versprachen sich gegenseitig, über die Distanz hin Kontakt zu halten. Selbst die Weihnachtsferien, die er wieder in Genk verbringen wollte, waren nicht aus der Welt. Zwei berührende Abende hatte er mit Vater, Schwester und Schwager verbracht. Dort fand er die Zuwendungen, die seine Frau ihm verweigerte. Seinem Vater fielen dauernd wohlmeinende Ratschläge ein. Seine Schwester bot sich an, an seiner Kleidung noch das ein oder andere zu richten. »Nathalie tut das sowieso nicht«, diese Worte waren wahr, aber taten weh. Heimlich nahm er einige Hemden mit zu Claudine, an denen Knöpfe fehlten.

Am letzten Abend meinte Nathalie emotionslos: »Du wirst ja morgen *früh* wegfahren. Ich muss wohl zum Frühstück nichts vorbereiten. Die Brötchen musst du nur kurz aufbacken. Wie die Kaffeemaschine funktioniert, weißt du ja. Butter, Milch und Aufschnitt findest du im Kühlschrank.« Er nahm das mit einem zustimmenden Grummeln hin.

Von Yvette verabschiedete er sich mit einem Kuss, als sie schlafen ging. »Ich werde Weihnachten wieder da sein. Du wirst sehen, die Zeit bis dahin verrinnt schnell. Ich bring dir vom Christkind auch was Schönes mit.«

»Ich wünsche mir ein Rad«, war ihr einziger Kommentar. Noch so klein und schon ganz die Mutter, dachte Alain verzweifelt.

Das Frühstück schlang er in sich hinein. Er wollte nur weg. Auf seinem Weg zur Haustür rührte sich in der Wohnung niemand.

Sein Autoschlüssel piepste, und die Türschließung öffnete sich. Er ließ sich auf den Fahrersitz fallen und schaute ein letztes Mal in den Rückspiegel, aber am Fenster stand niemand hinter der Gardine. Er startete und bog um die Ecke, und damit war sein Zuhause ohne ein Abschiednehmen außer Sicht. Das fühlte sich hässlich an. Er führte wahrlich kein Leben voll Sonnenschein und fragte sich, für wen er eigentlich all die Anstrengungen unternahm. ...

Die Adresse der Wohnung in Köln-Ehrenfeld gab er in das Navi ein. Die Fahrt verlief ohne Verkehrsbehinderungen.

Ford hatte ihm für die Wohnung eine Schlüsselkarte zugeschickt und in einem zweiten Brief eine Codenummer und eine Wohnungsgeberbescheinigung, die auf seinen Mietbeginn für die Werkswohnung lautete. Im Brief war erläutert, dass er die für seine Anmeldung beim Einwohnermeldeamt brauche.

Das Mietshaus hatte keinen permanent anwesenden Hausmeister, der ihn in Empfang nehmen konnte. Stattdessen war neben der Haustür und neben der Schranke zum Parkplatz auf dem Innenhof jeweils ein elektronischer Kartenleser angebracht. Dort konnte er die Haustür und die Schranke mit der Karte und dem Code öffnen.

Er fuhr mit dem Wagen an der Schranke vor und versuchte sein Glück. Nachdem er sich eingeloggt hatte, ging die Schranke zum Hof mit einem surrenden Geräusch auf. Willkommen in Köln!

Die Gebäudewand war auf der Hofseite völlig mit Efeu bewachsen. Wenigstens etwas Grünes in dieser Steinwüste, dachte er, denn die letzten Straßenzüge auf seiner Anfahrt waren recht kahl gewesen.

Die Wohnung lag im dritten Stock. Es gab einen Aufzug, und so konnte er seine Sachen problemlos nach oben bringen. Nur wegen des TV-Geräts und der Musikanlage musste er zweimal fahren.

Sein neues Zuhause war klein, aber zweckmäßig. Vom Flur ging ein WC ab, auf der anderen Seite eine Miniküche mit Fenster zum Hof. Sie war mit dem Nötigsten, Herd und Kühlschrank sowie Küchenzeile eingerichtet. Eine Tür am Ende des Flurs führte direkt in den Wohn- Essraum. Eine Couch, ein Sessel waren auf die Innenwand ausgerichtet, wo er die Anschlüsse für TV, Telefon und Musikanlage sah. Daneben standen ein kleiner Esstisch mit drei Stühlen und ein kleines Sideboard. Der Bodenbelag war ein ordentlicher Sisalteppichboden.

Das Schlafzimmer hatte ein Doppelbett, zwei Nachttische und einen Kleiderschrank. Von dem Raum war ein Stück mit Glasbausteinen für eine Duschkabine und ein Waschbecken abgeteilt. In allen Räumen hatte man einfache Lampen montiert. Die Wohnung konnte zwar keinen Schönheitspreis gewinnen, war aber nicht zu beanstanden.

Heute wollte er noch seine mitgebrachten Habseligkeiten einräumen und morgen früh bei einem Rundgang feststellen, was er noch besorgen musste. Dafür hatte er den ganzen Samstag zur Verfügung. Den Sonntag wollte er zu einem ersten Erkundigungsrundgang nutzen. Am Montag würde er sich bei den Behörden anmelden. Am Dienstag war sein erster Arbeitstag. …

Als Letztes vor dem Zu-Bett-Gehen setzte er eine WhatsApp an Nathalie ab: *Ich bin gut angekommen. Grüße bitte auch Yvette, Gruß Alain.* Er erwartete damit nicht den Beginn einer »Liebeskorrespondenz«. Aber das Ausbleiben jeglicher Antwort traf ihn doch. Er hasste diese Achterbahn der Gefühle, die wieder in ihm zum Vorschein kam.

Er hatte gut geschlafen, war aber trotzdem früh aufgewacht. Da er nichts für das Frühstück mitgebracht hatte, musste er vor die Tür und beschloss, in einer Cafeteria zu frühstücken. Er brauchte dringend seinen Morgenkaffee, die gewohnte Dosis Koffein. Deshalb sputete er sich. Doch zunächst musste er auflisten, was zu kaufen war. Er begann in der Küche mit der Durchsicht und war erstaunt, wie viele Dinge vorhanden waren. Vermutlich wurden alle Gegenstände beim Auschecken eines Mieters kontrolliert und fehlende Teile zu seinen Lasten wiederbeschafft. Alle Gerätschaften, einschließlich Besteck, Geschirr und Gläser waren vorhanden. Er würde sich später einige ansehnlichere Teile gönnen. Doch das hatte keine Priorität. Küchentücher, Plastiktüten für den Abfalleimer, eine angebrochene Flasche Spüli und einige Gewürze fand der ebenfalls vor. Er brauchte fürs Erste eigentlich nur Nahrungsmittel für die nächsten Tage, Putzmittel, Getränke und einen Gasanzünder. In der Küche stand nämlich ein Gasherd. Ein Schreibblock, einige Kugelschreiber und Streichhölzer kamen noch auf die Liste. Dabei ließ er es vorerst bewenden. Vielleicht würde das ein oder andere ihn beim Einkaufen noch »angucken«.

Nun duschte er und machte sich für seine Einkaufstour fertig. Es war inzwischen 8:30 Uhr geworden.

Der direkte Weg zur Venloer Straße stand ihm noch vor Augen. Das war im nahen Umfeld die größte Straße, erinnerte er von der Anfahrt. Dorthin wandte er sich nun mit schnellen Schritten. Als Erstes brauchte er seinen Kaffee! Das erwies sich als leichtes Unterfangen. Mehrere kleine Lokale lockten in ihren Auslagen mit appetitlichen Angeboten. Er erkannte, dass es hier viel Exotisches gab, überwiegend wohl türkische Speisen.

Auch die meisten Leute auf der Straße hatten einen Migrationshintergrund. Er war in einem bunten Viertel gelandet! Er fackelte nicht lange und betrat das zweite Lokal. Dort roch es durch die offene Tür nach starkem Kaffee.

Er wählte ein Dürüm, eine wrap-ähnliche Rolle aus Yufka-Fladenbrot mit einer variantenreichen Füllung. Er suchte sich Salat, Soße, Falafel, Çiğ Köfte und Schnittfleisch vom Rind aus und aß alles mit gutem Appetit. Der Kaffee schmeckte so gut, wie er roch.

Voll Interesse beobachtete er das Publikum um sich herum. Viele Schnauzbärtige, dachte er grinsend. Die jungen Männer hatten ihre Haare bis hoch an die Kopfplatte kurz geschoren. Die wenigen Frauen in ihrer Begleitung trugen Kopftücher. Ihm gefiel das, und die Blicke, die ihn trafen, waren überwiegend freundlich. Er war in Genk unter den vielen internationalen Kollegen nie ein Rassist geworden. Das sollte sich in Köln nicht ändern.

Was er letztendlich zahlen musste, war äußerst wenig. Er hätte sich das Frühstück kaum billiger zusammenkaufen können. Außerdem waren ihm das Tischdecken und der Abwasch erspart geblieben. So werde ich nicht das letzte Mal frühstücken, dachte er zufrieden. Er hatte gut eine Stunde vertrödelt und bereute keinen Moment.

Voller Neugierde schlenderte er nun die Straße entlang. Der türkische Besitzer eines Obst- und Gemüseladens stand in der Eingangstür und rauchte eine filterlose Zigarette. Die Auslage vor seinem Geschäft warb mit Frische und appetitlichem Duft. Die Tomaten sahen viel schmackhafter aus als die »Wassertomaten« aus den Niederlanden, die es in Genk meist zu kaufen gab. Das türkische Herz fand hier alles, was es begehrte. Am Kiosk gab es auch türkische Zeitungen, er passierte ein türkisches Reisebüro, eine türkische Bankfiliale und ein türkisches Bekleidungsgeschäft, bevor er auf die ersten deutschen Auslagen stieß. Die deutsche Bevölkerung ging aber auch zielstrebig in die türkischen Läden.

Auf der Fahrbahn staute sich der Verkehr. Aus den offenen Fahrzeugfenstern wummerte laute Musik. Es wurde nervös gehupt. Es herrschte pralles Leben. Alain passierte eine U-Bahn-Station. Gott sei gedankt, dass es auch noch diese unterirdische Möglichkeit gibt, ins Zentrum zu fahren, dachte er und sah sich das genauer an.

Die Station lag an der Kreuzung Venloer Straße mit dem Ehrenfeldgürtel und der Heliosstraße. Der U-Bahnhof wurde von den Linien 3 und 4 der Kölner Verkehrsbetriebe bedient, die im Zehn-Minuten-Takt auch in die Innenstadt fuhren.

Auf der anderen Seite der Straße sah er bald Buden eines Wochenmarkts, der ungefähr fünfzehn Buden umfasste. Sie standen auf dem *Neptunplatz*, wie das Straßenschild sagte. Nun war ihm klar, wo er seine Einkäufe tätigen würde. Möglichst nah an seiner Wohnung sollte es sein, er wollte sich nicht tot schleppen.

Er beschloss zunächst noch ein wenig durch die Gegend zu flanieren und bog in die erste Nebenstraße ein. Hier standen viele ältere Häuser, mit Simsen und Stuck verziert. Die meisten waren nicht im besten Zustand. Sie konnten Schönheitsreparaturen und einen Anstrich gut vertragen, passten aber ins wühlige Gesamtbild.

Am Bürgerzentrum traf er auf ein großes Streetart-Werk. An einer Außenmauer des Gebäudes war ein Mädchen mit dunklem Teint, schwarzen Haaren und einem Mops auf dem Arm abgebildet. Das Bild trug die Aufschrift: *ohne dich würde ich mich nicht trauen*. Es war 2011 von dem Künstler Herakult gemalt worden. An der Lichtstraße, bei der Life Music Hall, stand er plötzlich vor einem weiteren, besonders lustigen Werk: *die rosa Engel*. Viele davon flatterten rosa am Himmel und zogen an langen Leinen einen rosa Pkw durch die Lüfte. Fliegende Autos gab es bei Ford nicht, dachte er schmunzelnd und setzte seinen Rundweg noch knapp zwei Stunden fort. Es gab noch vieles zum Bestaunen.

Seine Einkäufe erledigte er auf dem Markt und in einem türkischen Supermarkt. Für mittags kaufte er sich 150 Gramm Mett, ein Glas Essiggurken und zwei Brötchen. An einem Kiosk kaufte er einen Stadtplan. Er wollte am späten Nachmittag mit der U-Bahn noch ins Zentrum fahren und dort abends eine warme Kleinigkeit essen. Bepackt wie ein Lasttier, erreichte er seine Wohnung. ...

Am späten Nachmittag machte er sich auf den Weg zur U-Bahn-Station. Seine Vorbereitung bewährte sich. Er bestieg den ersten Zug, eine Nummer 3. Nach dem Stadtplan hatte er beschlossen, bis zum Neumarkt zu fahren. Von dort ging es über die Schildergasse bis zur Hohe Straße, die er bis zum Domplatz durchgehen wollte.

Die Kathedrale sollte sein erstes Ziel sein.

Spätestens die beiden großen Geschäftsstraßen Kölns mit ihren vielen Läden zeigten ihm, dass er sich in einer Großstadt befand. Mit seiner guten Beobachtungsgabe erkannte er aber auch, dass selbst auf diesen Nobelstraßen Billigläden, die schnellen und großen Umsatz machten, in der Mehrzahl waren. Anscheinend konnten die Nobelmarken die hohen Mieten nicht bezahlen. Die fanden nur noch an Luxusorten ihre Käufer.

Als er vor dem Dom stand, fühlte er sich ganz klein. So mächtig und groß hatte er die Kathedrale nicht in Erinnerung gehabt. Er beschloss, hineinzugehen. Die Sonne stand günstig, und so leuchteten die großen Fenster in prächtigen Farben. Das Südquerhausfenster berührte ihn besonders. Es war aus unzähligen kleinen Farbquadraten zusammengesetzt und explodierte in Farbstrahlen in das Kirchenschiff.

In einem Stadtführer, den er am Rand der Domplatte erstand, fand er Erklärungen dazu: Dieses Fenster hatte ein Behelfsfenster ersetzt, dessen Vorgänger während des Kriegs zerstört worden war. Der Künstler Gerhard Richter hatte dafür auf einer Fensterfläche von 106 Quadratmetern mit dem Computer nach dem Zufallsprinzip über 11.000 kleine Quadrate in zweiundsiebzig verschiedenen Farben angeordnet. Das war eine einmalige Gestaltung gewesen.

Die Reliquien der Heiligen Drei Könige, die Erzbischof Rainald von Dassel 1164 aus Mailand nach Köln brachte, beeindruckte ihn genauso wie der vom Kölner Maler Stefan Lochner erschaffene Flügelaltar, der im Zentrum die Gottesmutter mit dem Christuskind und die Heiligen Drei Könige nebst Gefolge bei der Anbetung zeigte. Er kaufte gegen seine Gewohnheit eine Opferkerze und zündete sie an.

Wieder draußen ging Alain an der Philharmonie vorbei bis zum Rheinufer hinab. Er vermeinte aus dem Konzerthaus Töne zu hören. Vielleicht wurde drinnen geprobt.

Er verweilte einen Moment an die Absperrung vor dem Fluss gelehnt und schaute den Lastschiffen nach, die Richtung Küste fuhren. Schließlich schlenderte er an den schmalen Lagerhäusern vorbei, die inzwischen Restaurants mit Speisen aus aller Herren Länder beherbergten. Einige der Häuser hatten oben vor dem Giebel noch Kranvorrichtungen. Dort wurde in alten Zeiten die Ware gelagert. An den Hauswänden konnte er Hochwassermarken sehen, die mit Jahreszahlen auf Überflutungen hinwiesen. Die Restaurants hatten Außengastronomie vor der Tür. Die Tische waren gut besetzt. Da er sich noch nicht hungrig fühlte, ging er weiter durch die kleinen Gässchen der Altstadt, bis er auf den Alter Markt stieß. Er betrachtete die Statue des Reiter-Generals Jan von Werth und las die Erklärungen dazu. Es war eine nette Geschichte, die von Jan und Grieth. Hinter dem Platz lugte ein Stück vom alten Rathaus hervor. Es galt als das älteste Rathaus Deutschlands und wurde bereits zu Beginn des 12. Jahrhunderts als Haus der Bürger erwähnt. Eine besondere Attraktion war sein Glockenspiel, das vier Mal am Tag im Rathausturm erklang.

Auch der Alter Markt war von vielen Lokalen eingerahmt. Alain ging jedoch nach den Empfehlungen im Reiseführer bis zum Früh, einer kölschen Kneipe mit eigenem Bier. Er trank mehrere Röhren Kölsch und aß Himmel und Ähd, Himmel und Erde, ein rheinisches Gericht, gebackene Blutwurst mit Apfelmus und Kartoffelpüree. Zufrieden nach den ersten Eindrücken machte er sich auf den Weg zur U-Bahn und nach Hause zurück. Die Informationen im Stadtführer waren besonders hilfreich gewesen und machten ihm Lust auf mehr. Im Fernsehen sah er sich noch den Tatort an, die Helden spielten heute seine Lieblinge: Axel Prahl als Kommissar und Jan Josef Liefers als Gerichtsmediziner. ...

Um 9:00 Uhr am nächsten Morgen wollte er am Bezirksrathaus Ehrenfeld vorsprechen, um sich anzumelden. Eigentlich hatte er dafür vierzehn Tage Zeit, doch er beabsichtigte, es vor seinem Arbeitsantritt zu erledigen. »Rasch verliert nie«, hatte er sich gesagt.

Wieder einmal war er froh, dass er zu den sogenannten EU-Bürgern gehörte. Ausländer und Ausländerinnen aus der Europäischen Union brauchten für die Anmeldung nur den Nationalpass und das Bestätigungsformular des Vermieters für die Wohnadresse. Beides hatte sich Alain noch am Abend herausgelegt.

Danach hatte er vor, zu den Ford-Werken, zum John-Andrews-Entwicklungszentrum in Köln-Merkenich, zu fahren. Dort fand am nächsten Morgen das erste Treffen seiner Arbeitsgruppe statt. Er wollte den Weg erkunden und auch den Ort des Treffens inspizieren. Nichts sollte schiefgehen. ...

Der Montagvormittag schien für das Meldeamt besonders günstig zu sein. Alain Leidgens brauchte für die Anmeldung nur eine knappe Stunde. Danach kaufte er noch einige Dinge und ging zur Wohnung zurück. Er wollte möglichst zügig die Fahrt nach Merkenich antreten. Er musste zur Spessartstraße, Tor 54. Das Ziel gab er in sein Navi ein.

Bei der Anmeldung sprach er vor und erklärte sein Anliegen. Die junge Frau war sehr freundlich und suchte in ihrem PC nach dem Treffen. Es war alles perfekt eingegeben: »Sie werden in Raum hundertsiebenundfünfzig tagen«, sagte sie. »Das ist einer der Tagungsräume Parterre ziemlich weit hinten links.« Sie wies mit der rechten Hand den langen Gang entlang. »Die Nummer steht auf der Tür. Sie werden acht Personen sein, die Sitzung leitet Herr Pieter van Huffel.«

»Ein Niederländer?«, fragte Alain Leidgens dazwischen. Als sie ihm das bestätigte, durchströmte ihn eine freudige Erregung. Es ist für mich bestimmt von Vorteil, wenn der Chef meine Muttersprache spricht, dachte er froh. Die Frau gab ihm einen Besucherausweis und gestattete ihm, bis zum morgigen Tagungsraum durchzulaufen. »Sie können sich den Raum ruhig ansehen, er ist zurzeit leer.« Das Innere des Gebäudes war von sachlicher Kühle. Die Wände der einzelnen Räume waren erkennbar durch versetzbare Wände unterteilt, fensterlos und nur mit Neonlicht erleuchtet. Er hoffte inständig, dass so nicht sein dauerhafter Arbeitsplatz ausgestattet sein würde. Er war Tageslicht gewohnt. Raum hundertsiebenundfünfzig war bereits für den morgigen Tag vorbereitet. Ein Tisch für acht Personen war zusammengestellt. An beiden Kopfseiten standen fünf Flipcharts. An der Seite zeigten offene Garderobenständer, dass der Raum keine dauerhafte Unterbringung bot.

Schnell zog es Alain wieder nach draußen. Er gab die Besucherkarte zurück und bedankte sich bei der Frau. Nun hatte er noch den ganzen Tag Zeit. …

Pieter van Huffel war auf der Zielgeraden, nur noch dreißig Meter vom Raum hundertsiebenundfünfzig entfernt. Er schaute auf seine Armbanduhr. Just in Time, dachte er zufrieden. Hoffentlich wartet eine ordentliche

Mannschaft auf mich, schob er in seinen Gedanken nach. Er öffnete die Tür und überschlug mit schnellem Blick die Zahl der Anwesenden. Es waren sieben Männer, alle waren also anwesend. Das fing gut an.

Auch seine neue Mannschaft war neugierig. Vierzehn Augen hefteten sich auf den Holländer. Alain fand ihn vom Aussehen nicht unsympathisch. Van Huffel war etwa 1,85 Meter groß, hatte einen kleinen Bierbauch, der ihn gemütlich aussehen ließ, genauso wie die Stupsnase in seinem freundlichen Gesicht. Die scharfe Kerbe im Kinn ließ allerdings erahnen, dass er auch über eine gewisse Härte verfügte. Als er an Alain Leidgens vorbeiging, zog der unauffällig die Luft ein. Ja, er war sich sicher, van Huffel war ein starker Raucher. Es umgab ihn eine Wolke aus Tabak und Nikotin.

Van Huffel begann schon auf dem Weg zum Kopfende des Tisches zu sprechen: »Guten Morgen, meine Herren. Herzlich willkommen bei Ford Köln. Mein Name ist Pieter van Huffel. Ich stamme aus den Niederlanden, wohne aber schon über zehn Jahre in dieser Stadt. Ich verspreche Ihnen, man kann es hier gut aushalten. Köln ist eine weltoffene Stadt und der Kölner sagt: ›Jeder soll nach seiner Fasson selig werden.‹

In Köln wurde einstmals der Otto-Motor erfunden, jetzt werden hier Elektro-Motoren und die notwendigen Begleitprodukte entwickelt, und sie dürfen dabei sein.

Ich kenne Sie alle vom Namen, aber die meisten nicht persönlich. Ihnen geht das genauso, deshalb möchte ich Sie nacheinander aufrufen und bitten, sich vorzustellen. Wir kommen aus unterschiedlichen Herkunftsländern, aber sollten uns schnell an die deutsche Sprache gewöhnen. Noch ein paar Worte zu mir. Ich darf diese Gruppe leiten. Für gewichtige Fragen, Vorschläge und Anliegen habe ich immer ein offenes Ohr. Aber merken Sie sich bitte auch: Ich bin kein Callcenter zum Nulltarif, und was wir gemeinsam bewerkstelligen wollen, ist kein Nine-to-five-Job. Ich beginne nun in der Reihenfolge des ABC: Karl Arlef, bitte.«

Ein großer hagerer Mann erhob sich und begann mit typisch rheinischem Singsang zu sprechen, den die meisten Kölner nicht verbergen können: »Danke für Ihre Aufforderung, Meneer van Huffel. Wir kennen uns flüchtig, ich habe aber leider nie mit Ihnen zusammengearbeitet. Ich bin ein echtes ›kölsches‹ Gewächs, schon seit sieben Jahren bei Ford beschäftigt, und zwar als Kfz-Ingenieur im Entwicklungscenter. Ich war in der globalen Fahrwerksentwicklung tätig. Die geht von der Zuständigkeit her leider in Kürze an das amerikanische Mutterhaus. Ich bringe also Entwicklungserfahrung mit und freue mich auf eine neue Aufgabe.«

»Danke, Herr Arlef, auch für die nette niederländische Einflechtung. Ich bitte nun Henry Cross, sich vorzustellen. Herr Cross kommt aus England.« Henry Cross war »of the old school« english. Er trug ein weißes Hemd mit Manschettenknöpfen und eine konservative blau silberne Krawatte, schwarze Socken in rahmengenähten Budapestern. »Guten Tag meine Herren. Ich bin im sechsten Jahr Kfz- Ingenieur für internationale Zusammenarbeit hier im Entwicklungszentrum Ford Köln-Merkenich. Dabei haben sich meine internationalen Kontakte im Konzern immer weiter vergrößert, und ich hoffe deshalb, in diesem Projekt eine Hilfe sein zu können. Ich freue mich auf die Zusammenarbeit.« »Danke, Herr Cross, das war kurz und bündig und hörte sich vielversprechend an. Mit besonderem Vergnügen bitte ich nun Meneer Alain Leidgens um sein Wort. Er kommt aus Genk und war dort bis zum bitteren Ende bei Ford in Anstellung. Auf ein Wort, Herr Leidgens.«

»Vielen Dank, Meneer van Huffel. Ford hat in Genk eine große Lücke hinterlassen. Umso mehr hat es mich gefreut, als mir von Ford Europe eine Weiterbeschäftigung hier in Köln angeboten wurde. Ich bin erst wenige Tage hier. In Genk habe ich als Elektroingenieur in der Produktprüfung gearbeitet. Gerade bei Neuentwicklungen hoffe ich mich einbringen zu können.«

»Danke, Herr Leidgens. Nun bin ich neugierig auf die Vorstellung von Herrn Miller, John stammt aus London.« »Hallo, gerne auch von mir eine *Introduction*: Ich bin, wie Herr Cross, im Entwicklungszentrum Ford Köln-Merkenich beschäftigt. Wir beide kennen uns als Landsleute, werden aber nun das erste Mal zusammenarbeiten. Ich bin Motorenentwickler und schon länger im Bereich E-Motoren tätig. Da geht hier in Köln der Zug hin! Danke für Ihre Aufmerksamkeit.«

»Ich glaube, es wird immer deutlicher, dass wir uns wunderbar ergänzen werden. Herr Erwin Nagel aus Saarlouis, womit können Sie dazu beitragen?«

»Zunächst wünsche ich einen guten Morgen. Ich stoße mit einer anderen Ausbildung zu dieser Gruppe. Ich bin IT-Spezialist und habe bei der Entwicklung vieler Prüfprogramme mitgewirkt, habe sie fortentwickelt und für andere Vorhaben nutzbar gemacht. Diese Fähigkeiten möchte ich gerne weiter anbieten.«

»Danke, Herr Nagel. Auf dieses Angebot kommen wir bestimmt zurück. Last but not least bitte ich Christian Öpen, sich vorzustellen. Er arbeitet seit vielen Jahren bei Ford Saarlouis als Elektroingenieur.«

»Ja, und das mit voller Leidenschaft. Ich habe als Kind schon Stunden damit verbracht, mich mit elektrischen Teilen zu beschäftigen. In jungem Alter faszinierten mich bereits Bücher über Kybernetik. Den Aha-Effekt erlebte ich mit einem Buch über das Studium der ›Kontrollsysteme‹ vom amerikanischen Computerpionier Norbert Wiener. Seitdem tüftele ich an kybernetischen Systemen, Systeme, die sich selbst per Feedback steuern. Das sind zum Beispiel Thermostate, die bei Veränderung der Raumtemperatur Wärme- oder Kühlsysteme anschalten. Zuletzt beschäftigte ich mich mit der Aufrechterhaltung der vorgegebenen Geschwindigkeit eines Automobils durch einen Tempomat.

Hoffentlich darf ich auch künftig an Feedback-Mechanismen einzelner Teile eines Körpers, die sich nach gemeinsamen Zielen ausrichten lassen, forschen und entwickeln.«

»Meine Herren, ich glaube, wir haben einen Eindruck gewonnen, welche Wissenskapazität in unserer Gruppe schlummert. Wir werden sie aufwecken. Wir sind von der Geschäftsführung als eine Art mobile Einsatztruppe konzipiert worden, eine Art flexible Feuerwehr. Dem müssen wir gerecht werden. Um möglichst nicht im bestehenden Zeitfenster am tatsächlichen Kundenwunsch vorbeizuzielen, sollte sich das Bestreben bei unserer Entwicklungsarbeit darauf richten, die Entwicklungszeit zu verkürzen. Der traditionelle Entwicklungsprozess zeichnete sich dadurch aus, dass alle Entwicklungsschritte seriell ausgeführt wurden. So kam es oft zu Entwicklungszeiten von fünf Jahren und mehr. Großes Potential zur Verkürzung bietet der simultane Prozessablauf. Simultan heißt, dass alle Einzelschritte in der Vor- und Serienentwicklung zum frühestmöglichen Zeitpunkt begonnen und so weit wie möglich parallel erledigt werden. Hier kommen wir ins Spiel. Lassen Sie Ihre Gedanken fliegen. Es sind bestimmt immer ein paar gute dabei, wo und wie ein simultaner Prozessverlauf bei den diversen Aufgabenstellungen zu erreichen ist. Wir dürfen nicht in alten Gewohnheiten gefangen bleiben. John Miller hat uns deutlich gemacht, dass bei Ford Köln alles auf die E-Mobilität hinausläuft. Ab 2030 sollen hier nur noch elektrisch betriebene Fahrzeuge hergestellt werden. Für das Modell, welches bereits ab 2023 gebaut werden soll, wurde die Antriebsplattform in Kooperation mit VW entwickelt. Dafür, dass bei Ford die künftigen Modelle komplett entwickelt und produziert werden können, gibt es noch viel zu tun. In einem Teilbereich soll unser Team eine Rolle spielen, und zwar bei der Rückgewinnungsmöglichkeit von Energie. John, ich bitte Sie, uns diese Sache kurz zu erläutern.«

Der Brite war Feuer und Flamme: »Gern erkläre ich, wie die Rekuperation bei Elektroautos funktioniert. Das Verfahren wurde schon vor über 100 Jahren bei Schienenfahrzeugen, Kraftwerken oder Feuerungsanlagen eingesetzt. Anfallende Abwärme wurde beispielsweise genutzt, die Temperatur in einem Heizkessel zu erhöhen, ohne neue Energie zu benötigen.

Das ist nun noch effektiver beim Elektromotor zu bewerkstelligen. Wenn ein E-Motor in Gang gesetzt wird, wandelt er elektrische Energie in Bewegungsenergie um. Diese umgewandelte Energie kann erneut umgewandelt werden und erneut verwendet werden. Es entsteht fast ein Perpetuum mobile, was sich erst langsam verbraucht.

Bei den Elektroautos ist der Hauptakteur das regenerative Bremssystem.

Beim Bremsvorgang erhitzen sich die Bremsen. Bei Benzinern ging dabei ein erheblicher Anteil der Antriebsenergie verloren. E-Motoren hingegen besitzen die Fähigkeit, ihre Funktionsweise umzukehren. Sie arbeiten dann wie Generatoren. Beim Treten des Bremspedals werden Generatoren aktiviert. Die benötigen Kraft, wenn sie Strom erzeugen. Sie bremsen schon dadurch das Fahrzeug ab. Dieser Bremsvorgang ist dem mechanischen Vorgang vorgeschaltet. Das erspart in etwa ein Fünftel des Energieverbrauchs der rein mechanischen Bremse. Bei den Benzinern hatte zudem die Reibungswärme noch zusätzlich zum Verschleiß der mechanischen Bremsen geführt.

Die Bewegungsenergie wird beim E-Motor in elektrische Energie zurückverwandelt und in den Akku geleitet.

Eine Grundthese der Physik ist, dass sich die Energie in einem System nicht verändert. Was unsere tägliche Bremsbilanz an Energie verbraucht, wenn wir die nicht zurückführen, wird jedem schnell klar. Bei Gefällefahrten kann man mit der Motorbremse abrollen und eine überdurchschnittliche Rückgewinnung erzielen, die bei den nächsten Aufwärtsfahrten wieder zur Verfügung steht.«

Pieter van Huffel griff spontan in diese ausführlichen Erklärungen ein: »John, Ihre Schilderung sollte für das Erste genügen. Sie hat uns die Schaltstellen deutlich gemacht. In Ihren Überlegungen zu Optimierungen sind Sie frei und können sogar auf die bisherigen Ergebnisse der Entwicklungsabteilungen zurückgreifen. Ich wünsche uns einen baldigen Berechtigungsnachweis für unser Team. Ich bin Optimist. Die Technologie steht noch in den Anfängen. Es lohnt sich, die Wirkungsweise der Bremsvorgänge noch genauer zu untersuchen.«

John Miller wollte es nicht dabei bewenden lassen und hakte nach: »'tschuldigung Pieter, Ihre Vorgaben für uns sind großzügig. Erlauben Sie mir jedoch noch einige weitere Punkte anzusprechen, die mir untersuchenswert erscheinen: Das Bereitstellen günstiger und flächendeckend vorhandener Energie ist enorm optimierbar. Ich denke an die Möglichkeit, für unsere Kunden mit Photovoltaikanlagen am eigenen Heim Ladestationen zu schaffen und ihnen dabei sogar Geld einzusparen. Man schätzt, dass etwa achtzig Prozent der Ladevorgänge auf längere Zeit hin am eigenen Haus erfolgen werden. Auch Akkus sind noch optimierbar. In jeder einzelnen Zelle erfolgen bei jeder Entladung und Aufladung Ionen-Wanderungen. Davon wie und in welcher Zahl diese Zellen zu Modulen und zu einem Batteriesystem zusammengefügt werden, hängen Leistung, Kapazität und Gewicht des Akkus ab. Ich bezweifle, dass wir heute schon ein Optimum erreicht haben. Bei Akkus geht man zurzeit von einer Lebensdauer bis zu zehn Jahren aus. Auch da gibt es noch einiges zu untersuchen, wie der Verschleiß des Akkus minimiert werden kann. Es wird auch schon an Wiederverwendungsmöglichkeiten alter Batterien in Ladestationen nachgedacht. Was zur Verlängerung des Nutzungskreislaufs führen würde. Last but not least ergeben sich beim Laden bisher große Ladeverluste. Es kommt nicht lange alles im Fahrzeug an, was dorthin abgegeben wurde. Dafür sind viele Einzelumstände verantwortlich, die es zu verbessern gilt. Aber ich möchte Sie nun nicht länger mit weiteren Punkten, die es sicher noch gibt, quälen. Wir müssen sie wohl gemeinsam fixieren und dann untersuchen.«

Van Huffel hatte, wie das gesamte Team, aufmerksam zugehört. Sein Fazit fiel äußerst positiv aus: »Mister Miller, das war ein wunderbarer Blumenstrauß an Möglichkeiten, die wir nutzen können und sollen. Ich danke Ihnen für Ihr Engagement und glaube, bei dieser Einstellung lässt sich vieles erreichen. Bleiben Sie noch zusammen und versuchen Sie, für die nächsten Arbeitstage Schwerpunkte zu setzen. Bestimmt wird es Ihnen wohltun, künftig nicht mehr als Rudel von Krawattenträgern auftreten zu müssen«, fügte er mit einem Grinsen an und verabschiedete sich.

Alain suchte nicht nach Aufgaben, die Aufgaben fanden ihn:

Ford hatte sich mit den Verkehrsbetrieben und einem Energiebetrieb in einem Joint Venture verbunden und ein Pilotprojekt angeschoben, in dem ausgediente Akkus von E-Autos zu einem Stromspeicher zusammengefasst werden sollten. Die Akkus waren mit der kostbarste Teil der elektrischen Automodelle, was sich aus der begrenzten Nutzungsdauer von acht bis zehn Jahren und den teuren benötigten Materialien ergab. Man wollte deshalb mit einem zweiten Einsatz den Nutzungskreislauf verlängern.

Die für den Antrieb eines Wagens nicht mehr geeigneten alten Akkus konnten nämlich zusammengefasst noch als Stromspeicher fungieren.

Das Konzept war auf die fernere Zukunft ausgerichtet. Der Bedarf für solche Stationen würde erst mit dem mittelfristig erwarteten Massenabsatz von Elektromobilen erwachsen. Noch später würden daraus erst ausgediente Batterien zur Verfügung stehen. Aber auf Basis der optimistischen Erwartungen musste jetzt bereits geplant und entwickelt werden.

Mit der Serienproduktion in großen Stückzahlen trat zudem ein positiver Skaleneffekt ein, der den Einsatz solcher Speicher wirtschaftlich sinnvoll machte.

Anders als beim Betanken eines Benzin- oder Dieselfahrzeugs fallen bei Elektromobilen immer Ladeverluste an. Dafür sind eine Vielzahl von Faktoren verantwortlich, so zum Beispiel der Akkufüllstand, die Temperatur, Länge und Dicke der Kabel und die abgerufene Ladeleistung. Die optimale Berücksichtigung dieser Faktoren sollte nun an einem kleineren Speicher getestet und festgelegt werden.

In dieser Dimension sah man sogar eine weitere ernstzunehmende Verwendungsmöglichkeit. Solche Aggregate konnten bei Großveranstaltungen, bei denen der Bedarf an Energie plötzlich so anstieg, dass er aus den permanenten Quellen nicht bedient werden konnte, als zusätzliche Ladestationen eingesetzt werden.

Auch ermöglichten Stationen von etwa 360 Kilowatt Speicherkapazität, bis zu vier Elektroautos eines Betriebes gleichzeitig aufzuladen.

Erwin Nagel hatte aus vorhandenen Prüfprogrammen ein weiteres für diese Optimierungsversuche zu erarbeiten und musste damit die Tests von Alain Leidgens ermöglichen. Christian Öpen sollte zusätzlich sein Augenmerk darauf richten, wie die einzelnen Faktoren durch interne Feedbacks so beeinflusst werden konnten, dass sich bei ihnen insgesamt ein Optimum ergab. Die Männer machten sich mit viel positiver Energie an die Arbeit. …

In der öffentlichen Diskussion lag der Schwerpunkt stark auf der Batteriezellenforschung und weniger auf der Entwicklung von Elektromotoren selbst. Der nahmen sich die anderen Ingenieure des Teams nun an. Die Hairpin-Technologie, eine Drahtwickelmethode, die bei der Fertigung von E-Motoren seit kurzem angewendet wurde, wurde ihr Thema.

Anstatt des bisher gewickelten Kupferdrahts fanden bei der Hairpin-

Technologie haarnadelartig geformte Kupferstäbe Verwendung, die den Füllgrad an leitendem Material im Motor erhöhten und die Leistungsdichte steigen ließen.

Das Land Nordrhein-Westfalen stellte über 4 Millionen Euro Fördermittel zur Verfügung, und der Kölner Autobauer arbeitete zusammen mit einigen Partnern wie der Rheinisch-Westfälische Technische Hochschule Aachen (RWTH-Aachen) an der Optimierung von E-Motorkomponenten, die für eine bezahlbare Reihe von E-Autos standen. Das Projekt sollte entlang einer einzigen Produktionslinie entwickelt werden und war in den Kölner Ford-Werken angesiedelt. Auch der italienisch-japanische E-Motorbauer Marelli wirkte in Köln daran mit.

Die Grundlagen für Europa sollten zum einen die amerikanischen Entwicklungen am SUV Ford Mustang Mach-E bilden. Die Anlehnung des Namens an die legendären früheren Mustang-Modelle sollten Emotionen ins Spiel bringen. Einen Misserfolg wollte man sich bei dieser ambitionierten Ankündigung nicht leisten und begleitete die Entwicklung mit vielen fähigen Spezialisten.

Auf Basis des Modularen Elektrifizierungsbaukastens (MEB) aus der Zusammenarbeit mit VW sollten ab 2023 des Weiteren zusätzliche Modelle gebaut werden. Das hochgesteckte Ziel war, ab 2030 nur noch E-Autos zu fertigen.

Deutsche Sprach', schwere Sprach'!

Am Wochenende kam auf Alain Leidgens eine weitere Neuerung zu. Er hatte seine ersten Stunden im berufsorientierten Deutschunterricht. Nach der Informationsbroschüre, die man ihm übergeben hatte, war der Unterricht dreiteilig aufgebaut: schriftliche Kompetenz für Arbeitsvorgänge in seinem Beruf, Verbessern der mündlichen Ausdrucksfähigkeit durch spezielle Rollenspiele und letztlich ein Übungsprogramm für beides zu Hause in einem Online-Angebot mit Lernmaterial und Prüfungsunterlagen. Das konnte er sowohl auf seinen Computer laden als auch auf sein Smartphone und mobil nutzen. Samstag und Sonntag wurde am Nachmittag zwischen 14:00 und 18:00 Uhr jeweils über vier Stunden hinweg unterrichtet.

Die Arbeitsgruppe war mit acht Personen überschaubar. Es handelte sich um fünf Männer und drei Frauen. Niederländer und Belgier waren zu pari vertreten. Alle Sprachschüler waren bei Ford beschäftigt. Entsprechend konnte das Übungsprogramm auf firmenbezogene Dinge abgestellt werden. Die Schulungsräume lagen am Kaiser-Wilhelm-Ring und hatten modernstes Equipment. – Flipcharts, Videos über unterschiedliche Rollenspiele, digitale Tafeln, die von den Schülern von ihrem Platz her beschrieben werden konnten. Ein Aufnahmegerät bot die Möglichkeit, gesprochenes Wort abzuhören, um es gegebenenfalls zu korrigieren.

Das Unterrichtspensum vermittelte eine junge Frau. Sie wirkte auf den ersten Blick sympathisch. Ihre Begrüßung mit einer angenehmen Stimme festigte diesen Eindruck: »Goede dag, ik wil me even voorstellen. Ik ben Sabine Kassen haar lerares Duits. Ik kom uit Keulen.« Frau Kassen sprang in ihre Muttersprache zurück: »Ich bitte Sie, sich kurz vorzustellen. Nennen Sie Ihre Namen, die Stadt, aus der Sie kommen, und Ihren Beruf. Benutzen Sie dabei Ihren deutschen Wortschatz. Reden Sie ganz ohne Stress. Schließlich sind wir zusammen, um Ihre Deutschkenntnisse zu verbessern. Ich habe kleine Karten mit Ihren Namen beschriftet, stellen Sie die vor sich auf den Tisch. Dann fällt es mir leichter, Ihre Namen zu lernen. Wir sprechen uns mit dem Vornamen an. Wenn ich zu schnell spreche, oder Sie etwas nicht verstehen, melden Sie sich bitte sofort.«

Beim Vorstellen gewann Sabine bereits den Eindruck, dass die Sprachkenntnisse ihrer Schüler ziemlich homogen waren. Einen richtigen Nachzügler hatte sie nicht ausgemacht. Trotzdem gehörte das zum Inhalt der ersten Stunden, dieses genauer festzustellen:

»Ich habe ein Referat auf Niederländisch über Ford-Motoren für euch kopiert. Jeder von euch soll für uns einen Abschnitt davon in Deutsch übersetzen. Ihr arbeitet schließlich alle bei Ford, und ich gebe euch einen berufsorientierten Deutschunterricht. Das Referat geht auf die Zeit zurück, in der Ford-Genk noch existierte, und hat einiges aus Genk zum Inhalt. Deshalb möchte ich Alain bitten anzufangen.« Alain musterte sie aufmerksam. Ihr leises Lächeln berührte ihn. Diese Frau schien ihm etwas Besonderes zu sein. Der Absatz, den er übersetzen sollte, umfasste eine halbe DIN-A4-Seite. Er konzentrierte sich und begann mit großer Ruhe. Diese Frau bereitete ihm keinen Stress. Bis auf einige falsche Satzstellungen schlug er sich gut. Entsprechend fiel das Lob seiner Lehrerin aus: »Das war sehr ordentlich, Alain. Hast du dein Schuldeutsch im Berufsleben weiter gebraucht, oder wie hast du es trainiert?« »Bei ARD und ZDF«, antwortete er spontan, und sie lachte hell auf. Der Mann gefiel ihr, sie mochte Männer mit Humor. Schnell wurde sie wieder ernst und widmete sich mit unveränderter Aufmerksamkeit dem nächsten Schüler. Als alle zu Wort gekommen waren, war sie sich sicher, dass ihre Schüler gut zusammenpassten. Auf ihrem Wissen konnte man aufbauen. In der nächsten Stunde wurde ihre mündliche Ausdrucksfähigkeit in Rollenspielen geübt. Sie simulierten Telefonate und Redebeiträge bei Konferenzen. Selbstverständlich war das benötigte Vokabular wieder berufsorientiert ausgerichtet. Eine Auflistung der benutzten Vokabeln bekamen die Schüler als Lernmaterial. Zum Abschluss übten sie gemeinsam den vorhandenen Online-Service der Schule: *Mobil lernen ganz einfach.*

Als Sabine Kassen den Unterricht beendete, war die Zeit schon ein wenig überschritten. Aber es gehörte zu ihrer Wesensart, nicht zur Unzeit den Griffel fallen zu lassen. Der Unterricht musste an sinnvoller Stelle zu Ende gehen. Sie machte noch ein weitergehendes Angebot: »Wenn ihr wollt, können wir zum Einstand noch etwas gemeinsam in die Altstadt gehen. Ein gemeinsamer Kneipenbesuch ist mein Vorschlag, ein ›Kölsch‹, also ein regionales Bier, zu probieren, ist dort Pflicht. Alain, du als Neuling in der Stadt, kannst dort am besten die offene Art der Kölner kennenlernen.« Alain glaubte bei ihr Interesse für sich zu spüren und wollte das unbedingt festigen. Doch Sabine richtete ihre Worte schon wieder an alle: »Wenn wir weiter in Deutsch reden, wird unser kleiner Ausflug nicht nur ein Vergnügen, sondern verlängert die Übungsstunden. Üben macht nun mal den Meister.« Ihr Kommentar wurde von einem Lacher begleitet. Es gab niemand in der Gruppe, der sich ausschloss.

Als Alain weit nach Mitternacht durch das Viertel nach Hause ging, war es, als hätte jemand den Stecker gezogen. Die Straßen waren wie ausgestorben. Er war spät dran, aber es war eine schöne Abwechslung gewesen. Er freute sich schon auf den nächsten Tag und besonders auf Sabine.

Er wachte am nächsten Morgen auf und war sich sicher, ihn habe Sabines fröhliches Lachen geweckt. Sie hatte es bis in seine Träume geschafft. Traumfrau, dachte er schmunzelnd.

Ausgefüllte Wochen gingen im Flug vorüber, viel schneller als leere. Das Team von Alain Leidgens hatte bei der Lösung der übernommenen Aufgabe Erfolg. Am Ende von vielen aufwändigen Reihenuntersuchungen hatten sie eine deutliche Verminderung des Ladeverlustes erreicht. Die dafür verantwortlichen Faktoren, wie Länge und Dicke der Kabel, die Temperatur, der Akku-Füllstand, die abgerufene Ladeleistung und ihre Schnelligkeit waren so koordiniert beeinflusst worden, dass der Ladeverlust signifikant zurückging. War die abgelesene Energiemenge anfänglich zwanzig Prozent höher als die, welche wirklich im Akku landete, so reduzierte sich der Unterschied um immerhin siebzig Prozent.

Das Team war belobigt worden. Die Männer wurden aufgefordert, sich einem neuen lohnenden Feld zu widmen. Ihr Vorschlag, die Möglichkeiten zu erforschen, wie der Verschleiß der Akkus zu mindern war und die allgemeine E-Mobilität zu verbessern, wurde akzeptiert.

Auch privat hatte sich für Alain einiges getan. Während des Sprachunterrichts war er Sabine Kassen immer nähergekommen. Ihr Interesse an ihm hatte er zu Recht verspürt. Sie zeigte schließlich, wie er, Bereitschaft zu einem privaten Kennenlernen. Von Genk waren immer nur Lebenszeichen gekommen, wenn es um Geld ging. Das hatte Alain nicht genügt, und so bemühte er sich nun besonders um Sabine. Ihre Augen spiegelten, wie ein stiller See ohne jegliche Berechnung, lautere Gedanken. Endlich war Sabine bereit, sich neben dem Unterricht mit ihm zu treffen. »Wo treffen wir uns?« Sie nahm das Heft in die Hand. Er fühlte sich so gut bei dieser Frage, dass ihm wie von selbst ein Scherz über die Lippen ging: »Was sagt die eine Wand zur anderen? Wir treffen uns an der Ecke.« Sie quittierte den Witz mit einem Lachen. Als keine ernsthafte Antwort kam, meinte sie: »Was hältst du von 20:00 Uhr heute Abend im ›Lommerzheim‹?« »Okay, ich freue mich sehr, aber wo ist das?« Ihre Erklärung fiel umfassend aus: »Die traditionelle Gaststätte, auch Lommi genannt, liegt in Köln-Deutz. Sie verdankt ihren Namen dem ehemaligen Gastwirt Hans Lommerzheim und hat ihn auch nach seinem Tod beibehalten, als die Kölner Brauerei Päffgen sie 2008 nach längerer Renovierung wieder eröffnete.

Im schummrigen Gewölbekeller sitzt es sich gemütlich und man kann sich bei einem guten Kölsch über alles, was einen berührt, unterhalten.«

Dort saßen sie am Abend zusammen und erzählten sich Einzelheiten aus ihrem Leben. Sabine war eine alleinerziehende Mutter. Der Vater hatte sie sitzen lassen und auch nie finanziell unterstützt. Er war vor Geburt ihrer Tochter Ulla aus der Stadt verschwunden. Sabine wollte das Kind und nahm seitdem die Doppelbelastung willig in Kauf. Ulla hatte ihr, wie zum Dank dafür, viel Freude beschert. Sie war der Sonnenschein in ihrem Leben geworden. Sabines liebevolle Schilderungen bewegten Alain. Sein aus Selbstschutz heruntergekühltes Herz wurde in ihrer Gegenwart warm. Aber er konnte beileibe nicht mit Ähnlichem aufwarten. Trotzdem fanden auch seine Bekenntnisse den Weg in Sabines Herz.

Bald lernte er die kleine Ulla kennen. Die beiden verstanden sich auf Anhieb, und die Treffen mit Sabine verlagerten sich aus der Kneipenwelt auf Exkursionen mit dem Kind.

Er wurde in Sabines Wohnung eingeladen. Sie war gemütlich eingerichtet, mit viel Selbstgemachtem ausgeschmückt und lag zentral ganz in der Nähe seiner Unterkunft. Ihre Scampi Provencale waren preisverdächtig.

Es entwickelte sich ein leises Liebesverhältnis.

Ein heiseres *ich liebe dich* und ein leises *ich dich auch* gingen dem ersten Beischlaf voran. Alain wurde klar, er hatte einen Goldfisch an der Angel. Ihre Bildung, auch Herzensbildung, ihr Mut, ihre Kraft, aber auch die Zärtlichkeit dieser Frau waren omnipräsent. Bald dachten beide ans Zusammenziehen. Es würde auf jeden Fall liebenswerter und gemütlicher sein als das kalte Zuhause in Genk, dachte Alain. Dort war er nur ein Goldesel, der angezapft werden konnte. Selbst seine Tochter war ihm fremd geworden. Sabine hingegen liebte er mit zärtlicher Aufrichtigkeit, bald auch ihre Tochter Ulla.

Parallelwelten in Genk und Köln

Und damit begann ein Leben in Parallelwelten. Denn auch in Belgien war die Zeit nicht stehen geblieben. Natalie hatte sich rasch nach einer männlichen Begleitung umgesehen. Luc De Clercq hatte ihr schon immer in der Nase gestochen. Er wohnte in der Nachbarschaft, war Junggeselle, einer, bei dem eine gutaussehende Frau besser alles unterhalb der Ohren wegsteckte. Das gefiel ihr. Einmal in der Kneipe hatte er sogar lauthals hinter ihr hergerufen:»Boh! Was für eine heiße Braut. Die verstößt bestimmt gegen die Brandbestimmungen.«

Auch das fand sie gut. Nun machte sie ihm offen Avancen. Luc liebte Geselligkeit, hatte viele Freunde und sah gut aus. Das einzig Schlechte an ihm war, dass er äußerst sparsam, eher sogar geizig war. Er musste so sein. Er lebte von der Ford-Abfindung und hatte keine neue Stelle, dafür aber viel Zeit. Natalie wollte was erleben, mit Geld konnte sie aushelfen und war bereit, ihn auszuhalten. Alain guckte ihr nicht auf die Finger. Luc De Clercq hatte keine Probleme mit dieser Situation, und so wurden die beiden bald heimlich ein Paar. Sie fuhren dazu zunächst in die weitere Umgebung.

Yvette störte bei dieser Glückseligkeit. Immer öfter musste sie irgendwo »geparkt« werden. Zu Nathalies Eltern ging sie nicht gerne. Dort musste sie rumsitzen, nichts wurde unternommen und das war langweilig. Es gab auch kaum Süßigkeiten, aber die war Yvette von ihrer Mutter gewohnt. Die kleine Göre hatte gelernt, dass sie mit gespielter Zuneigung so manches Stück Schokolade erbetteln konnte. Sie wollte lieber zu Opa Freddy. Der verwöhnte sie zwar nur in Maßen, hatte aber immer herrliche Ideen, was man unternehmen konnte.

Opa Freddy hatte sein Rentnerleben mit einer großen Leidenschaft erfüllt. Er lernte bei seinen Wanderungen durch das Genker Heidegebiet einen Imker kennen und übernahm dessen Passion für die Imkerei. Er nahm Yvette gern mit zu ihm. Bald hatte sie von den beiden Alten gelernt, was diese kleinen Arbeiter alles zustande brachten.

Opa Freddys Freund hatte dort Bienen in sechs Bienenstöcken, Holzkästen mit eingesteckten Rahmen. Darin konnten die fleißigen Tierchen ihre Waben und Zellen bauen. In jedem Stock lebten bis zu 60.000 von ihnen. Bei einem Bienenstock konnte man durch eine Scheibe ins Innere sehen und erfahren, wie sie sich dort bewegten und arbeiteten.

Es gab in jedem Stock eine Königin, sie war die Größte. Männliche Bienen, Opa nannte sie Drohnen, sorgten mit der Königin für Bienenkinder. Jedes Jahr im Frühling starteten die Königin und die Männchen zum Hochzeitsflug. Bei der Paarung empfing die Königin ihren Samen.

Zurück im Bienenstock legte sie Eier ab, jährlich in etwa 120.000.

Unzählige Arbeitsbienen schufteten nun unentwegt für das Überleben im Bienenhaus. Die älteren von ihnen kontrollierten die Eingänge und das Umfeld, die jungen sammelten von den Blüten Nektar und Pollen als Nahrung, die auch im Stock gehortet und zu Honig wurden. Der Nektar wurde von den Blüten als süße Flüssigkeit erzeugt, um die Bienen anzulocken. Die nutzten nämlich den süßen Saft nicht nur als Nahrung, sondern bestäubten als wertvolle Gegenleistung an die Natur bei ihren Beutezügen etwa achtzig Prozent der Wild- und Nutzpflanzen, indem sie Pollenkörner, die in ihrem Pelz hängenblieben, auf den Narben anderer Blüten abstreiften und dadurch Sorge trugen, dass neues Pflanzenleben entstand. Sie sicherten auf diese Weise deren Vermehrung über Früchte und Samen. Großvater hatte Yvette das alles gezeigt und erklärt.

Allein die Larven, die aus den Eiern schlüpften, brauchten viel Nektar, sie nahmen in den ersten sechs Tagen das Fünfhundertfache ihres Anfangsgewichts zu und hatten ständig Hunger.

Die Arbeiterinnen fütterten und pflegten auch die Königin und putzten den Stock. Mit ihrer Körpersprache, Yvette konnte ihren Tänzen durch das Glasfenster zusehen, gaben sie untereinander Informationen weiter.

Sie wiesen auf Gefahren hin, auf die Entfernung der Nahrungsquellen und vieles mehr. Das erfuhr Yvette ebenfalls von Opa Freddy. Der wurde der Beste für sie. Sie konnte miterleben, wie die Bienen untereinander auf den Informationsaustausch reagierten.

Jede Arbeiterin bestäubte pro Tag bis zu 1000 Blüten.

Für ein Pfund Honig mussten die emsigen Sammler über 100.000 Kilometer fliegen. Das war weiter, als Yvette je mit dem Auto gefahren war. Je nach den besuchten Blütenarten hatte der Honig später einen anderen Geschmack. Yvette durfte den Unterschied an den Vorräten feststellen und erkannte bald die unterschiedlichen Honigsorten. Oft blieb der Honig, ohne dass sie meckerte, am Tag ihre einzige süße Freude. Die vielen Erlebnisse darum herum waren ihr genug.

Freddy Leidgens hatte von seinem neuen Freund auch gelernt, wie die Bienenvölker das ganze Jahr über gepflegt werden mussten und wann die Zeit für die Honigernte nahte. Als sein Wissen den Anforderungen seines Lehrers gerecht wurde, hatte der ihm einen Stock abgetreten. All dieses Wissen gab er nun geduldig und mit vielen spannenden kleinen Geschichten ausgeschmückt an seine Enkelin weiter. Alle Freunde und Bekannte freuten sich ebenfalls, wenn Freddy in großer Begeisterung von all dem erzählte. Er wartete mit wachsender Ungeduld auf die ersten eigenen Honiggläser, die er verschenken oder gar verkaufen konnte.

Schnell wurde das Paar dreister. Claudine wurde misstrauisch, als sich Natalie immer öfter aus der Verantwortung stahl. Sie spritzte Gift, und ihre Mutmaßungen waren dabei nicht falsch. Doch ihr Vater wiegelte ständig ab. Er genoss die vielen Exkursionen mit seiner Enkelin und verschloss vor möglichen Verfehlungen seiner Schwiegertochter die Augen. So nutzte die die freien Stunden über den Tag für ihr sexuelles Verlangen. So kam die Untreue noch schneller nach Genk als nach Köln. Wenn es Luc dabei nach ihrem Geschmack zu eilig hatte, bremste sie ihn kalt ein: »Immer langsam voran! Männer haben keine Geduld, deshalb haben sie auch den Reißverschluss erfunden.«

Bei einer Zigarette nach einem solchen Schäferstündchen fragte Luc:

»Macht dir deine Tochter eigentlich keine Probleme?« »Das muss dich nicht scheren«, bekam er als deutliche Antwort. »Ihr Großvater behandelt sie wie eine Prinzessin, das wollte sie immer schon sein und sogar einen Prinz heiraten. Sie ist zufrieden.«

»Wenn uns das nicht zupass käme, würde ich meinen, du solltest ihr mal ein Bild von Prinz Charles zeigen, vielleicht gäbe sie dann ihren Traum vom Prinzen auf.« Er sah dabei Natalie erwartungsfroh grinsend an. Die reagierte äußerst kalt: »Man kann sich jeden Frosch schönküssen.« Sie wusste in ihrem Inneren, dass sie dabei an Luc dachte. Dem war ihr Hintersinn nicht entgangen. Er drückte seine Kippe aus und meinte trocken: »Wir sollten die Märchenstunde für heute beenden.« Natalie blieb schweigend im Bett liegen, als er ging. Wer schläft, sündigt nicht, dachte sie. Wer vorher sündigt, schläft besser.

Zwischen Natalie und Luc erwuchs keine Liebe. Nathalie war nicht fähig, Liebe zu geben. Sie konnte gegenüber der menschlichen Spezies überhaupt keine Zuneigung entwickeln. Luc suchte keine. Zwischen ihnen entstand lediglich ein Zweckbündnis, auf beiden Seiten aus Berechnung. Yvette *schien* nun ein zufriedenes Kind zu sein, in Wirklichkeit war sie unglücklich. …

Weihnachtszeit in Köln und in Genk

Das Team von Alain Leidgens hatte zum Endspurt angesetzt, um mit den Untersuchungen vor den Weihnachtsferien fertig zu werden. Sie konnten wiederum Interessantes vorlegen und hatten sogar die Ergebnisse in einfachen Worten zusammengefasst:

Gegen den vorzeitigen Verschleiß von Akkus haben wir einige Vorkehrungen ermittelt und auch beziffert. Zunächst vertragen die keine Extremtemperaturen. Messungen haben ergeben, dass im Sommer die Hitze ab dreißig Grad problematisch wird. Dann gehört der Wagen an einem schattigen Platz abgestellt. Flüssiggekühlten Akkus schadet die Hitze fast gar nicht. Der Warnhinweis trifft nur auf luftgekühlte Akkus zu. Im Winter sind Minusgrade generell abträglich und schaden der Leistungsfähigkeit. Es empfiehlt sich deshalb, direkt nach einer Fahrt wieder aufzuladen, solang der Akku durch das Fahren noch warm ist.

Dass Schnellladungen den Akku belasten, ist bekannt. Die starken Ladeströme führen zu hohen Temperaturen. Bei vorangegangenen Forschungen hatte sich schon gezeigt, dass Schnellladungen zu deutlichen Ladeverlusten führen. Langsamere Ladevorgänge sind, wenn der Zeitrahmen es zulässt, immer vorzuziehen.

Tiefentladungen sowie 100-Prozent-Aufladungen sollten vermieden werden. Schädigungen treten insbesondere auf, wenn ein Pkw danach für längere Zeit ungenutzt stehen bleibt. Reihenmessungen haben ergeben, dass der beste Ladestand bei etwa fünfzig Prozent liegt. Die Faustregel lautet: 100 Prozent Ladung nur, wenn die anstehende Fahrtstrecke das verlangt.

Die Suche nach Möglichkeiten, den Batterienbau zu optimieren, führte zur Festzellen-Technologie. Der schenken viele Konkurrenten bereits Beachtung, und auch das Mutterhaus hat dazu schon Geld in die Hand genommen. Ford hat neben BMW auf die amerikanische Firma SOLIDpower gesetzt, Volkswagen hingegen auf das kalifornische Unternehmen QuantumScape. Anders als bei den Lithium-Ionen-Batterien wird statt eines flüssigen ein festes Elektrolyt eingesetzt. Man erhofft, dadurch in the long eine halbierte Ladezeit und eine Erhöhung der Reichweite von bis zu dreißig Prozent zu erzielen.

Unklar bleibt, ob man diese Technologie wirtschaftlich tragbar zustande bringt. Fortentwicklungen der bisherigen Technologie machen die Wahrscheinlichkeit eher gering. Hyundai hat beispielsweise mit dem Ioniq 5 trotz Einsatz von Lithium-Ionen-Batterien ähnliche Erfolge erzielt. Das Batteriensystem arbeitet lediglich anstatt mit den bisherigen 400 Volt Spannungen mit 800. Ein Reichweitenzuwachs bei hoher Geschwindigkeit ergibt sich auch durch verbesserte Aerodynamik. Die Möglichkeit ist bei SUVs wegen ihrer großen Stirnfläche nicht gegeben. Nur bei Modellen mit geringem Luftwiderstand lohnt es sich, über eine zusätzlich große Batteriekapazität und Ladegeschwindigkeit nachzudenken. Für die nächsten Jahre werden 800-Volt-Batteriesysteme in klassischer Form üblich bleiben. ...

Anfang Dezember begann Alain, schlecht zu schlafen. Eines Morgens wurde er schweißgebadet wach. Gedächtnisfetzen waberten vor seinem inneren Auge. Er sah seine Wohnung in Genk. Nathalie saß im Wohnzimmer und strahlte eine eiskalte Aura aus. Er zitterte noch nach dem Erwachen. Sabine kam aus dem Badezimmer zurück und sah ihn fassungslos an. »Was ist mit dir, Schatz?« Noch völlig verstört erzählte er ihr seinen Traum und schloss mit der Erklärung: »Ich will nicht nach Genk. Nach Hause zu fahren ist für mich so schlimm wie ein Urlaub in Syrien unter Assad.« Sabine nahm ihn zärtlich in den Arm und versuchte ihn aufzumuntern. »Es ist doch nicht für lang. Wenn du mich wirklich verlassen würdest, würde ich sofort mit dir gehen«, sagte sie zärtlich.

»Das ist paradox«, antwortete er mit einem Lächeln.

»Paradox ist, wenn man sich im Handumdrehen einen Fuß bricht.«

Da musste er doch lachen. Diese Wortspielerei wirkte wie eine Erlösung. Sabine versprach ihm sodann, dass er nicht ohne eine schöne Vorweihnachtszeit abreisen müsse, und sie hielt Wort. Bald war die Wohnung weihnachtlich geschmückt, und zwar nicht mit Massenware, sondern mit schönen Einzelstücken. Engel aus Holz und aus Strohhalmen, Kerzenständer aus Messing und frische Tannenzweige gehörten dazu. Die Kerzen an den Fenstern spendeten besonders am Abend ein friedliches Licht. Das Fernsehgerät blieb meist aus. Sie spielten zusammen, unterhielten sich und hörten dabei weihnachtliche Musik. »Du sollst auch unseren Weihnachtsbaum noch miterleben«, sagte Sabine. »Zum Wochenende suchen wir einen gemeinsam aus.« Vor dem Sprachunterricht schlenderten sie über die Weihnachtsmärkte auf der Domplatte, am Alter Markt und gingen dann durch die Nebenstraßen hoch zum großen Markt auf dem Neumarkt. Eine solche Vielzahl von Buden hatte Alain noch nie gesehen. Es roch nach gebrannten Mandeln, Gewürzen aus den Glühweinbechern und nach Gebäck. Die vielen Menschen bewegten sich geduldig durch die engen Durchgänge. Fast jeder von ihnen hatte schon eine kleine Tüte in den Händen. Man hatte etwas Schönes für Zuhause oder auch eine Kleinigkeit für irgendeinen lieben Menschen gekauft. Alain erstand ein Räuchermännchen aus dem Erzgebirge.

Für den Abend zum zweiten Advent hatte Sabine eine große Überraschung für ihn. Sie hatte zwei Tickets gekauft für *Loss mer Weihnachtsleeder singe* im RheinEnergie STADION. 40.000 sangesfrohe Besucher wurden erwartet und würden ein ausverkauftes Haus bescheren. Viele Chöre hatten sich unter die Teilnehmer gemischt und verschafften mit ihren geschulten Stimmen eine gute Grundlage für die andern und nahmen ihnen die Scheu. Viele der Weihnachtslieder kannte Alain auch in seiner Sprache und sang sie so mit. Das fiel im Getriebe gar nicht auf. Als sie sich fröhlich zu dritt auf den Heimweg machten, waren sie von einem Chor in Nikolaus-Kleidung umgeben. Sie gehörten zum Jugendchor Sankt Stephan. Es war ein wunderschönes Bild. Alain liebte es, mit seinen beiden Frauen zusammen zu sein. Zum ersten Mal konnte er sich eine langwährende, exklusive Beziehung vorstellen. An einem Abend blieb er noch länger in der Stadt, um für die beiden ein Weihnachtsgeschenk zu suchen. Er brauchte länger, bis er was Passendes fand. Ulla las gerne, und so suchte er für sie nach einem schönen Weihnachtsbuch. Eine nette Verkäuferin überzeugte ihn, *Der Weihnachtsmann hat sein Gedächtnis verloren!* auszuwählen. Ein Bösewicht hatte ihn von seinem Schlitten gestoßen. Er war so unsanft gefallen, dass er ins Krankenhaus musste. Er hatte sein Gedächtnis verloren und der große Sack mit dem Weihnachtsglücksgefühlpulver war verschwunden. Das Weihnachtsfest war gefährdet. Die Kinder Slalom und seine kleine Schwester Lykke wollten das nicht zulassen. Sie machten sich auf zur Verbrecherjagd. Sie bestanden die Abenteuer und das Fest musste nicht ins Wasser fallen. Alain war sich sicher, dass Ulla diese Geschichte gefiel. Für Sabine kaufte er ein Bernsteinarmband in Silber gefasst. Die Steine hatten viele kleine Einschlüsse.

Als er an einem der nächsten Abende in den Flur trat, wehten ihm herrliche Wohlgerüche aus der Küche entgegen.

Zur Sicherheit schnupperte er noch einmal genau. Dann wusste er mit Bestimmtheit, dort brutzelte ein mit Knoblauch gespickter Lammbraten vor sich hin. Hmmm!

Er schaute ins Wohnzimmer, weil er dort Sabine vermutete. Doch er sah nur auf dem Sideboard eine halbvolle Karaffe mit dekantiertem Rotwein. Der kleine Weihnachtsbaum war herrlich geschmückt und die kleinen elektrischen Kerzen waren an. Unter dem Baum lagen zwei Päckchen in Weihnachtspapier. Sabine hat heute Abend etwas Besonderes vor, dachte er schmunzelnd. Das kam ihm zupass.

Sabine stand in der Küche vor dem Herd und rührte mit dem Kochlöffel in einem Topf. Er schlich sich leise an und umfasste von hinten ihre Taille. Dabei beugte er sich hinab und küsste ihren Nacken. Sabine stieß einen kleinen Schrei aus. Doch als sie sich zu ihm umdrehte, strahlten ihre Augen. »Du Blödmann, warum musst du mich erschrecken«, sagte sie trotzdem. Es wurde ein wunderschönes vorgezogenes Weihnachtsfest. Das Festmahl war köstlich und die Geschenke gefielen allen. Ulla hatte ihm ein kleines Aquarell gemalt mit einem Tannenwald im Abendlicht und Sabine hatte ihm ein Buch über das alte Köln gekauft. Besonders rührte ihn ihre handschriftliche Widmung: *Hier haben wir unser gemeinsames Nest gefunden, und das soll auf immer so bleiben. In Liebe, deine Sabine.* Der Tag seiner Abreise kam immer näher. Sein Kummer darüber wuchs ständig. Die Sehnsucht nach Sabine tat jetzt schon weh.

Er hatte sich in Genk angemeldet, und Nathalies Reaktion war äußerst frostig ausgefallen.»Ich hoffe, ich erkenne dich noch«, meinte sie sarkastisch.»Du scheinst dich nicht geändert zu haben, ich sehr wohl. Das Erkennen könnte für dich ein Problem werden«, giftete er zurück.

In der Nacht vor der Abfahrt liebte er Sabine so verzweifelt, als wäre es das letzte Mal. Sie gab sich ihm hin und fand immer wieder zärtliche Worte für ihn. Er wusste, dass nach diesen Glücksgefühlen nur Enttäuschung auf ihn wartete. Am Morgen suchte er einen schnellen Abschied. Weitere Verzögerung würde nur alles schlimmer machen. Die Wettervorhersage hatte Schnee ausgeschlossen. Genk würde ihm nicht einmal eine weiße Weihnacht bieten. Auf der Autobahn fand er diesen Umstand sehr angenehm.

Als er vor ihrem Haus vorfuhr, erstarrte er. Vom Fenster herab hing an einer Schnur ein Nikolaus, der mit einem Sack auf dem Rücken batteriebetrieben hinauf- und hinunterkletterte. Aus dem Sack blinkten aggressiv Weihnachtskugeln rot, grün und blau. All das war billige China-Ware.

Im Flur stand ein nagelneues Kinderfahrrad. Siedend heiß fiel Alain ein, dass Yvette sich dies von ihm zu Weihnachten gewünscht hatte. Er hatte das vergessen, nicht aber ein Geschenk überhaupt. Er fand für sie auf dem Weihnachtsmarkt ein schönes Sammelarmband. Daran hing als erstes Sammelstück ein Kölner Dom aus Silber. Ein weiteres Stück, mit Bezug zu Genk, wollte er in den Weihnachtsferien mit ihr vor Ort kaufen.

Dem Weihnachtsschmuck im Haus fehlte jede Festlichkeit. Im Wohnzimmer stand schon ein Baum, er war nicht echt. Bunte Lichterketten blinkten auch an ihm aggressiv. Den Tannenbaum aus grünem Plastik hatte Natalie bereits mit allen Kugeln und Kerzen geschmückt gekauft, ihn lediglich aufgestellt und in die Steckdose gesteckt. Geschmacklos und lieblos wie immer, dachte er. Das hatte mit besinnlicher Weihnachtszeit nichts zu tun, passte aber zu ihr. Ihre Gefühlskälte setzte sich bei der Begrüßung fort. Yvette war noch gar nicht zu Hause. Die ist bei Freunden, bekam er erst auf Nachfrage zu hören. Alain ersparte sich jeglichen Kommentar und meinte stattdessen:»Ich werde auf der Gästecouch schlafen, wegen meines Schnarchens.« Er erntete für die Ankündigung nur ein höhnisches Lachen.

Die Tage bis zum Heiligen Abend zogen sich trostlos hin. Wie gerne wäre er geflohen.

Als der 24. Dezember da war, erklärte ihm Natalie, wie Heiligabend ablaufen würde.»Yvette und ich essen fleischlos. Für dich habe ich eine Gänsebrust bestellt, sie kommt fertig mit Beilagen und muss nur warm gemacht werden. Ich wollte nicht in der Küche stehen.«

»Diese Entscheidung war richtig. Ich glaube, nur Dracula hasst vegane Burger so wie ich«, antwortete er sarkastisch. »In unserer Familie ist übrigens ein Kirchgang Tradition. Claudine und Bruno werden sicher auch dort sein.«

Natalie zog ein Gesicht, schwieg aber. Er hatte sich schon eine böse Antwort zurechtgelegt:»Wenn du das letzte Wort haben willst, solltest du lieber Selbstgespräche führen.«

Doch seine Frau wechselte einfach das Thema:»Bei uns zuhause ist es Tradition, dass sich die Eltern nichts schenken. Ich habe Yvette auch nicht angehalten, irgendeinen Scheiß für dich zu basteln.«

Alain legte trotzdem kommentarlos seine Pakete unter den Baum. Das Armband für Yvette und für Natalie eine große Flasche 4711 Kölnisch Wasser sowie drei CDs ihres Lieblingssängers. Die Freude darüber fiel mäßig aus.

Vor der Christmette verlangte Nathalie von ihm, Plätze in der Kirche zu reservieren. Sie war vor vielem Nichtstun nicht früh genug fertig geworden. Alain war entrüstet und schämte sich über diesen ungewöhnlichen Auftrag. Er ging aber vor und legte zwei Gesangsbücher neben sich auf die Bank. Das fiel gar nicht auf, denn es blieben viele Plätze leer. Claudine und Bruno fanden sogar noch neben ihnen Platz. Viele von der Arbeitslosigkeit betroffene Familien hatten anscheinend den Glauben an einen gerechten Gott verloren. Der konnte ihrer Meinung nach gar nicht existieren, wenn er sie in einer so schwierigen Lebenslage alleinließ. Die Zeit des praktizierten Katholizismus in allen Familien war sowieso vorbei. Überall herrschte Loslösung von religiöser, kirchlicher Gebundenheit. Neben Claudine und Bruno freuten sich wenigstens noch einige Freunde und Bekannte darüber, Alain wiederzusehen. Vor der Kirche kam Luc auf Nathalie zu, begrüßte sie stürmisch und küsste sie auf beide Wangen. Das überraschte Alan doch sehr. Seit wann pflegte sie eine Nähe zu diesem flatterhaften Kerl? Das passte ihm gar nicht.

In den nächsten Tagen störte ihn besonders, wie Nathalie die ganze Wohnung für sich vereinnahmt hatte. Das hatte sie selbst für seine Anwesenheit nicht geändert. Überall lagen ihre Sachen rum, es herrschte Unordnung. Als er von seinem Schreibtisch die Klappe öffnete, um ein wenig zu arbeiten, purzelten ihm ungeordnete Bankauszüge und Belege entgegen. Er schaute kurz drüber. Der letzte Bankauszug wies ein sehr niedriges Guthaben aus. Nathalie hielt keine eisernen Reserven vor. Da interessierten ihn doch die Abbuchungsposten. Er fand neben den gewohnten Abbuchungen reichlich Abrechnungen von Restaurants, einem Fensterputzer, von Kleidergeschäften und einer Parfümerie. Innerlich brauste er auf und wollte sie schon zur Rechenschaft ziehen. Dann beschloss er, das sein zu lassen. Er wollte seine Ruhe. Über einige Restaurantbelege stutzte er erneut. Es wurden immer drei Personen verköstigt. Auf den Lebensmittelrechnungen fanden sich reichlich viele Fleischwaren. Wer wurde da neben seinen »veganen Frauen« durchgeschleppt?! War der neue Mann im Haus, den er aushalten musste, vielleicht Luc? Für diese Frage suchte er zunächst keine Antwort, sie hätte ihn an einem wunden Punkt getroffen.

Als er Claudine und Bruno besuchen wollte, lehnte Nathalie es ab, mitzugehen. »Das Spießrutenlaufen erspare ich mir!« Yvette überraschte ihn. Sie wollte unbedingt mit. Nathalie sah, wie er sich darüber freute und wollte ihm das vermiesen: »Nicht wegen dir, das ist wegen Opa Freddy.« Der Nachmittagsbesuch ging bis in den späten Abend hinein. Claudine hatte ein köstliches Kaninchen in brauner Biersauce mit Backpflaumen geschmort. »Das schmeckt besser als bei Mama«, gab Yvette kess ihren Senf hinzu. »Die beschäftigt sich ja auch lieber mit anderen Dingen bzw. Personen«, rückte Claudine dieses Lob zurecht. Alain hörte über diesen verdeckten Vorwurf hinweg. Erst hier erfuhr er, wie oft Yvette ihren Großvater besuchte, und dass sie, wie der, sich der Imkerei verschworen hatte. »Papa, ich kann dir die Bienen leider nicht zeigen. Jetzt im Winter schlafen sie. Wenn's warm wird, und du wiederkommst, gehen wir zusammen in die Heide.« Kurz vorm Abschiednehmen hörte er die ersten fröhlichen Worte von ihr. Bis dahin zählte er die Stunden. Er sehnte sich ohne Schuldgefühle nach Köln zurück. Am Tag der Rückfahrt verschenkte er keine Stunde. Er startete bereits im Morgengrauen. Der Abschied fiel trostlos aus. Alain konnte sich eine Mahnung nicht ersparen: »Du weißt, warum wir zusammen sind. Das war für mich eine Frage der Ehre, aber wenn das so weitergeht, wirst du sehen, dass ich auch beißen kann.« Natalie sah ihn ungläubig an. So forsche Worte war sie nicht von ihm gewohnt. Darüber würde sie noch länger nachdenken müssen.

Ganz anders war der Empfang in Köln. Alain tauchte wohlig in die Wärme der Wiedersehensfreude ein und freute sich auch auf die Arbeit. Er war wieder zu Hause! Doch plötzlich kam Furcht in ihm auf, sein Parallelleben könne keine Zukunft haben. Er nahm sich fest vor, darum zu kämpfen. Ohne es wäre sein Leben nicht lebenswert. Er hatte doch endlich verspürt, was Liebe ist.

Nicht nur als Ablenkung stürzte er sich in die Arbeit, er wollte um jeden Preis seine Anstellung behalten. Sie war schließlich die Grundlage für die glückliche Seite seines Lebens. Er ging der These nach, dass Batterien auf den individuellen Einsatz der E-Autos ausgerichtet werden sollten. Kleinwagen, die bei Kurzstrecken Verwendung fanden, kamen zum Beispiel mit günstigen kobaltfreien Batterien aus. Bei großen Wagen einschließlich Wagen der Kompaktklasse benötigte man 800-Volt-Batteriesysteme und bei besserem Entwicklungsstand vielleicht sogar Festkörperbatterien oder Wasserstoffbrennzellen. Für langfristige Speicherung von überschüssigem

Strom blieben letztere jedenfalls eine vielversprechende Option. Besonders wenn der Skaleneffekt erstmal zum Tragen kam.

Parallel dazu planten Daimler und Shell bereits den Aufbau einer Wasserstoff-Tankinfrastruktur in Europa.

Das Fraunhofer-Institut forschte an der Möglichkeit, Wechselrichter zu optimieren, um die Energie effizienter als bisher zwischen Batterie und Motor umzuwandeln. In Wechselrichtern traten beim Beschleunigen, Abbremsen und beim schnellen Fahren merkliche Verluste auf, wenn große Mengen Strom zwischen Motor, Wechselrichter und Batterie hin und her flossen. Man ging in der Fortentwicklung auf Halbleiter aus Silizium-Carbid über. Die waren zwar teurer, versprachen aber einen Reichweitenzuwachs von bis zu sechs Prozent.

Das Reich der Mitte bot mittlerweile Lithium-Ionen-Batterien für LKWs an, die sich durch hohe Energiedichte, extrem lange Lebensdauer sowie Schnellladefähigkeit auszeichneten. Daimler Truck stand vor einer langfristigen Kooperation. Man arbeitete noch an der Modularität und Skalierbarkeit, um die Batterien für andere Einsatzzwecke nutzbar zu machen. Die Reichweite einer Batterieladung sollte bei fünfhundert Kilometer liegen.

China hatte mittlerweile auch damit begonnen, Teststrecken mit Photovoltaik-Straßenbelag zu bebauen. Solarpanele wurden unter einer Schicht von transparentem Beton in die Fahrbahn eingepasst. Durch Sensoren, zusätzliche Verkabelung und Spulen sollten E-mobiles beim Darüberfahren ihre Akkus aufladen können. Energiegewinnung erfolgte direkt auf dem Transportweg!

Langfristig schien Alain nichts mehr unmöglich. Man musste Augen und Geist in aller Richtung offen halten. Auch beruflich lebte er in einer spannenden Zeit. …

Kommissar Zufall schlägt zu

Luc De Clercq saß im Sessel und dachte über seine persönliche Situation nach. Sein Frustrationspegel hatte eine bedenkliche Stufe erreicht. Es ging um Nathalie. Anfangs war alles rosarot gewesen. Sie hatte ihm vieles ermöglicht. Er konnte in seiner Antriebslosigkeit verharren und brauchte sich keine Arbeit zu suchen. Geld steuerte sie bei. Er konnte mit ihr bei seinen arbeitslosen Kumpeln angeben und war auf einmal der einäugige König unter Blinden. Er genoss es sogar, wenn sie mit ihren hungrigen Blicken an ihr schnupperten. Doch dann ließ sie die Maske fallen und spielte die Domina. Sie stellte als selbstverständlich in den Raum: »Wer bezahlt, bestimmt.« Offen flirtete sie mit seinen Freunden und zerstörte bewusst seinen Nimbus als alleiniger Frauenaufreißer unter ihnen. Nach dieser These regelte sie auch ihr Zusammenleben. Wenn sie Sex wollte, sagte sie:»Ich bin heiß, du musst ran!« Oben fein, unten Schwein, verhielt sie sich dann. Wenn die Hitze vorbei war, schaltete sie sich ab wie eine Heizplatte.

Nach und nach verbat sie sich seine männlichen Attitüden. Inzwischen setzte er sich sogar, um zu urinieren. Es wurde mehr und mehr ein gottverdammtes Leben. Aber er nahm es noch hin, denn es war mit Geld gut gepolstert. Doch selbst das stimmte nicht ganz. Wenn ihr danach war, knauserte sie. Er hatte sich deshalb angewöhnt, beim Einkaufen Beträge abzuzweigen, damit er nicht ganz von ihren Zuteilungen abhängig war. Mit solchen kleinen Betrügereien kam er ganz gut zurecht. Er war entschlossen, sich weiter so zu verhalten. Gerade jetzt brauchte er wieder eine Entscheidung in diesem Sinne. Seine Clique hatte beschlossen, über die Karnevalstage nach Köln zu fahren. Sie hatte bereits einen kleinen

Bus gemietet. Es fuhren nur Männer mit, und er musste Nathalie verklickern, dass auch er ohne sie führe. Das notwendige Geld dafür hatte er bereits zur Seite gelegt. Als Luc seine Absicht kundtat, ratterten Nathalies Gehirnzellen nur einen kurzen Moment: Nur Männer auf Sauftour, da gehörte sie nicht hin. Ihr Deutsch war nicht gut genug, dass sie sich in Köln allein verlustieren konnte. Außerdem hatte sie in der Stadt, in der sich Alain aufhielt, nichts zu suchen. Nathalie hatte nur einen Satz für ihn: »Sauf nicht zu viel, von mir kommt jedenfalls kein Cent hinzu.«

Luc griente. Dafür hatte er bereits vorgesorgt. Nachdem die Entscheidung in seinem Sinne gefallen war, gab er sich sogar enttäuscht: »Schade, ich habe fest mit dir gerechnet. Aber es ist deine Sache, im Alltagssaft zu schmoren. Ich habe Lust auf Abwechslung. …«

Auch bei Sabine und Alain war Karneval im März zum Thema geworden. Sabine versuchte ihm die närrische Zeit mit vielen Erklärungen schmackhaft zu machen, denn Ulla und sie liebten sie. »Für den Ursprung des Namens Karneval gibt es zwei Deutungen, die beide aus dem Lateinischen stammen: Carrus navalis, ›schiffartiger Wagen‹, weist auf die Festwagen hin, die schon im alten Rom zum Einsatz kamen und denen die heutigen Karnevalswagen ähneln. Carne vale!, ›Fleisch, leb wohl!‹, ist ein humoriger Hinweis auf die bevorstehende Fastenzeit.« Das Motto des Rosenmontagszugs war dieses Jahr *Uns Sproch es Heimat*, unsere Sprache ist Heimat. Deshalb stellte Sabine ihm besonders bekannte *kölsche Lieder* vor, die im Karneval zum Dauerbrenner wurden. Dazu gehörten *En d'r Kayjass Nummer 0, Ich bin ene* kölsche Jung, *Hey Kölle, du bes e Jeföhl und Dat Wasser vun Kölle.* Sabine und Ulla erzählten ihm auch, wie gerne sie sich verkleideten. Doch dafür war Alain nicht zu begeistern. Keinesfalls wollte er sich schminken. Am Schluss lenkte er ein wenig ein und war bereit, einen rot-weißen Ringelpullover und einen rot-weißen Schal zu tragen. Ulla wollte dieses Jahr unbedingt Prinzessin werden. Sabine würde als Lumpenclown gehen. Das Kostüm war über mehrere Jahre entstanden. Ulla kommentierte ihren Entschluss lachend mit: *alle Jahre wieder!* Sie beschlossen, die Schull- und Veedelszöch am Karnevalssonntag im

Vringsveedel (Severins-Viertel) anzuschauen. »Der schönste Wagen, die beste Fußgruppe und diejenige, die den Originalitätspreis errang, durften im Rosenmontagszug mitlaufen. Das notwendige Wurfmaterial wird großzügig vom Festkomitee gesponsert«, erklärte Sabine.

Für den großen Montagszug hatten sie Karten auf einer Tribüne am Dom gekauft. Bekümmert waren die drei über die schlechten Wetterprognosen für die Karnevalstage. Aber vielleicht hatten die Fachleute sich ja mal wieder geirrt.

Die sieben Männer aus Genk hatten sich mit kleinem Gepäck auf den Weg gemacht. Ihr Kleinbus schnurrte bereits hochtourig auf der Autobahn. Leider hatte der Wetterdienst recht behalten, es regnete. Es hatte sogar kurzzeitig so ausgesehen, als würde der Zug wegen zu großer Sturmgefahr und Gewitter abgesagt. Glücklicherweise kam teilweise Entwarnung, der Zug nahm mit Einschränkungen seinen Weg. Bei den Tribünen wurden die Seitenverkleidungen entfernt, damit die Sturmböen nicht auf Widerstand trafen. Auf Pferde, Gespanne und Kutschen wurde verzichtet. Fahnen, größere Schilder und tragbare Großfiguren wurden aus dem Zug verbannt. Dieses Wetter konnte man sich nur schöntrinken, und das taten sie. Als sie in die Reichweite des Senders WDR 2 kamen, schalteten sie auf ihn um. Ab nun klangen Karnevalslieder in großer Lautstärke durch den Bus. Sie kannten nicht alle Worte aber die meisten Melodien. Die grölten sie mit lautem la, la, la mit. Das Navi war auf die Adresse des kleinen Hotels an der Autobahnabfahrt Köln-West programmiert. Nach Navi waren sie noch gut eine Stunde unterwegs.

Auch die Ehrenfelder waren für die Veedelszöch früh aufgestanden. Die beiden närrischen Weiber brauchten viel Zeit fürs Kostümieren und Schminken. Als Ulla den Regen gegen die Fensterscheibe prasseln hörte, maulte sie: »So ein Mist. Da sieht man mein schönes Prinzessinnenkleid gar nicht. Das wird die ganze Zeit unter dem Regenumhang verschwinden.«

»Wir haben viel Wind, Schatz, der wird den Regen vertreiben. Lass uns fest daran glauben«, tröstete ihre Mutter sie.

Alain musste schmunzeln. »Grins nicht so, du alter Fatalist«, raunzte ihn Sabine an und knuffte ihn liebevoll in die Seite.

Trotz Schauer tobte auf der Straße der Bär. Die Kölner Narren ließen sich von ein bisschen Regen nicht verdrießen. Der frische Wind hatte ihn allerdings auch noch nicht weggewischt. Die drei zwängten sich in eine schon reichlich gefüllte Straßenbahn und fuhren Richtung Severinstor. Dort tauchten sie in die Schar erwartungsfroher Karnevalsjecken ein. Sie wanderten mit dem Strom in die Severinstraße und sahen sich neugierig um. Sabine taten die Brillenträger leid, sie sahen die Welt durch ihre vollgeregneten Gläser noch trüber. Vor einem Haus, das einen neuen Anstrich bekommen sollte, schunkelten die Narren sogar auf dem Gerüst. Darunter fanden sie einen regengeschützten Stehplatz neben einer Frau mit zwei Kindern. Alle drei hatten eine am Gesicht ausgeschnittene grüne Plastikgießkanne über den Kopf gestülpt und giftgrüne Regenumhänge an. Die Frau hatte zwischen den Beinen eine große bunte Strandtasche stehen mit allerlei Ausrüstung gegen den Regen. Auch gefangene Kamelle konnten in der Tasche verstaut werden. Die Fröhlichkeit des Trios war ansteckend. Ulla fand sofort Kontakt zu den Kindern. Bald waren Sabine und Alain vergessen. Doch die hielten unentwegt Obacht, dass ihre Süße nicht verloren ging. Das konnte in dieser Menschenmasse leicht passieren. Es hinderte die beiden allerdings nicht, sich unterzuhaken, zu schunkeln und, so gut es ging, mitzusingen.

Sie hörten die Musik des herannahenden Zugs, bevor sie ihn zu sehen bekamen. Bald galt ihm all ihre Aufmerksamkeit. Alain tat sich in bewundernswerter Weise mit seiner Fangtechnik hervor. Durch seine Größe bevorzugt fing er Süßigkeiten und Blumensträuße, sogenannte Strüsscher, schon in der Luft. Seine Ausbeute fiel reichlich aus. Besonders Ulla liebte ihn dafür. Die Stimmung wurde noch fröhlicher, als der Regen wirklich aussetzte. Sabine behielt recht: Der Wind wurde erster Sieger!

Aus Lokalpatriotismus bejubelten sie besonders die Zugteilnehmer aus dem Ehrenfeldviertel, auch wenn sie sich nicht *für die Teilnahme am Rosenmontagszug qualifizierten*. Sie hielten aus bis zum Schluss. Alain hielt sein Resümee für sich. Der abgespeckte Zug aus den Vierteln und

Schulen hatte seine Erwartungen nicht ganz erfüllt. Er übertraf die bescheidenen Umzüge in Belgien nicht. Dort trugen die Traktoren der Landwirte sogar eher mehr Aufbauten aus buntem Pappmaschee. Aber Sabine und Ulla schienen zufrieden zu sein, und das machte ihn ebenfalls froh. Am morgigen Tag konnte es nur besser werden. …

Am Rosenmontagmorgen hatten Luc und seine Kumpel schon sehr früh die Schlacht am Frühstücksbuffet aufgenommen. Sie hatten nichts Fettes ausgelassen und reichlich zugeschlagen. Schließlich brauchten sie eine gute Unterlage für ihren geplanten Alkoholkonsum. Sie waren schon auf ihre Art kostümiert im Frühstücksraum erschienen: Alle hatten das Trikot ihrer Fußballmannschaft an. Außerdem trugen sie einen Schal in den belgischen Nationalfarben. Sie waren in ausgelassener Stimmung. Draußen war das Wetter wechselhaft. Kurze Schauer wurden vom Wind weggeblasen und ließen einen grauen, diesigen Himmel zurück. »Nehmt die Regencapes mit und zieht euch unter den Trikots warm an«, übernahm Luc die Regie. Einer seiner Freunde hielt dagegen: »Viel wichtiger ist, dass wir das belgische Bier in den Koffern nicht vergessen.« Alle lachten. Sie beschlossen, sich in der Nähe des Doms zu postieren. Die Gegend kannten einige von ihnen recht gut und meinten: »Dort ist garantiert der Bär los.«
Sie drängten sich in die schon reichlich gefüllte Straßenbahn, die sie in die Innenstadt bringen sollte.

Die Ehrenfelder hatten ihre Tribünenplätze erreicht. Die Stimmung war gut. »Ich glaube, deine Mutter behält recht«, wandte sich Alain an Ulla. »Der Wind hat den Regen hinweggefegt.« »Mama hat immer recht«, antwortete die Kleine kess. Über Sabines Gesicht flog ein Lächeln. Ihre Sitzplätze waren in mittlerer Höhe. »Das ist prima«, meinte Alain dazu. »Da sitzen wir zu den Werfern von den Festwagen fast in Augenhöhe. Wir werden viel fangen.« Ulla strahlte, doch dann meinte sie: »Wir Kleinen finden am meisten unter der Tribüne. Dorthin fällt vieles durch. Ich darf doch dahin, Mama?« Sabine sah durch die Ritzen der Stufen und konnte unten den Boden gut einsehen. Deshalb stimmte sie unter einer festen Bedingung zu: »Okay, aber du bleibst genau unter uns, ich will dich im Auge behalten. Wenn du ins Gewühl kommst, bist du ansonsten zu schnell verschwunden. Das willst du nicht und ich nicht.« Ulla war einverstanden.

Keiner der drei achtete darauf, dass sich auf der gegenüberliegenden Seite, leicht versetzt, eine Männergruppe platziert hatte, die Trikots vom KRC Genk trug und Schals in belgischen Farben. Es dauerte eine gehörige Zeit, bis der Zug herankam. Doch es machte niemandem etwas aus, darauf zu warten. Karnevalsmusik schallte aus Lautsprechern. Es wurde gesungen, geschunkelt, gegessen, getrunken.

»D'r Zoch kütt«, schallte es plötzlich aus vielen Kehlen.

Den Anfang machten traditionell die Blauen Funken. Ein Wagen mit einem großen roten Pappballon und der Aufschrift des Zugmottos: *Uns Sproch es Heimat* stimmte die Narren ein. Die Wagenbauer hatten wieder echte Kunstwerke geschaffen. Der typisch hintergründige kölsche Humor trat deutlich hervor. Aber es wurde auch offen auf den Putz gehauen. Alain fand es köstlich, dass ein Politiker auf einem Wagen mit dem Strohhalm reichlich Zucker in den Hintern eines Managers der deutschen Autoindustrie blies.

Sabine wies ihn auf jeden VIP hin, den sie erkannte: den deutschen Astronauten Alexander Gerst, »Astro-Alex« genannt, den Innenminister von Nordrhein-Westfalen, Herbert Reul als Roten Funken. Um den Festwagen für den 1.FC Köln fanden sich viele Spieler und ihr Trainer Markus Anfang. Der Fußballgott drehte an einem Glücksrad, an dem Kölns Maskottchen, der Geißbock Hennes im Kölner Trikot, festgeschnallt war. Der Zeiger an einem Bein zeigte auf Aufstieg, am zweiten auf Abstieg.

Auch die Politik bekam ihr Fett weg: Die Kanzlerin Angela Merkel schredderte sich selbst weg. Alain war begeistert, hielt Sabine fest im Arm und küsste sie ständig. »Kölsche Mädche bütze jot«, meinte sie selig. Doch dann fuhr ein Wagen vorbei, der die Stimmung ihres belgischen Lieblings arg vergrätzen sollte. Er spielte auf das belgische Atomkraftwerk direkt vor der deutschen Grenze an. *Vor d'r Düür!* Ein belgischer Koch entledigte sich in einer Fritteuse als Pommes geschnitten giftig grün leuchtenden Atommüll und bot ihn den deutschen Fritten- Essern als Mahlzeit an. Auf der gegenüberliegenden Straßenseite setzte ein kräftiges Gebuhe ein. Die belgischen Jecken zeigten sich empört. Alain unterbrach sein Geschmuse und schaute zu ihnen hinüber. Er erstarrte und schaute ein zweites Mal noch genauer dorthin. Dort lärmte eine Gruppe in Trikots seines Genker Vereins. Einer von ihnen starrte in Alains Richtung und grinste. Als er erkannte, dass auch Alain zu ihm hinsah, hob er seinen rechten Arm und schüttelte die Faust. Es war eindeutig Luc de Clercq. Alain war ertappt und konnte die Folgen noch gar nicht übersehen. Innerlich beschimpfte er sich. Warum hatte er sich nur nicht geschminkt und stärker verkleidet? Der Rest des Zuges lief an ihm wie in Trance vorbei. Sabine bemerkte seine Stimmungsänderung und fragte: »Was ist mit dir?« Er hatte nur eine ausweichende Antwort für sie. Luc schaute weiter schamlos zu ihm herüber.

Alain sehnte nun das Ende des Umzugs förmlich herbei. Der endete mit den Wagen des Kölner Dreigestirns. Zuerst kam der Wagen des Bauers und der Jungfrau, eskortiert von der Ehrengarde. Dann folgte der Wagen des Prinzen, umringt von der Prinzengarde. Alain bemühte sich redlich, seine gedrückte Stimmung zu verbergen, doch das gelang ihm nur schlecht. Sabine machte sich seinetwegen Sorgen, doch er verschwieg ihr seine Ängste. Sie wollte ihre Hand auf seine legen und mit diesem physischen Zeichen ihre Gefühle für ihn verdeutlichen. Aber sie tat es nicht, sie hatte Angst, er könne seine Hand wegziehen. Irgendetwas Ungewöhnliches war eingetreten. Nur die kleine Ulla merkte von der Stimmungsänderung nichts. Sie befand sich noch unter der Tribüne und hatte reichlich Süßigkeiten gesammelt und war mit der Ausbeute hochzufrieden.

Alain registrierte erleichtert, dass Sabine nicht mitbekommen hatte, dass irgendetwas zwischen ihm und einem belgischen Zuschauer geschehen war. Sie hatte scheint's nicht einmal die belgischen Zuschauer auf der anderen Straßenseite bemerkt.

Um seine Bestürzung zu verbergen, verließ er den Tribünenplatz und brachte Ulla unter der Tribüne eine leere Sammeltüte. Das Kind hatte bereits viel eingesackt, und die erste Tüte war voll.

Auf dem Weg bekam sie auch noch an einer Imbissbude Reibekuchen mit Apfelmus, ihre Leib- und Magenspeise.

In Alains Kopf überschlugen sich derweilen die Gedanken. Was würde passieren? Was konnte er gegen das Schlimmste tun? Für ihn war die närrische Zeit zu Ende. Das stand für ihn fest. Er konnte nicht bis Aschermittwoch warten. Der Festwagen mit der goldenen Statue von Emmanuel Macron kam ihm immer wieder in den Sinn. Sie wurde umgerissen, während im Hintergrund der Scharfrichter mit der Guillotine wartete. So hielten es früher die Franzosen mit ihren Gegnern. Er fühlte sich gerade in der gleichen Lage. ...

Auf dem Heimweg blieb Sabine der Grund für seine Sorgen weiter verborgen. Ulla redete nämlich ohne Unterlass und lenkte sie von Alains sorgenvoller Miene ab. Erst als der auf eine Frage von ihr nicht reagierte, wurde sie stutzig. »*Was ist los mit dir, Schatz? Ein richtiger Karnevalsnarr bist du jedenfalls nicht* mehr. Du schaust aus wie auf einer Beerdigung.«

Als Heinz-Ehrhardt-Fan fasste sie ihr Gefühl mit dessen Gedicht zusammen:

»*Stumm ist der Fisch doch nicht nur er. Auch einen Wurm verstehst du schwer. Auch bei Rindern, Hühnern, Schweinen, kannst du nur raten, was sie meinen.*

So wirkst auch du auf mich.«

Alain lachte gequält und meinte: »Na ja, ich bin eben ein Imi, wie du mehrfach schon festgestellt hast, ein imitierter kölscher Jeck.«

Zuhause überraschte er sie mit den Worten: »Ich werde morgen ins Büro gehen. Ihr müsst allein durch die Häuser ziehen, und am Aschermittwoch holst du dir dann für mich das Aschenkreuz bitte mit ab. Ich muss was tun.«

Er sagte dies so bestimmt, dass Sabine nicht nachhakte. Ihr Bauchgefühl sagte ihr aber, dass ihn was quälte. Doch sie hatte Geduld genug, darauf zu warten, dass er sich offenbaren würde. Über Gefühle musste man irgendwann reden. ...

Luc de Clercq hegt finstere Gedanken

Auch die Stimmungslage von Luc de Clercq hatte sich rasant verändert. Aus dem Hauptschreihals war trotz seines Alkoholkonsums ein stummer, grübelnder Mensch geworden. Immer wieder musste er hinüber zur Tribüne starren. Er hatte sich nicht geirrt, dort saß wirklich Alain Leidgens. Der hatte mit einer fremden Frau geschmust und ein kleines Mädchen liebevoll gestreichelt. Er war in den Kölner Farben rot-weiß gekleidet. Er hatte scheint's ein neues Zuhause gefunden. Alain hatte die Augen zum Schluss weggedreht, als suche er einen Fluchtweg. Er hatte mit seinem Kiefer gemahlen und seine Finger zusammengepresst. Er will am liebsten weg, dachte Luc, verbarg aber seine Gedanken vor den anderen.

Was das für Nathalie und ihn bedeutete, musste er nun rasch befinden.

Den Freunden fiel sein geändertes Verhalten doch auf, und sie wurden stutzig. Luc schützte Unwohlsein vor. Das brachte ihm Spott ein. »Du hast wohl einen Magen wie ein kleines Mädchen. Du bist ein Schwachmat. Saufen kannst du auch nicht«, veräppelten ihn seine Freunde. Er ging darauf nicht ein. Sonst wäre der Spott sicher noch schlimmer ausgefallen.

»Ich fühle mich schlapp und gehe ins Hotel zurück«, verabschiedete er sich mit gespielt schwacher Stimme.

Keiner scherte sich darum. Sie wollten den Tag genießen und grölten und tranken ohne ihn weiter.

Luc machte sich bewusst schleppend auf den Weg zum Neumarkt. Als er aus ihrem Blick war, schritt er fest aus.

Er brauchte ein Dach über den Kopf und wollte nachdenken. Am Neumarkt nahm er die Straßenbahn und fuhr zum Hotel. Dort bestellte er im Bistro einen großen schwarzen Kaffee.

Er musste den gesamten Alkoholnebel vertreiben.

Was war für Nathalie und ihn die Folgerung aus seiner Entdeckung? Er wollte zu klaren Gedanken fähig werden.

In seinem Zimmer flonzte er sich auf das Sofa und grübelte weiter. Seine Gedanken liefen glatt und emotionslos. Eines war ihm schnell klar: Auch, wenn Alain noch keine weitreichenden Entscheidung getroffen haben mochte, so stand er nachweislich kurz davor. Dass er ihn in flagranti erwischt hatte, würde dessen Entschlüsse eher beschleunigen. Seine Endlosspirale der Großzügigkeit würde auf jeden Fall bald vorbei sein. Es sei denn, sie schüttelten eine perfekte Abwehrreaktion aus dem Ärmel. ...

Bald kristallisierten sich zwei Optionen heraus:

Er konnte Nathalie über seine Entdeckung unterrichten und mit ihr gemeinsam Schlüsse daraus ziehen.

Er konnte sie aber auch für sich behalten und allein nach einer Lösung suchen.

Nach mehrfachem *Überdenken* entschied er sich für die zweite Variante. Nur bei ihr behielt er das Heft allein in der Hand. Vielleicht konnte er auf sich allein gestellt mit Alain eine Vereinbarung treffen. Sein Grübeln ging weiter. Wie konnte eine solche Vereinbarung aussehen? Er fühlte sich erschöpft und wollte es für heute genug sein lassen. Er würde früh zu Bett gehen, um morgen fit zu sein. Er ging an die Minibar und holte sich eine Flasche Rhein-Wein heraus und beschloss, sich bettschwer zu trinken. Damit hatte er beste Erfahrung. Erfahrung heißt gar nichts. Man kann eine Sache auch 35 Jahre schlecht machen, dachte er verdrießlich. Der Satz war von Tucholsky, ihn hatte er gerade in einer Zeitung gelesen. Sowas merkte er sich gerne, um damit zu imponieren. Trotzdem trank er sich müde.

Sie wollten am frühen Morgen des nächsten Tages nach Hause fahren. Das war so verabredet worden. Er wachte früher auf, fühlte sich frisch und ausgeruht. Er duschte kalt, zog sich an, packte seine Sachen, dann ging er hinab in den Frühstücksraum. Noch nicht alle waren da. Seine Kumpane sahen verkatert aus. Sie hatten sicher lange gesumpft.

Er nutzte den Moment und sagte bestimmt: »Die Rückfahrt übernehme ich.« Das tat er aus Eigennutz. Er konnte sich auf die Autobahn konzentrieren, weiter nachdenken. Musste sich nicht an ihrem dämlichen Geschwätz beteiligen. Auch gute Ratschläge konnte er überhören. Schon dieser Auftritt wurde blöde kommentiert: »Kommt eine Waschmaschine zum Arzt. Der schaut sie an und sagt: Ach, ich sehe schon, Schleudertrauma!«

Auf der Rückfahrt sinnierte Luc still vor sich hin, aber er hörte auch zu. Mancher verdankte seine Erfolge schließlich den Ratschlägen von anderen, die er nicht befolgte.

Um die Mittagszeit fuhr er zuhause vor, ein Anruf bei Nathalie bestätigte seine Vermutung: Nathalie und Yvette waren nicht im Haus. Sie waren bestimmt auf Shoppingtour. Er verabschiedete sich ohne viel Aufsehens von seinen Freunden und war froh, wieder allein zu sein. Er legte sich seine Argumente für Nathalie zurecht, wie ein Fakir seine Glieder. ...

Mit Einbruch der Dunkelheit ging er zum Haus Leidgens. Lichter brannten, Nathalie musste zuhause sein. Er klingelte und wurde eingelassen. Schon im Flur fielen ihm die vielen leeren Einkaufstüten auf. Sie trugen zum größten Teil den Aufdruck örtlicher Modegeschäfte. Diese Frau ist unersättlich, dachte er, und sie wird die Möglichkeit, sich so frei zu bedienen, nicht kampflos aufgeben. Nathalie gewann ihr taktisches Spiel, ihn gar nicht nach seinen Erlebnissen in Köln zu fragen. Er musste selbst mit dem Erzählen beginnen, sie heuchelte nur Desinteresse, das wusste er, doch er schaffte es nicht, sie zappeln zu lassen. »Es war großartig, wir hatten viel Spaß. Selbst das Wetter war erträglich, und die Kölner sind wirklich karnevalverrückt. Schade, dass du nicht dabei warst. Du hast etwas versäumt.« Von dem unverhofften Zusammentreffen mit Alain erzählte er nichts.

Schließlich war es Yvette, die mehr von Köln wissen wollte. Luc erzählte Details und freute sich heimlich, dass Nathalie durchaus zuhörte. »Ich bin froh, dass du anscheinend nicht zu viel getrunken hast. Du siehst fit aus.

Man kann dich also allein lassen«, stoppte sie mit deutlichem Sarkasmus seinen Redefluss. Luc war verblüfft über ihr Eingreifen, aber auch froh, dass sie nicht vorhatte, länger mit ihm zu hadern. Das bewies sie auch damit, dass sie ihn über Nacht bei sich hielt. Er wurde gebraucht!

Luc nutzte die Nacht auch für sein Hauptanliegen, er benötigte dafür unentdeckten Zutritt zu Nathalies persönlichen Dingen. Er wollte sich Angaben zu Alain beschaffen, dessen E-Mail-Adresse, den Anschluss seines Mobiltelefons und alles sonst, was es ihm ermöglichte, ihn zu kontaktieren. Er musste das Eisen schmieden, solange es heiß war. Er suchte ein Treffen mit ihm. Die notwendigen Informationen fand er in dieser Nacht. ...

Alain Leidgens überdenkt seine Lage

Alain bemühte sich inzwischen, klare Gedanken zu fassen. Sein kleines Glück in Köln war aufgeflogen. Wie würde Luc mit seiner Entdeckung umgehen? Was war zu tun, wenn er Nathalie in Kenntnis setzte? Er musste das befürchten, schließlich hatte er Weihnachten miterlebt, dass sich Nathalie und Luc in seiner Abwesenheit zumindest *freundschaftlich* nähergekommen waren.

Eines war ihm sofort klar: Das Zusammenleben mit Sabine und Ulla würde er für keinen Preis der Welt aufgeben.

Die beiden hatten Leichtigkeit in sein Leben gebracht. Zum ersten Mal hatte er im Zusammenleben mit einer Frau Glücklichsein erfahren. Das würde er festhalten. Da musste er eher mit Nathalie brechen. *Möglichst einvernehmlich*, dachte er, wie immer um Konfliktvermeidung bemüht.

An Geld sollte es nicht scheitern. Es war schon bisher gelungen, für beide Haushalte so viel beizusteuern, dass in keinem von ihnen Probleme aufkamen. Nach seiner Einschätzung ging es Nathalie sowieso nur um Geld. Für ihn war nun die wichtigste Frage: Sollte er von sich aus auf Nathalie zugehen oder lieber abwarten, was in Genk geschah? Alles, was man nicht zu Ende brachte, kam irgendwann zurück. Trotzdem entschied er sich gegen ein abruptes Ende: Auch wenn Zuwarten für ihn Stress bedeutete, entschied er sich dafür. Vielleicht schätzte er Luc falsch ein. Wenn er schwieg, konnte das Nebeneinander einfach friedlich weitergehen. ...

Luc nahm ihm den Stress durch einen Anruf.

»Ich muss mit dir sprechen. Ich will das nicht am Telefon tun. Bist du bereit, dich mit mir zu treffen? Es geht um die Wahrheit, die habe ich schließlich gesehen. Nun stehe ich vor der Frage, wie wir damit umgehen wollen.«

Alain ließ eine kleine Pause entstehen. Er musste nachdenken. Dann erklärte er sich zu einem Treffen bereit, meinte aber: »Wenn es um die Fragen – schuldig oder nicht schuldig? – geht, ist die Wahrheit meist das erste Opfer. Ich fühle mich nicht schuldig.«

»Das verstehst nur du. Du kannst nicht im Sandkasten spielen, ohne dich schmutzig zu machen. Schmutzig heißt in deinem Fall schuldig.«

Alain ging darauf nicht ein, sondern fragte: »Wo wollen wir uns treffen?«

»Ich schlage einen neutralen Ort vor. Solange wir noch nicht wissen, in welche Richtung der Karren fährt, sollten wir bei dem Gespräch die Nähe zu den Mitbetroffenen meiden.

Ich schlage Aachen vor, das liegt in etwa in der Mitte. Wir könnten uns in drei Tagen an der Einfahrt der Domgarage treffen. Gegen 10:00 Uhr fände ich eine zivile Zeit.« »Einverstanden! Dann bis in drei Tagen.« Hilflos, wie er sich fühlte, blieb er kurz angebunden und drückte nach diesen Worten das Gespräch einfach weg.

Alain fuhr mit seinem Wagen in das Parkhaus hinein.

Luc stand noch nicht am vereinbarten Treffpunkt.

Er beschloss etwas abseits auf ihn zu warten. Er wollte nicht der Erste sein. Er postierte sich in eine Toreinfahrt.

Nach kürzester Zeit kam Luc an ihm vorbei. Er sah ihn nicht. Alain löste sich von der Mauer und schlenderte hinter ihm her. So kamen sie nahezu gleichzeitig am verabredeten Treffpunkt an.

Luc lehnte an einem Pfeiler, kramte eine Packung Marlboro aus der Hosentasche, nahm ein goldenes Feuerzeug in die Hand und zündete sich eine Zigarette an. Der Protzer, dachte Alain angewidert, aber laut sagte er: »Hallo Luc. Hier bin ich. Du wolltest mir am Telefon nicht verraten, was du nun vorhast. Dann lass es mich hier wissen. Ich möchte nicht unnütz Zeit vergeuden.«

Luc sah überrascht auf, mit einem kurzen Lacher antwortete er: »Dann haben wir etwas gemeinsam. Aber der befahrene Eingang scheint mir nicht die geeignete Stelle *für unser Gespräch.* Knapp hundert Meter weiter ist ein kleiner Platz, und dort stehen Bänke. Lass uns dorthin gehen.«

»Okay«, Alains Antwort hatte einen harten Unterton. Als sie sich hingesetzt hatten, fragte er: »Und wie soll es nun weitergehen?«

Luc hob die Schulter. »Keine Ahnung. Das hängt von dir ab. *Ich* habe nichts gesehen, was ich weitertratschen will. Oder willst du wider Erwarten was anderes? Nathalie ist immer gut zu mir gewesen. Ich fühle mich ihr verpflichtet. Sie muss wissen, dass ihr Ehemann ein Doppelspiel treibt.«

»Warum hast du es ihr dann nicht schon *längst* gesagt?«

»Ich wollte sie nicht verletzen. Vielleicht gibt es einen anderen Weg, die Sache ins Lot zu bringen.«

»Ich mache keinen Hehl daraus, dass unsere Ehe nie glücklich war. Ich habe Nathalie geheiratet, weil sie von mir schwanger war. Das war für mich eine Frage der Ehre, nicht der Liebe. In der Zeit unseres Zusammenseins habe ich gelernt, dass Nathalie diese Ehe bewusst gesucht hat, um gut versorgt zu sein. Ihr hat der liebe Gott Dollarzeichen in die Augen gebrannt. Für ihre Bequemlichkeit habe ich alles getan, auch in der Zeit, in der ich in Köln zum ersten Mal ein wenig Glück gefunden hatte. Ich habe nicht vor, daran etwas zu ändern. Es sei denn, es gäbe einen Grund dafür.«

»Nathalie ist eine gutaussehende Frau. Sie hat auch andere Wünsche, als Geld in Händen zu haben. Vielleicht könnten die in Erfüllung gehen, wenn sie über ihre Situation Klarheit hätte.«

»Willst du den Oberschiedsrichter spielen? Oder bist du heute schon ihre *Erfüllung?* Ich sehe dein goldenes Feuerzeug. Du bist modisch gekleidet, anders als früher.«

– Luc trug eine helle Leinenhose und ein rosa Polohemd, dazu Sportschuhe mit weißen Sohlen. – »Ich atme den Duft eines teuren Herrenparfüms ein. Geht dafür heute schon ein Teil meiner Zahlungen an Nathalie drauf? Oder willst du dein Schweigen sogar noch mit zusätzlichem Geld erkaufen? Luc, ich kenne dich und weiß, wie du tickst.«

Lucs Gesicht wurde rot vor Zorn. »Du bist nicht besser. Was du dir gönnst, darf Nathalie schon lange *für sich verlangen*. Wenn das so wäre, wie du mutmaßt, darfst du dich nicht beklagen.«

»Nun gut, ich verstehe nun, wo der Zug deiner Meinung nach hinrollen soll. Es soll für dich und Nathalie bequem bleiben. Luc, du warst immer schon ein fauler Hund und hast nichts auf die Beine gestellt. Das Einzige, was mich über diese Vorstellung nachdenken lässt, ist der Wunsch, nicht vor meiner Familie schmutzige Wäsche waschen zu müssen. In den Augen meines Vaters war meine Ehe notwendig. Ich hatte mir das Unglück selbst eingebrockt. Deshalb fühle ich mich immer noch gebunden. Du wirst heute keine klare Antwort von mir bekommen, und ich brauche auch keinen Vermittler. Ehrlich gesagt, am liebsten *würde ich* reinen Tisch machen.«

»Dazu bist du zu feige.«

»Man ist nicht feige, wenn man vermeiden will, Menschen, um jeden Preis unglücklich zu machen. Ich werde darüber nachdenken. Lass mir die Zeit dazu. Du wirst als Erster mitbekommen, wenn ich mich für einen klaren Trennungsstrich entscheide.«

Luc sah ihn nachdenklich an. Hatte er zu hoch gepokert? Es gab keinen Weg zurück. Er musste sein Gesicht wahren. Er warf seine Kippe auf den Boden und trat die Glut resolut mit dem Absatz aus. Das sollte einen starken Abgang einleiten.

Alain verstand das, nickte, drehte sich um und ging fort. Er lief Richtung Altstadt. Er brauchte frische Luft, um durchzuatmen. Er war von dem Disput so aufgewühlt und wollte herunterkommen. Er beschloss in den Dom zu gehen, dort befand sich direkt neben dem Eingang eine kleine Kapelle, die meist menschenleer war. Dort ging er hin und war wirklich allein. Er setzte sich in die Mitte der vordersten Kirchenbank, um nachzudenken. Er starrte dabei nicht auf das Kruzifix über dem Altar, sondern auf einen großen Wasserfleck auf der Wand und resümierte das Gespräch mit Luc: Der Kerl war noch genauso schmierig wie früher. Feige war er zudem. Er war mit Forderungen gekommen, hatte aber den Schwanz eingezogen. Nun war er als Verlierer abgereist. Alain hatte die

Karten neu gemischt. Für Luc konnte kein Zweifel bestehen, dass Alain sich von Nathalie trennen würde. Er würde sein Kölner Glück verteidigen. Es lag nun an Luc, was er in Genk aus seinem Wissen machte. Alain erinnerte sich an einen Satz, den ihr Pfarrer ihnen im Schulgottesdienst erklärt hatte: Buch Hiob 17,12, post tenebras lux, Licht nach der Dunkelheit. Alles wird gut. Er fühlte sich trotzdem sehr elend.

Sein Tag in Aachen blieb für Sabine ein Arbeitstag bei Ford. Ihr ungutes Bauchgefühl verschwand von Tag zu Tag mehr.

Luc war ebenfalls aufgewühlt. Erschöpft saß er in seinem Wagen. Er schaute auf seine Longin-Uhr mit dem breiten Edelstahlband, dem Edelstahlgehäuse und dem schwarzen Ziffernblatt. Sie hatte fast 3000 Euro gekostet. Es war kurz nach 11:30 Uhr. Er konnte spätestens gegen 13:00 Uhr zu Hause sein. Wie sollte er sich gegenüber Nathalie verhalten? Er schlug frustriert auf das Lenkrad. Was hatte er sich nur eingebrockt? Außer Spesen nichts gewesen! Und das dicke Ende stand absehbar bevor. Er grübelte die ganze Rückfahrt darüber nach, was er Nathalie sagen sollte. Er musste sie informieren, schon allein, um sie in die Sache mit hineinzuziehen. Kurz vor der Abfahrt von der Autobahn kannte er die Lösung.

In Genk fuhr er ohne die üblichen Heimlichkeiten vor das Haus von Nathalie und parkte am Straßenrand. Kurz nachdem er die Klingel gedrückt hatte, öffnete sie die Tür. Sie schaute ihn überrascht an. »Wo kommst du her?«

»Ich war für dich unterwegs. Leider habe ich keine guten Neuigkeiten.«

»Und, was soll das heißen?«

»Ich hatte beim Karnevalszug in Köln Alain mit einer Frau auf der Tribüne entdeckt. Sie haben sich wie ein verliebtes Paar benommen, geknutscht und sich angepackt. Die Frau hatte ein kleines Mädchen dabei und Alain hat sich verhalten, als wäre er ihr Vater.«

Nathalie stand wie versteinert vor ihm, dann brach es aus ihr heraus: »Wieso sagst du mir das erst jetzt, du Idiot?«

»Ich wollte auf Nummer sicher gehen. Der Mann war geschminkt, und ich konnte nicht darauf schwören, dass er wirklich Alain war. Ich bin ihm bis zur Haustüre gefolgt, um zu wissen, wo sie wohnen. Heute fuhr ich hin und habe ihn dort im Normalzustand angetroffen. Es war Alain!«

Nathalie blieb stumm. In ihrem Kopf kreiselten wirre Gedanken. Als von ihr nichts kam, fuhr Luc fort: »Ich bin sicher, dein Mann hat in Köln ein neues Zuhause gefunden. Gesucht und gefunden, würde ich sagen. Du solltest dich darauf einstellen, dass er bald mit dir brechen wird. Ich kenne ihn, er braucht immer Klarheit. Er muss sich für eine von euch entscheiden. Und das wirst nicht du sein!«

Nathalie wollte aufbrausen, doch dann hielt sie sich zurück. Wenn Lucs Schilderung der Wahrheit entsprach, würde es wohl so kommen. Also fragte sie in versöhnlichem Ton: »Was wollen wir tun?« Sie nahm ihn bewusst mit ins Boot. Der wahre Sklave weiß nicht, dass er Ketten trägt, dachte sie. Doch die sollten ihn an sie binden. Ihr war schnell klar geworden, wenn es eine neue Frau in Alains Leben gab, dann musste sie sich bald existenzielle Fragen stellen. Die Angst vor fehlender Versorgung trat vor ihr inneres Auge. Sie wollte ihr bequemes Leben auch weiterhin leben. Ihre gemeinsame Tochter Yvette stellte anscheinend *für* Alain nicht mehr eine so starke Klammer zwischen ihr und ihm dar wie zu Beginn. Die Macht, die ihr die Tochter gegeben hatte, befand sich im Schwinden. Dieser prekären Lage musste sie aktiv zuvorkommen. »Ich werde das nicht kampflos hinnehmen. Ich habe mir ein angenehmes Leben mit dem Erdulden dieser beschissenen Ehe verdient. Ein Kriegsplan muss her. Luc, du solltest mit mir an einem Strang ziehen. Mit mir wie bisher zu leben heißt, es bleibt auch für dich bequem.« Das gab Luc unumwunden zu. Nathalies Dank dafür kam *völlig unerwartet*: »Morgen Abend gehen wir in die Disco. Ein bisschen Abwechslung vertreibt die Sorgen, und reichlich Alkohol lässt sie sogar kurzzeitig vergessen. Ich mag keine Heimlichkeiten mehr. Jeder kann wissen, dass du mich tröstest.« Sie sah ihn an und wartete auf seine Reaktion. Die fiel nicht ganz in ihrem Sinn aus.

Er zögerte kurz und meinte: »Wie du zu mir stehst, finde ich gut. Aber ich weiß nicht, ob es gut ist, sich so zu verhalten, schon im Hinblick auf Alains Verwandtschaft. Die werden über uns herfallen, wie hungrige Wölfe und natürlich Alain alles berichten.«

Nathalie winkte ab. »Die halten mich sowieso für eine faule Schlampe. Das haben sie deutlich zum Ausdruck gebracht, und das wird sich nicht ändern. Wir nehmen keine Rücksicht mehr. Bleib heute Nacht bei mir. Ich brauche Trost. Yvette ist *über das Wochenende bei ihrem Großvater.*«

Als sie zusammenlagen, kam Luc allzu schnell zur Sache. Ohne großes Vorspiel hatte sie seine Zunge im Mund, mit der rechten Hand massierte er hart ihre Brustwarzen, dann drang er in sie ein und stieß heftig zu. Er dachte nur an sich, nicht an ihre Vorlieben. Nathalie war dies in dieser Nacht egal, sie war sowieso nicht ganz bei der Sache. Sie schmiedete unentwegt Pläne. Eins hatte sie bereits entschieden. Sie brauchte für die Auseinandersetzung eine Kriegskasse. Die konnte sie sich am besten vom Konto holen, auf dem Alains Abfindung lag. Wer wusste schon, wie lange ihre Vollmacht dafür noch Gültigkeit hatte. Sie beschloss, am nächsten Tag 40.000 Euro abzuheben.

Tagsüber analysierte sie gründlich ihre Situation. Würde Alain sich von ihr trennen, so brächte das mit Sicherheit große finanzielle Einschnitte mit sich. Was für sie unakzeptabel war. Sie verdrängte völlig, dass sie diese trostlose Ehe selbst herbeigeführt hatte. Die sollte ihr finanziell ein sorgloses Leben bieten. Das war gelungen, aber nun gefährdet. Sie war erst 32 Jahre alt und musste nach einer Trennung arbeiten gehen. Alains Unterhaltszahlung fiel mit Sicherheit weg. Vielleicht würde er ihr Yvette fortnehmen, sie mitnehmen in seine neue Familie. Dann galt das mit dem Unterhalt auch für sie. Ob sie Anspruch auf einen Teil seiner Abfindung hatte, konnte sie ohne juristische Prüfung nicht erkennen. Sie war sich unsicher. Deshalb war es eine gute Entscheidung gewesen, sich jetzt schon an ihr zu bedienen. Aus der Wohnung Leidgens müsste sie jedenfalls ausziehen. Alain war zum Problem geworden. Von dem musste sie sich befreien. Wie das geschehen konnte, darüber *würde* sie gründlich nachdenken. ...

Als Luc sie am Abend abholte, war er sportlich gekleidet. Er hatte die Haare gegelt, trug ein blütenweißes Hemd zu einer schwarzen Jeans. Natürlich hatte er seine geliebten englischen Sportschuhe *British Knight* mit den weißen Sohlen an den Füßen. Das waren seine Favoriten, wenngleich sie schon in die Jahre gekommen waren. Die hatte er vor etwa fünf Jahren gekauft, als er für Ford zu einem Lehrgang in England gewesen war. Luc zeigte sich begeistert von ihrem Aussehen. Sie hatte sich eine Föhnfrisur gekämmt, besonders geschminkt und trug ein hautenges violettes Kleid, das ihre gute Figur betonte und mit einem großen Ausschnitt gewagte Einsichten bot.

Gut gelaunt, alle Sorgen waren für den Moment vergessen, machten sie sich auf den Weg in die Boxbergstraat.

Nathalie erkannte den Türsteher wieder, er sie nicht. Der hatte ihr vor Urzeiten mehrfach Flunitrazepam verkauft. Das Mittel hatte einen besonderen Ruf gehabt, weil es als Rauschmittel und als »Date Rape Drug« missbraucht wurde. Als K.-o.-Tropfen wurde diese Partydroge konsumiert. Richtig dosiert entwickelte sie eine euphorisierende Wirkung und bot einen Extrakick.

Sie sprach den Mann leise an und erstand ein Fläschchen des Medikaments. Man wusste nicht, wofür es gut war. Sie wollte heute unbedingt in Stimmung kommen.

Von innen schlugen ihnen laute Klänge eines Latinosongs entgegen. Nathalie bewegte sich automatisch rhythmisch zur Musik und kreiste mit den Hüften. Der tropische Cocktail, den sie auswählte, schien ihr dazu zu passen. Er hatte genauso grelle Farben wie die Lichtstrahlen, die den Raum überfluteten. Er war reichlich mit buntem Obst behangen. Luc orderte, ganz Mann, einen Whiskey sour. 4,5 cl Bourbon Whiskey, 3 cl frischen Zitronensaft, 1,5 cl Zuckersirup und Eiweiß von einem Ei, erklärte er ihr fachmännisch die Rezeptur. Die hat er zum Angeben auswendig gelernt, dachte sie bei sich, lächelte ihn aber strahlend an. Sie wollte ihn nicht vergrätzen.

Das Paar blieb bis 2:00 Uhr nachts, tanzte und trank ausgiebig und hatte nichts anderes im Sinn, als Spaß zu haben.

Das zeigten die beiden unverhohlen auf dem Parkett. Sie brauchten keine Droge, Alkohol war genug. Die Tropfen blieben in Nathalies Handtasche. Ihr Tanz wurde zur Sex-Show. Ordinäre Zuckungen, sinnliche Berührungen der Körper und geknutschte Versprechungen wurden zum Schauspiel für alle Gäste. Ihr Verhalten *zündete den Turbo für* die Ereignisse in der Zukunft. …

Als Nathalie am späten Vormittag zum Haus Fontaine fuhr, um Yvette abzuholen, hatte die Buschtrommel schon mächtig gerührt. Claudine Fontaine war über die letzte Nacht vollständig im Bild. Schon an der Haustür, Gott sei Dank ohne Yvette, empfing sie Nathalie und nahm kein Blatt vor den Mund: »Was hast du gemacht, du Hure? Du entehrst unsere ganze Familie. Du verlustierst dich wie eine läufige Hündin in der Abwesenheit deines Mannes mit einem anderen Kerl. Du bist noch schlimmer, als ich schon immer gedacht habe. Yvette bleibt hier. Wir werden mit Alain telefonieren. Er wird endlich die richtigen Entscheidungen treffen.«

Nathalie erbleichte und in ihrem Körper stieg eiskalte Wut auf. Sie giftete unbeherrscht zurück: »Das war nicht anders zu erwarten. Du dumme Gans hast mich schon immer so gesehen und behandelt. Dass dein Bruder an allem die Schuld trägt, kannst du dir nicht vorstellen. Aber es ist so. Ich weiß aus sicherer Quelle, dass er in Köln mit Frau und Kind eine Scheinehe führt. Jeder wird verstehen, dass ich mich hier tröste.« Claudine erlitt einen Schwächeanfall. Bevor sie reagieren konnte, hatte Nathalie die Haustür von außen zugeworfen und war völlig außer sich davon gefahren. Das gründliche Nachdenken über die Lösung für das Dilemma musste nun auch noch schnell erfolgen. Sie fühlte sich sicher, Luc problemlos als Helfer einplanen zu können. Sie nahm sich aber vor, ihn nochmals entsprechend aufzustacheln. …

Alain befindet sich in einer Zwickmühle

Der Tag war schön, brachte schon eine Ahnung von Sommer mit sich. Alain spazierte über das Werksgelände. Er wollte seine Schwester in Genk anrufen. Er hatte mit ihr ausgemacht, sie könne ihn am günstigsten um die Mittagszeit auf seinem Mobiltelefon erreichen. Er aß nämlich abends zu Hause warm und nützte die Mittagspause gern für einen Spaziergang an der frischen Luft. Heute wollte er Claudine mit dem Anruf zuvorkommen.

Er erreichte seine Schwester sofort. Sie schien äußerst aufgeregt zu sein. »Das war Gedankenübertragung. Ich wollte dich auch gerade anrufen. Du weißt gar nicht, was hier los ist.«

Alain ahnte sofort, was auf ihn zukam. Er bemühte sich unaufgeregt zu wirken und antwortete ruhig: »Dann schieß mal los!«

»Nathalie outet sich hier vor allen Leuten als die Geliebte von Luc De Clercq. Ich habe Yvette daraufhin zu uns geholt und deine Frau zur Rede gestellt. Da hat sie mich auf schreckliche Weise ausgekontert. Sie behauptete, du machtest in Köln nichts anderes, hättest dort eine Affäre mit einer Frau und lebtest mit ihr und ihrer kleinen Tochter zusammen. Ist das wahr?«

Alain rotierte für einen Moment, doch dann antwortete er bestimmt: »Es ist keine Affäre. Nathalie erzählt mal wieder Halbwahrheiten und natürlich die falsche Hälfte. Ich habe hier endlich die Liebe gefunden, die ich auch nach deiner Einschätzung bei Nathalie nie finden kann. Was Nathalie in Genk tut, ist mir emotional egal, aber was mir in Köln widerfahren ist, ist Grund genug, ein Ende unserer Ehe zu suchen. Ich werde, sobald ich kann, nach Genk kommen, um alles zu regeln. Es wäre mir recht, wenn Yvette solange bei euch bliebe. Das kannst du Nathalie ruhig sagen. Sag ihr, wer mit dem Finger auf jemanden zeigt, vergisst oft, dass dabei drei Finger auf ihn selbst gerichtet sind.«

Claudine ließ eine kleine Pause entstehen. Sie wusste für den Moment nicht, was sie erwidern sollte. Dann stotterte sie betroffen: »Das sind schlimme Neuigkeiten. Dass ich einmal Recht behalten *würde*, hatte ich mir mittlerweile abgeschminkt. Nathalie hat berechnend nach oben geheiratet, das habe ich schon immer behauptet. Dein armer Vater tut mir trotzdem leid. Wenn wir uns über deine verpfuschte Ehe stritten, verteidigte er sie immer mit deinem ehrenhaften Verhalten, nachdem du Nathalie geschwängert hattest.«

»Diese Ehrenhaftigkeit hat sich langsam aufgebraucht. Das jetzige Verhalten von Nathalie macht mir meine Entscheidung noch leichter. Ich werde mich nicht mehr um andere Leben sorgen. Ich habe eigene Bedürfnisse. Ich bin jetzt dran. Ich möchte nicht älter werden, ohne zu leben. Lass uns dieses leidige Thema nicht am Telefon besprechen. Ich werde sofort nach Genk kommen, wenn meine zurzeit laufende Versuchsreihe beendet ist. Dann können wir uns aussprechen.«

»Komm bald und pass auf dich auf«, beendete Claudine das Gespräch. In Genk hatte sie nichts Eiligeres zu tun, als Nathalie richtig Kontra zu geben. Sie verschärfte die Aussage ihres Bruders sogar: »Alain hat zu mir gesagt, er käme so schnell als möglich nach Hause, um mit dir über die Scheidung zu reden. Dein Lotterleben mit Luc kommt ihm zupass. Yvette bleibt bis dahin bei uns.«

In Nathalies Kopf schwirrten die Gedanken. Sie musste die Situation neu analysieren. Sie hatte nicht mehr die Zeit, alles lang und gründlich zu planen. Eile war geboten!

Zunächst wollte sie weder zu Hause sein, wenn Alain kam, noch wollte sie nun notwendige Recherchen auf *ihrem* Laptop vornehmen. Sie überzeugte Luc, dass sie für die nächste Zeit zu ihm ziehen *müsse*, um von dort aus alles zu planen. Ihm war das egal. Er erkannte ihre Hintergedanken nicht.

Sie hatte ihr Leben allein in die Scheiße geritten, aber er sollte ihr dabei helfen, schadlos aus der verzwickten Lage herauszukommen. So krumm konnte er nicht denken.

Von Alain verfestigte sich ein abschließendes Bild in Nathalies Kopf: Um in ihrem Sinne mit ihm einen Deal zu erreichen, war er zu stur. Er würde zu dieser Veranlagung eher *ehrlich* sagen, dachte sie voll Sarkasmus.

Sie rekapitulierte die Ausgangslage nochmal genau:

Nach einer Scheidung fielen Unterhaltszahlungen an sie rasch fort. Sie war nach der Gesetzeslage jung genug, um selbst zu arbeiten. Das wollte sie aber *für keinen Preis der Welt.*

Die Erziehungsberechtigung für Yvette ginge mit großer Sicherheit an Alain. Er konnte, anders als sie, eine intakte Familie vorweisen. Also würde sie auch an Yvettes Unterhaltszahlungen nicht mehr partizipieren können.

Ihren Anteil an der Abfindung von Ford hatte sie sich bereits genommen, musste ihn, wenn es schlecht lief, sogar zurückzahlen. Ihr Wohnrecht im Hause Leidgens entfiel auf jeden Fall.

Es gab deshalb *für sie* nur eine *Lösung*: Alain musste *vor der Scheidung* verschwinden, dann blieben ihr die meisten Ansprüche erhalten. Sein Verschwinden musste ausfallen, als hätte er sich in Luft aufgelöst! Sie kniff ihre Augen zusammen und tauchte in schwarze Gedanken ein. Der Mörder in ihr war erwacht. …

Sie hatte gelesen, dass jeder Mensch unter bestimmten Umständen zu einem Mord fähig sei. Sie hatte soeben diesen Zustand erreicht. Sie *würde* den Konflikt gewaltsam lösen, weil sie andere Lösungen für nicht geeignet hielt.

»Erst wenn Alain tot ist, sind meine Vorstellungen zu verwirklichen«, sagte sie leise vor sich hin. Begehrlichkeit erregte auch die Lebensversicherungssumme von 500.000 Euro, die Alain abgeschlossen hatte. Sie würde an sie ausgezahlt, wenn er irgendwann mal für tot erklärt wurde.

Ihre grausame Entscheidung fiel morgens früh im Bad nach dem Zähneputzen. Gewissensbisse sind wie Zahnschmerzen. Ich verspüre beide nicht, dachte sie ohne Emotion. Es ist um keinen Mann schade, wenn er stirbt. Schwarzseherei war verboten, aber sie brauchte auch keine weiße Weste. Es gab kein Vertun, schließlich hatte sie Alain mit seiner unfassbaren Selbstgerechtigkeit immer verabscheut.

Für Luc stand nun die Nagelprobe bevor. Sie wollte ihn mit den finanziellen Vorteilen binden, war aber auch bereit, ihn weiter als Frau zu umgarnen. Das war ihr immer leicht gefallen. Ganz allein konnte sie ihren Plan nicht bewerkstelligen. Das war unzweifelhaft. Sie brauchte Luc als Komplizen und musste ihn dafür gewinnen. …

Ein nervenaufreibender Vorlauf zum Mord

Nathalie gelange es, Luc zu überzeugen, dass ihr Plan sinnvoll und gut durchdacht war. Luc erkannte mit Erleichterung, dass sie die Tat selbst ausführen wollte. Zu Hilfestellungen bei der Vertuschung der Tat war er bereit.

Nathalie hatte sich in der Rolle der Meisterin von Zuckerbrot und Peitsche bewährt. Als Dank für seine Loyalität gab sie sich ihm in der Nacht zweimal hin, und es gefiel ihr sogar. Sie rang sich ab, ihm auch die 40.000 Euro von Ford zu schenken. Das schien ihr eine sinnvolle Investition. Sie nannte es Spielgeld für ihn und mahnte ihn, sorgsam damit umzugehen. Luc war glücklich. So viel Geld hatte er lange nicht in seinen Händen gehalten. Er wollte gegenüber Nathalie loyal sein. Das versprach er mit bewegter Stimme.

Die Weichen waren gestellt! Nun konnte Nathalie auf Lucs Laptop nach Möglichkeiten googeln, die Gewalttat idiotensicher auszuführen.

Es freute sie zu lesen, dass Frauen meist erfolgreicher als Männer waren, wenn sie *töte*ten.

Sie töteten planmäßiger und bewusster, selten im Affekt.

Sie warteten meist ab, bis ihr Opfer unfähig war, Widerstand zu leisten, sich also nicht mehr wehren konnte. Erst dann griffen sie zu geeigneten Gegenständen als Waffe. So wollte sich Nathalie ebenfalls verhalten.

Die K.-o.-Tropfen Flunitrazepam aus der Disco in der Boxbergstraat, die sie nicht gebraucht hatte, fielen ihr sofort ein, um Alain wehrlos zu machen. Er trank gerne Cola light. Darin konnte sie ihm unbemerkt eine überhöhte Dosis davon verabreichen. Vor seinem Wiedererwachen musste die Tat geschehen. Gegen die Süße des Getränks würde der schwache Geschmack des Arzneimittels nicht ankommen. Das stand schwarz auf weiß im Internet.

Das Gute an der Droge war zudem, dass sie in kürzester Zeit im Körper nicht mehr nachweisbar war. Der Umstand würde wichtig, wenn es irgendwann zu einem Verdacht und einer Untersuchung gegen sie käme. Die Tat konnte auf diese Weise unblutig ausfallen. Nathalie wollte alles, was unappetitlich war, vermeiden und auch so wenig Spuren hinterlassen wie möglich. Sie hatte die Warnung gelesen, dass Blutspuren kriminaltechnisch noch nachweisbar waren, selbst wenn sie gründlich weggewischt wurden. Als Mordtat überzeugte sie das Ersticken nach der Burke-Methode. Das Opfer starb dabei nicht an Sauerstoffmangel, sondern weil seine Atmung physisch nicht mehr möglich war. Sie wollte Alains Luftzufuhr unterbinden. Sie konnte sich dafür auf seine Brust knien und mit Gummihandschuhen geschützten Händen seine Nase und seinen Mund zuhalten. Das Aufsitzen wirkte atmungshemmend. Die Tötungsart hinterließ, achtsam ausgeführt, keine Zeichen mutwilliger Verletzungen. Wissenschaftlich ausgedrückt ergab sich ein ungeklärter Pathomechanismus, eine naturwissenschaftlich nicht nachweisbare Kausalkette einzelner Vorgänge, die letztlich zum Tod führte.

Für Luc suchte sie nach erfolgversprechenden *Möglichkeiten, den Leichnam und den Pkw ihres Mannes für immer verschwinden zu lassen. Das World Wide* Web bot dafür eine nicht erwartete Anzahl von Vorschlägen, die auch noch im Detail geschildert waren. Sie wählte solche, die in der Praxis nur durch Zufall aufgedeckt wurden, aber eigentlich den perfekten Mord garantierten.

Für den Leichnam wählte sie das Verscharren in der Erde des Naturschutzgebiets, weit weg vom Ort der Tat. Für den Pkw stand die Schrottpresse eines Schrotthändlers im Fokus, den Luc gut kannte.

Die nächsten Tage machte sie immer wieder Kontrollgänge an ihrer Wohnung vorbei, um mitzubekommen, ob Alain in Genk angekommen war. ...

Alain fuhr in die Straße seines Elternhauses. Er fuhr an einer übergroßen Zaunplakatwand vorbei. Sie war mit einer verrotteten Fordwerbung beklebt. In *memoriam Ford* brachte wohl niemand die Kraft auf, das Plakat zu entfernen. Der Kies knirschte unter den Reifen seines Wagens. Im Nebenhaus bewegten sich Vorhänge. Aha, Sensationslust oder zumindest Neugierde erwarten mich, dachte er. Ihr Haus sah dunkel und wenig einladend aus. Er öffnete das Garagentor mit dem Sender und parkte ein. Seine Sorgen rankten sich um die bevorstehende Aussprache. Er war jedoch ohne Arg, dass der Tag sein letzter sein könne. Für ihn war noch lange nicht *doomsday*. Vielmehr träumte er davon, nach der Aussprache endlich in Köln ein rosiges Leben zu führen. Die Sehnsucht nach Sabine tat jetzt schon weh.

Mit seiner Baseballcap auf dem Kopf, seinem Markenzeichen, ging er auf die Haustüre zu. Er schloss die dunkle Wohnung auf und machte im Flur das Licht an. Seine Kappe fand den gewohnten Platz am Haken. Schon ein Haufen leerer Papiertüten, die aus Modegeschäften stammten, ärgerte ihn. Sie standen rum wie eine gewollte Provokation. Sie blieben nicht das einzige Ärgernis. Das Wohnzimmer war ein unaufgeräumtes Schlachtfeld. Dort schlug ihm der *hässliche* Charakter seiner Frau entgegen. Schmutziges Geschirr stand auf dem Tisch, teilweise bedeckt mit angegessener Nahrung. Er ekelte sich, doch der Ärger ging weiter: Im Badezimmer roch es nach dem billigen Duft eines fremden Mannes. Die Parfümflasche stand ungeniert auf der Ablage. Als er in sein Arbeitszimmer guckte, wie sah das hier denn aus? Auf der Platte seines Schreibtischs *türmten sich ungeordnete Bele*ge und Bankauszüge. So etwas hatte es bei ihm nie gegeben. Alles war stets sofort sortiert und weggeheftet worden. Neugierig blätterte er die Unterlagen durch. Er brauchte keine Bilder von den Kameras in der Einkaufsmeile. Ihm war auch so klar, dass seine Frau sein Geld mit vollen Händen unter die Leute brachte. Nathalie hatte reichlich Dinge gekauft, die seiner Meinung nach unnötig waren. Modeschmuck, *überteuerte Kosmetika*, Accessoires, ganze Stangen Zigaretten, Davidoff natürlich. Seine Frau machte es ihm leicht, an seinem Vorhaben festzuhalten. Er checkte die Bankauszüge. Vom Konto mit der Abfindung waren 40.000 Euro abgehoben worden. Eine Abstimmung mit ihm war, entgegen der Absprache, nicht erfolgt. In seinen Schläfen pochte das Blut vor aufkommender Wut. »So nicht«, zischte er und steckte den Auszug vorsichtshalber ein.

Das Warten auf Alain zerrte an Nathalies Nervenkostüm. Sie versuchte vergeblich, ihr Gehirn auf Leerlauf zu stellen. Die Gedanken über Wenn und Aber ließen sich aber nicht abschalten. Sie hörte nicht, wie Alain in die Straße fuhr. Doch von Lucs Fenster aus konnte sie die Fensterfront ihrer Wohnung einsehen. Sie sah in immer kürzeren Abständen nach, ob sich etwas tat. Als sie erneut nachschaute, brannte im Wohnzimmer Licht. Alain musste angekommen sein. Sie beschloss, ihm noch ein wenig Zeit zu lassen, bevor sie rüberging. An Lucs Wohnungstür hatte sie eine gefüllte Einkaufstüte deponiert. Sie sollte die Begründung für ihre Abwesenheit von zuhause werden. Nun gab sie Luc die letzten Anweisungen: »Setz dich ans Fenster, sodass du zu uns rüberblicken kannst. Ich werde das Licht an- und ausschalten, wenn ich dich brauche. Dann musst du rasch kommen. Zieh dir dunkle Kleidung an, und halte eine Hand mit dunklem Handschuh vor dein Gesicht, am besten senkst du dein Gesicht nach unten. Dann kann dich in der Dunkelheit niemand erkennen. Das ist wichtig. Wenn du jemandem auf der Straße begegnest, gehst du an unserem Haus vorbei und kommst erst zurück, wenn der außer Sicht ist.« Luc nickte.

Bei ihm konnte von eiskaltem Verhalten nicht die Rede sein. Doch wer A gesagt hatte, musste auch B sagen. Aus dieser Chose gab es für ihn kein Zurück. Gott sei Dank war es auf der Straße schon länger still und menschenleer. In den Häusern sah man höchstens das Licht der TV-Geräte schimmern. Draußen hatte die Nachbarschaft außer Dunkelheit nichts mehr zu sehen. ...

Nur bei Suizid ist das Opfer der Mörder

Nathalie machte sich auf den Weg. Auch sie war in ihrer dunklen Kleidung kaum auszumachen. Ihre schattenhafte Silhouette verwob sich mit der Dunkelheit. Geräusche der nächtlichen Stadt drangen wie durch Watte zu ihr durch, gedämpft, von weit weg. Als sie vor ihrem Haus ankam, sah sie mit Befriedigung, dass Alain seinen Wagen in die Garage gefahren hatte. Das kam ihr sehr entgegen. Die Garage konnte nämlich vom Inneren des Hauses aus betreten werden. Niemand musste Luc im Freien sehen, wenn sein Teil der Arbeit begann. …

Sie öffnete die Haustür und trat ein. Auf Alain traf sie erst im Wohnzimmer. Er saß auf dem Sofa, der Fernseher war an. Ihre ersten Worte fielen nicht freundlich aus. »Du bist also schon da. Sorry, dass du mich nicht angetroffen hast, aber ich war den ganzen Tag unterwegs, zwei Arzttermine, einkaufen und ein schon länger verabredetes Treffen mit einer Freundin«, log sie. »Lass mich erst etwas aufräumen. Ich bin heute Morgen nicht dazu gekommen. Ich werde den Esstisch säubern, dann können wir dort sitzen und sprechen.«

»Das ist mir recht«, antwortete Alain ohne Begrüßung. »Ich möchte auch reinen Tisch machen, und zwar schnell. Ich will heute Nacht noch nach Köln zurückfahren. Der Grund dieses Treffens ist dir bekannt. Was ich weiß, und was du weißt, kommt von meiner Schwester Claudine. Über den Wahrheitsgehalt gibt es hoffentlich keine Meinungsverschiedenheit.«

Nathalie ging auf sein Wortspiel mit dem reinen Tisch gar nicht erst ein. Sie holte aus der Küche ein Tablett. Als das Geschirr abgeräumt war, und sie die Tischplatte gewischt hatte, kam erst die nächste Äußerung von ihr: »Ich brauche jetzt erst einmal ein Glas Wein, du auch?«

»Ich trinke vor der Fahrt nach Köln keinen Alkohol. Du hast hoffentlich für mich ein kaltes Glas Cola light.«

Mit dieser Antwort hatte Nathalie gerechnet, sie hatte sie förmlich herbeigesehnt. Nun geht alles so schnell, wie er sich das gewünscht hat, dachte sie kalt.

Im Küchenschrank stand sein Lieblingsglas. In das tropfte sie rasch die richtige Dosis Flunitrazepam. Die K.-o.-Tropfen schüttete sie nun mit kalter Cola auf und verrührte alles sorgsam. Nach Paracelsius sorgte die richtige Dosis für die toxische Wirkung!

Mit einem Glas Wein für sich und dem kalten Süßgetränk für Alain kam sie ins Wohnzimmer zurück. ...

Sie nippte sofort an ihrem Glas, Alain ließ seines vorerst auf dem Tisch stehen und begann mit der Aussprache.

»Du weißt, ich bin hier, um mit dir unsere Trennung zu vereinbaren. Unsere Ehe war von Anfang an ein Fehler. Wo sie heute steht, weißt du aus Claudines Mund. Für mich ist die Entscheidung alternativlos.«

Nathalie lächelte ihn hämisch an, dann antwortete sie: »Für mich ist das eine Frage der Bedingungen. Ich habe dieses Scheißleben mit dir zusammen lange genug erduldet. Deshalb muss am Ende für mich und Yvette eine Versorgungszusage stehen, die keine Zukunftsängste aufkommen lässt.«

Alain sah sie fassungslos an, dann fuhr er aus der Haut: »Du bist ein durch und durch berechnender Mensch. Denkst nur an deinen Vorteil, und bist dir nicht einmal zu schade, ihn unzulässig einzufordern? Fairness gilt für dich nichts. *Du* hast dich von mir absichtlich und ohne Liebe schwängern lassen. Nur um sicher und bequem leben zu können. Ich Dummkopf habe dich dann aus Ehrgefühl geheiratet. Doch nun ist Schluss mit weiterem Entgegenkommen. Du betrügst mich vor meiner Verwandtschaft und vor den Nachbarn. Du gibst mit vollen Händen unser Geld aus, was für die Altersabsicherung angespart werden sollte. Du bedienst dich sogar, entgegen unserer Absprache, an meiner Abfindung von Ford. Ab nun gibt es keine Zugeständnisse mehr. Unterhalt gibt es nur so lange und so viel, wie das gesetzlich sein muss. Du bist schließlich jung genug, um zu arbeiten. Von Yvette werde ich dich gern befreien. In meiner neuen Familie ist sie sowieso besser aufgehoben. Das wird mit Sicherheit auch ein Gericht so sehen, falls du das anrufen willst. Also richte dich darauf ein, dass du dahin zurückfällst, wo du hergekommen bist.«

Nach diesem langen Redeschwall atmete Alain erst einmal tief durch. Dann griff er zu dem Glas auf den Tisch, setzte es an und trank es in einem Rutsch leer.

Nur Nathalie wusste, was das bedeutete. Sie verzichtete deshalb auf eine Replik und sah ihn nur einfach stumm an. Die Wirkung der Droge setzte bald ein. Alain fühlte sich plötzlich schummerig. Er sah ihren Blick. Der konnte Wasser zu Eis verwandeln. Erst jetzt ahnte er, dass mit ihm etwas Schlimmes geschehen war. Kurz danach brach er ohnmächtig am Tisch zusammen und rutschte von seinem Stuhl. Leblos blieb er auf dem Fußboden liegen.

Nathalie ließ keine Zeit ungenutzt verstreichen.

Das Zeitfenster seines Tiefschlafs *würde nicht übermäßig lang währen*. Sie stupste ihn mehrfach an und überzeugte sich, dass er wirklich leblos war. Dann zog sie sich Gummihandschuhe über, legte einen städtischen Plastiksack für Gartenabfälle bereit und ging vor ihrem Ehemann auf die Knie. Sie zog ihn sich so zurecht, dass sie sich gut auf seinen Bauch- und Brustraum knien konnte. Alain reagierte zu ihrer Erleichterung darauf nicht mit einer Abwehrreaktion. Nun drückte sie ihm mit aller Kraft Mund und Nase zu. Dass Alain weiter atmete, war nun physisch unmöglich. Nathalie zwang sich dazu, diese Situation mehrere Minuten aufrecht zu erhalten. Dann suchte sie nach seinem Puls und nach seinem Herzschlag. Sie hielt sogar eine brennende Kerze vor seinen Mund und seine Nase. Die Flamme zeigte keine Bewegung, Puls und Herz keine Regung. Nun war sie sich sicher, Alain war tot. Erleichtert ließ sie von ihm ab. Sie musste sich belohnen. Mit einem Zug trank sie ihr Weinglas leer. Sie fühlte dabei ein wenig Triumph. Alles würde gut. Sie betrachtete den

Toten noch einmal genau. Der Leichnam ließ keine äußeren Verletzungen erkennen, selbst nicht auf Bauch und Brust.

Um das zu beurteilen, hatte sie extra sein Hemd geöffnet und sah sich die Hautpartie an. Sein Körper befand sich in einem Zustand wie zu Lebzeiten.

Nathalie stülpte den Müllsack über den Leichnam. Alain passte problemlos hinein. Bei dem Gewicht ihres Mannes, bereitete ihr die Arbeit allerdings einige Mühe. Mit einem Laminiergerät schweißte sie den Sack zu. Sie wollte, dass beim Transport nichts in der Wohnung blieb. Außerdem beabsichtigte sie Luc zu schonen. Er sollte nur ein anonymes Bündel fortbringen und nicht Alains Leiche in Natur sehen. Er durfte nicht schwach werden. Nun war es an der Zeit, das Licht ein- und auszuschalten. Dann hieß es, auf Luc zu warten.

Luc De Clercq hatte die Wartezeit genutzt, seine Aufgaben noch einmal durchzugehen. Den Platz für die Entsorgung der Leiche hatte er ausgesucht. Er kannte den Anfahrtsweg und die kurze Strecke zu Fuß aus dem Effeff.

Auf seinen Freund Toby Vanaken konnte er sich verlassen. Sein Unternehmen für die Kfz-Verwertung, Ersatzteile aus Gebrauchtwagen, Alteisen und Verschrottung war für die Entsorgung des Wagens von Alain bestens geeignet. Außerdem war Toby ihm noch einen Hilfsdienst schuldig. Er sollte verabredungsgemäß den Wagen in einem Schuppen abstellen, ohne Nummernschilder verstand sich. Die Tür des Schuppens würde angelehnt sein, und er sollte sie nach getanem Werk schließen. Vanaken würde den Wagen dann am nächsten Morgen persönlich zerlegen. Gängige Teile gingen ins Ersatzteillager, komplette Alteisenstücke sowie Restmüll in die Presse. Diese Schrottpakete würden innerhalb der nächsten zwei Wochen über den Genker Hafen verschifft. Das Auto wäre damit von der Bildfläche verschwunden. Luc musste sich keine Sorgen machen.

Seinen eigenen Wagen hatte er in der Nähe des Schrotthandels geparkt, hatte in einer Kneipe mehrere Biere getrunken und war mit einer Taxe nach Hause gefahren. Seine Rückfahrt nach der Entsorgung des Wagens war also gesichert, und die Ankunft im eigenen Wagen, selbst wenn sie beobachtet wurde, völlig unverdächtig. Luc lobte sich für seine gründliche Planung.

Trotz dieser akribischen Vorbereitung pochte sein Herz auf dem Weg zu dem Haus der Leidgens vor Erregung.

Er erreichte die Wohnung, ohne dass ihn jemand sah. Seine schlanke Figur wurde in der Dunkelheit und auch noch dunkel gekleidet zum unsichtbaren Schatten.

Der im Sack abgelegte Leichnam bereitete ihm einen eiskalten Atem, den er im gesamten Körper verspürte. Er gab einen leisen Kieks von sich, fasste sich aber schnell wieder. Er war bemüht, weitere Gefühle von Schwäche vor Nathalie zu verbergen. Er wollte so stark erscheinen wie sie. Schließlich war er der Mann.

Nathalie erkannte seinen inneren Kampf sehr wohl, aber sie überspielte ihn mit Aufträgen: »So, der Mohr hat seine Schuldigkeit getan, jetzt bist du dran. Alains Wagen steht in der Garage. Du kannst den Sack innerhalb des Hauses dorthin tragen und in der Kofferkammer verstauen. Dort habe ich bereits für dich einen Spaten, Gartenhandschuhe, Werkzeug, um die Nummernschilder abzuschrauben, sowie eine Stablampe bereitgelegt. Du kannst alles in eine Stoffhülle tun. Die liegt dabei. Da passen auch später noch die Nummernschilder rein. *Für dich habe ich mir* noch etwas ausgedacht. Alain hatte seine geliebte Baseballcap mit sich. Die setzt du, wenn du rausfährst, auf. Wenn dich jemand in der Dunkelheit sieht, *hält er* dich bestimmt für Alain.«

Nathalies Sermon hatte auf Luc eine elektrisierende Wirkung. Er wollte alles schnell hinter sich bringen und tat einfach, was sie verlangte. In der Garage sagte er nur: »Dein Mann hat noch nicht einmal seinen Wagen umgemeldet.« …

Nathalies Überlegung mit der Baseballcap stellte sich als gut heraus. Eine Nachbarin, die nicht schlafen konnte, sah Alains Wagen fortfahren. In der Dunkelheit machte eine weit entfernte Straßenlaterne mit ihrem spärlichen Licht im Wagen den Schattenriss eines Mannes mit einer Kappe auf dem Kopf undeutlich sichtbar. Aber die Frau war sich sicher, Alain zu erkennen.

Luc benötigte eine halbe Stunde bis in das Naturschutzgebiet. Dort fuhr er mit Abblendlicht. Er hatte das Fenster auf der Fahrerseite geöffnet, um draußen verdächtige Geräusche hören zu können. Die blieben zum Glück aus. Kein Mensch war unterwegs. Es war keine Jagdzeit, und für Liebespaare war die Nacht zu kühl und ungemütlich.

Luc bog vom Hauptweg in einen schmalen Waldweg ein und parkte nach etwa 100 Metern seinen Wagen zwischen den Büschen. Unbeleuchtet war er nahezu unsichtbar. Von dort hatte er höchstens fünf Minuten bis zu der Stelle, die er *für Alains Grab* bestimmt hatte, zu gehen. Luc *öffnete die Koffer*kammer. Er hatte mit deren internen Beleuchtung genug Licht, um alles herauszuholen. Er zog die Gartenhandschuhe an und hievte den Sack auf die Schulter. Die Stablampe steckte er in seinen Gürtel, und den Spaten nahm er in die linke Hand, nachdem er mit ihr die Heckklappe wieder geschlossen und den Wagen mit dem Sender am Schlüssel verriegelt hatte.

Der Platz, den er ausgewählt hatte, war sehr sandig und gut geeignet, ein Loch auszustechen, selbst ein tiefes. Außerdem lag genug Astwerk herum, einige kleinere Findlinge und ein Berg von Tannennadeln lagen in der Nähe. Mit diesen Dingen konnte er später auf der offenen Narbe des Erdbodens eine unverfängliche Deckschicht auftragen. Er legte den Sack vorsichtig auf den Boden und begann mit dem Graben.

Er hatte dafür eine Dreiviertelstunde angesetzt und schaute zu Beginn auf seine Uhr. Er wollte den Zeitrahmen unbedingt einhalten. Solange er tätig war, drohte seine Entdeckung. Diese gefährliche Phase musste er kurz halten. Die Stablampe mit ihrer mobilen Lichtquelle hatte er auf das Grabloch ausgerichtet und damit genügend Licht für seine Arbeit.

Er grub mit aller Kraft und großer Anstrengung. Trotz der Kühle der Nacht war er schnell schweißnass. Sein Hemd klebte ihm am Rücken. Er hielt die vorgegebene Zeit ein. Als er die Stelle wieder überdeckt hatte, schaute er sich seine Arbeit im Lichte der Lampe nochmals genau an. Er befand sie *für gut. Die Stelle war wieder ganz Teil ihrer Umgebung geworden. Nun musste er nur noch den ungleich leichteren Teil der übernommenen Aufgaben erledigen* und Alains Wagen entsorgen. ...

Ohne eine gefährliche Ladung und sogar mit einem belgischen Nummernschild an den Stadtrand fahren, war selbst ohne Papiere kein großes Wagnis. Luc atmete auf.

Zunächst passierte er seinen abgestellten Wagen, dann kam er an die Einfahrt des Schrottplatzes. Dort hielt er vor dem Schuppen. Er schob das Tor nach oben und fuhr den Wagen hinein. Von innen zog er die Tür bei, denn er musste ungesehen die Nummernschilder abmontieren. Als er damit fertig war, packte er die Schilder mit allen Utensilien in den Stoffsack, schloss die Kofferraumklappe, steckte den Wagenschlüssel in die Hosentasche, schob das Tor auf und ging hinaus. Von draußen schloss er es geräuschlos. Dann ging er zu seinem eigenen Auto.

Er fuhr am Hafenkanal vorbei. An einer Stelle, die nicht einsichtig war, hielt er kurz an und warf Schlüssel sowie die beiden Schilder ins tiefe Wasser. Sie schlugen weit in der Mitte auf und gingen sofort unter. Den Spaten und die Stablampe nahm er mit. Zu Hause wollte er beide Teile gründlich reinigen und alsbald wieder an Nathalie zurückgeben. Die Baseballcap verbrannte er zu Hause im Ofen. Der Kamin mit aufgestapelten Birkenzweigen und Kieferzapfen kam zum Einsatz. Endlich war der Stress vorbei.

Müde und abgespannt *fühlte er sich trotzdem.* Er freute sich darüber, nach diesen Schrecknissen allein schlafen zu können. Auch wenn der Satz: *Ein reines Gewissen ist ein gutes Ruhekissen* für ihn eigentlich nicht gelten konnte, schlief er schnell ein und schlief fest durch bis zum späten Morgen. ...

Wahre und geheuchelte Sorge um einen Vermissten

Sabine Kassen war die Erste, die sich um den Verbleib von Alain Leidgens sorgte. Zu diesem Zeitpunkt war sie bereits vier Tage ohne Kontakt, wusste nicht, wo er sich aufhielt, was er tat und wann er sich zurückmelden würde.

Bei Ford hatte er nicht einmal Urlaub beantragt. Sie wusste von ihm, dass er eine Aussprache mit seiner Frau Nathalie suchen wollte und eigentlich vorhatte, noch in der Nacht des gleichen Tages zurückzukommen. Nach vier Tagen überstieg ihre Unruhe die bis dahin selbst verordnete Geduld.

Draußen gurrten die Tauben und die Sonne ging auf.

Und wieder begann ein Tag ohne Alain. Sabines graublaue Augen lagen hinter einem traurigen Schleier. Sie wollte heute die Suche nach ihm in die Hand nehmen. Schweren Herzens ging sie an Alains Unterlagen und suchte nach der Telefonnummer seiner Schwester Claudine. Es schien ihr besser, dort nachzufragen, als seine Ehefrau anzusprechen. Sie wollte nicht unnötig Porzellan zerschlagen.

Sie erreichte Claudine Fontaine schon beim ersten Versuch. Alains Schwester zeigte sich sehr irritiert. Sie wusste nicht mal, dass er in Genk gewesen war. Sie bestätigte nur, dass er bald kommen wollte und auch vorhatte, mit ihr zu sprechen. Sabine schwieg, sie war völlig ratlos. Was war passiert? Claudine äußerte eine Idee, wie sie vorankommen konnten. »Ich werde mit Nathalie telefonieren und sie fragen, ob Alain bei ihr war oder ist. Wir haben sonst nahezu keinen Kontakt. Wir haben momentan in Abstimmung mit meinem Bruder Yvette zu uns genommen. Dadurch ist sogar der Kontakt weggefallen, der sich zwangsläufig ergab, wenn Nathalie Yvette zu ihrem Großvater brachte. Die beiden sind begeisterte Imker. Freddy hat die Kleine angelernt. Ich werde Sie sofort über das Ergebnis meines Gesprächs mit Nathalie informieren. Machen Sie sich erst einmal keine Sorgen.«

Sabine bedankte sich für Claudines Anerbieten. Aber ihre Sorgen blieben.

Claudines Nachfrage bei Nathalie brachte keine Klärung.

Nathalie bestätigte zwar, dass Alain abends vor der Türe gestanden habe. »Er wolle reinen Tisch machen, hat er mir erklärt. Manchmal kommt etwas heraus, wenn man sich zusammensetzt. Bei uns war das nicht der Fall. Wir haben gut zwei Stunden geredet, aber keine Einigung erzielt. Verärgert ist er wieder fortgefahren, hat mir lediglich einen endgültigen Vorschlag angekündigt. Auf den warte ich nun noch.«

Claudine erklärte Sabine Kassen: »Ich weiß nicht, ob ich diesem Weib glauben kann. Ihr traue ich alles zu. Ich werde der Angelegenheit nun selbst nachgehen. Ich melde mich, wenn ich etwas weiß.«

Sabine war unglücklich, dass sie bei der Suche nicht behilflich sein konnte. Aber sie entschloss sich, zunächst das Ergebnis der Bemühungen in Genk abzuwarten. Dort war Alain schließlich verschwunden.

Für Nathalie und Luc war mit den Nachforschungen von Sabine und Claudine die Zeit des Wartens vorüber. Sabine und Familie Leidgens *würden* nun nach dem geliebten Sohn, Bruder, Vater und Geliebten auf die Suche gehen. Sie mussten sich wappnen.

Nathalie beschloss, sich mit einem teuflischen Plan unter die Suchenden einzureihen: Sie dachte sich ein Netz von Lügen aus. Sie setzte zahlreiche Mails und Handynachrichten ab, in denen sie über das Verschwinden ihres Mannes rätselte und ihre Bestürzung zum Ausdruck brachte. Sie erschuf damit ein Bild der Scheinheiligkeit. Die Empfänger waren so gewählt, dass Nathalies vermeintliche Anteilnahme schnell bei Claudine bekannt wurde. Einige angesprochene Personen rafften sich auf, die »besorgte« Ehefrau zu trösten. In dieser Zeit bestätigte auch die Frau aus der Nachbarschaft, dass sie Alain in der Nacht mit seinem Wagen wegfahren sah: »Ich habe ganz sicher seinen Wagen erkannt und auch ihn selbst. Er trug nämlich seine Baseballcap.«

Nathalie war also keine Lügnerin. Dass Alain von ihr weggefahren war, hatte seine Richtigkeit. Doch Claudine bohrte weiter nach. Sie wandte sich an Polizeikommissar Claas De Bruin von der *Lokale Politie*. Der war ein Freund ihres Mannes. Der Kommissar zierte sich etwas. Zunächst versuchte er sich hinter der offiziellen Dienstvorschrift zu verstecken. Ein erwachsener Mensch konnte in Belgien tun und lassen, was er wollte. Wenn er längere Zeit nicht auffindbar war, war das zunächst allein seine Angelegenheit. Es mussten gewichtige Indizien für eine kriminelle Tat vorliegen, damit die Polizei eingriff. Solche Indizien gab es aber nicht. Alain Leidgens war ein unbescholtener Mann.

Am Ende seiner Erklärungen kämpfte Claudine mit den Tränen. Sie hatte fest auf seine Hilfe gehofft und sie nicht erreicht. Die belgische Polizei sollte nach dem Verbleib ihres Bruders fahnden. Claudine war sich zunehmend sicher, dass ihm etwas Böses widerfahren sein musste. Alain war zuverlässig und hätte sich auch bei ihr gemeldet. Das Berufen darauf, dass ein ausgewachsener Mensch sich nicht abmelden musste, wenn er wegblieb, war für sie unakzeptabel.

Nach ihrem emotionalen Gespräch mit De Bruin gab sie jedoch nicht auf. Sie war nun willens, die Suche nach dem Bruder allein fortzusetzen. Ein »Nein« des Beamten hatte für sie nichts zu bedeuten. Schließlich hatte ihr Bruder ihr fest versprochen, schnell nach Hause zu kommen und bei ihr vorbeizuschauen.

Bruno Fontaine sah betroffen, wie sehr seine Frau unter der Situation litt. Er konnte schließlich doch erreichen, dass sich der Polizeikommissar dem Fall des verschwundenen Bruders annahm. Claudine trieb ihre Untersuchung daneben trotzdem weiter. Sie gab ein Foto von Alain an mehrere Zeitungen, die eine spannende Geschichte witterten und eine kurze Suchmeldung veröffentlichten. Im Land meldeten sich daraufhin zwei Zeitungsleserinnen, die sicher waren, Alain Leidgens gesehen zu haben. Nach ihren Aussagen war er sowohl in Brüssel als auch in Ostende gewesen.

Warum er dort gewesen sein sollte, war Claudine völlig unklar. Das verstehe ich nicht, war ihre erste Reaktion. Verstehe ich nicht, gibt es nicht, war die zweite. Ich werde der Sache nachgehen, bis ich sie verstehe, beschloss sie eigenwillig. …

Der neue Kenntnisstand veranlasste Claas De Bruin nun doch, sich die Angelegenheit gründlich anzusehen. Er suchte zusammen mit Polizeibediensteten Marc de Witte Nathalie Leidgens auf. Der Polizeikommissar bat Luc De Clercq zu der Befragung hinzu, Claudine Fontaine hatte ihm zugetragen, er sei Nathalies Geliebter und trüge Mitschuld am Zerwürfnis der Eheleute Leidgens. Die beiden Befragten machten ihre Entrüstung über das Verhör sehr deutlich. Sie bestätigten nur, was der Kommissar schon wusste, und hielten sich ansonsten bedeckt. Die sprechen uns alle Worte nach, wie auf dem Standesamt, befand der Kommissar, und das machte ihn stutzig. Er *würde* sie beide nicht so leicht vom Haken lassen. Nathalie und Luc spürten seinen Verdacht, unterdrückten aber ihre aufsteigende Wut. Eigentlich war es eher Angst. Letztlich gingen sie zum Angriff über: »Sind wir für Sie Täter? Wir sind Opfer!«

»Wenn wir ratlos sind, ermitteln wir in alle Richtungen«, entschuldigte sich der Kommissar mit einem kleinen Lächeln. »Ich schätze Ihre nachhaltige Mitarbeit.«

Nathalies Gesicht wurde rot vor Wut, aber eine innere Stimme ermahnte sie still zu bleiben.

Die Befragung nahm schnell ein Ende. Als sie die Wohnung verlassen hatten, fragte der Kommissar Marc de Witte: »Was hältst du von den beiden Hübschen? Ihre Aussagen wirkten für mich ein bisschen zu sehr verabredet.«

De Witte hatte Gleiches verspürt: »Besonders Luc De Clercq scheint mir kein guter Kerl zu sein«, meinte er im Brustton der Überzeugung. »Er roch nach billiger Seife, allerdings in Mixtur mit Angstschweiß. Der Mann hatte etwas zu verbergen.«

Dem Kommissar war Nathalie Leidgens genauso suspekt geblieben. Vielleicht hatten die beiden Verliebten eine gemeinsame Leiche im Keller. Nathalie und Luc hielten ebenfalls Manöverkritik ab. Natalie zog ein Resümee: »Wir sollten dabei bleiben, nur das zu beantworten, was man uns fragt. Außerdem hat sich in diesem Gespräch bewährt, so nah wie möglich an der Wahrheit zu bleiben. Ich bin froh, dass wir Alains Hiersein und seine Rückfahrt nicht verschwiegen haben. Das hätte man uns um die Ohren geschlagen. Die Bestätigung durch die Zeugin nahm jedem Verdacht die Spitze. Die Polizei hat nichts gegen uns in der Hand.« ...

Sabine Kassen hatte neben Claudine Fontaine die größten Ängste wegen Alains Verschwinden. Schnell merkte sie, dass sie nur eine geringe Möglichkeit hatte, auf eine behördliche Nachforschung zu drängen. Sie stand zu Alain in keinem rechtlich relevanten Verhältnis, war weder mit ihm verwandt oder verheiratet. So stieß sie bei den Behörden auf noch größere Vorbehalte wie Claudine in Belgien. Nach so kurzer Abwesenheit bereits eine Nachsuche anzuordnen, war auch in Deutschland gegen die Vorschrift. Da galten die gleichen Richtlinien wie in Belgien.

In dieser unglücklichen Lage sah Sabine eine letzte erfolgversprechende Möglichkeit darin, ihren Schulfreund, Kriminalkommissar Klaus Meister, um Hilfe zu bitten. Sie besuchte ihn in seiner Wohnung.

Die Eigentumswohnung, in der er mit seiner Frau Marianne lebte, lag auf der anderen Rheinseite, nahe dem Polizeipräsidium am Walter-Pauli-Ring 2–6 in Köln-Kalk.

Sie hatte allerdings keinen so fulminanten Blick auf das Rheinpanorama mit der alles überragenden Kathedrale wie sein Arbeitsplatz. Er versprach ihr, auch auf Drängen seiner Frau hin, zu tun, was ihm möglich war.

Klaus Meister konnte am nächsten Tag das Präsidium früher als üblich verlassen. Wenn immer möglich, joggte er bei frühem Arbeitsende auf der *schäl Sick*, so nannten die »richtigen«, rechtsrheinischen, Kölner despektierlich die andere Rheinseite, die für sie nicht ebenbürtig zu Köln gehörte. Der Kommissar lief dann die Rheinpromenade entlang, die war seine Lieblingsstrecke. Heute wollte er sich stattdessen schweren Herzens Sabines Anliegen widmen und blieb im Büro.

Klaus Meister beabsichtigte im Polizeiapparat abzufragen, ob ein Belgier namens Alain Leidgens irgendwo verunfallt war, oder ob sein Aufenthaltsort durch andere Umstände polizeibekannt wurde. An die Stellen, die ihm helfen konnten, gab er das Bild von Alain, welches er von Sabine erhalten hatte, weiter. Last but not least hatte er einen geschätzten Kollegen in Belgien, den er immer um Informationen bitten konnte. Damit hatte er sein Versprechen gegenüber Sabine bereits eingelöst. Ein Blick auf die Uhr sagte ihm, dass er noch zum Joggen fahren konnte. Er hatte seinen Trainingsanzug und die Laufschuhe stets im Büro. Klaus Meister zog sich um, fuhr mit dem Lift in die Tiefgarage und von dort mit dem Wagen bis zum üblichen Startpunkt seiner sportlichen Aktivitäten.

Mit Antworten auf seine Anfragen konnte er frühestens am nächsten Vormittag rechnen. ...

Die Ausbeute war spärlich. Von Belgien war eine Nullmeldung eingegangen. Allerdings konnte sein Kollege berichten, dass dort wirklich auf niedrigem Level Nachforschungen liefen. Alain Leidgens war auch nicht im Großraum Köln verunfallt oder sonst auffällig geworden. Zwei Rückmeldungen betrachtete er mit Misstrauen, wollte sie aber nicht unterschlagen: Es gab zwei verwirrende Meldung von Zeugen, die Herrn Leidgens in Berlin und Stuttgart gesehen haben wollten. Da Meister selbst eine Fallbesprechung hatte, bat er Kriminalobermeister Wilfried Straub, Kontakt zu Sabine Kassen aufzunehmen. Der Kriminalobermeister beschloss, sich zunächst durch einen Anruf zu versichern, dass er Frau Kassen zu Hause antreffen *würde*. Er fand ihren Namen im Gerätespeicher seines Chefs, drückte auf die Wähltaste und ließ den Apparat die Nummer wählen. Das war angenehmer, als die Tasten einzeln mit den dicken Fingern zu malträtieren.

Sabine Kassen war zu Haus. Sie reagierte auf den Anruf ziemlich aufgeschreckt. »Kann ich irgendwas beisteuern, oder gibt es Neuigkeiten?«, fragte sie mit ängstlicher Stimme.

Wilfried Straub war um Schadensbegrenzung bemüht: »Sie müssen nichts tun, Frau Kassen. Wir haben allerdings einige Informationen für Sie, die ich nicht gerne am Telefon mit Ihnen besprechen möchte.«

Sabine Kassen bat ihn, möglichst bald vorbeizuschauen, sie hatte in zweieinhalb Stunden einen auswärtigen Termin. Vorher zu kommen konnte sich der Kriminalobermeister einrichten. Sabine erwartete ihn in der Wohnung.

Das Treffen fiel sehr kurz aus. Allerdings registrierte der Beamte besorgt, dass Sabine Kassen große Hoffnung in die Zeugenaussagen setzte. Er selbst fand sie eigentlich viel zu vage. Als sie weitere Dinge von ihm wissen wollte, nutzte er eine gängige Abwehrreaktion: »Ich bitte um Verständnis, dass wir aus ermittlungstaktischen Gründen zum jetzigen Zeitpunkt keine Details und Hintergründe zum Vorgang nennen können.«

Sabine Kassen protestierte vehement, schließlich bettelte sie ihn um weitere Informationen an. Wilfried Straub stand am Rande der Verzweiflung und dachte: Lass deinen süßen Bagger endlich geschlossen. Von mir bekommst du nicht mehr zu hören.

Als sie das erkannte, suchte sie einen Weg, das Gespräch nicht abbrechen zu lassen. Sie berichtete ihm von ihrem Telefongespräch mit Alains Schwester: »Sie hat mir versprochen, für weitere Nachforschungen in Belgien zu sorgen.« Wilfried Straub bat sie im Namen seines Chefs darum, sie auf dem Laufenden zu halten. ...

Nach einer freundlichen Verabschiedung machte er sich auf den Weg zu seinem Fitnessclub. Klaus Meister hatte ihn heute früh wegen seines gestiegenen Gewichts veräppelt: »Hast du schon abgenommen?«

Seine Antwort war *äußerst ungnädig* ausgefallen: »Das Erste, was bei einer Diät abnimmt, ist die gute Laune, also quäl mich nicht.« Straub wusste allerdings, worin sein Problem lag: Alles, worin auch nur ein Hauch von Schokolade steckte, oder was deftig und würzig schmeckte, war vor ihm nicht sicher.

Er wollte nun aber Ernst mit dem Abnehmen machen. Heute begann ein radikales Fitnesstraining und das Befolgen des Kult-Satzes *FdH*.

Als er auf der Rückfahrt zum Büro an der Stelle vorbeikam, auf der Deutschlands berühmteste Wurstbude gestanden hatte, kam aber schon wieder die nächste Versuchung hoch, er schwelgte in Nostalgie, und das Wasser lief ihm im Mund zusammen. Straub sah wehmütig hin, sah aber nur noch den Rhein und den Dom hinter der Brüstung. In der Bude hatten seine Tatort-Kollegen Max Ballauf und Freddy Schenk, wie auch er, so manche Currywurst verspeist.

Die Besitzer der Imbissbude waren in diesem Jahr in Rente gegangen. Der Wagen war über 66 Jahre im Familienbesitz gewesen. Aber als die Tochter im Frühjahr mit dreiunddreißig Jahren an einem Gehirntumor verstarb, machten ihre Eltern Schluss. Ein Verkauf der Bude kam für sie nicht infrage. Das wäre ein Sakrileg gewesen. Sie beschlossen stattdessen, das Schätzchen dem Freilichtmuseum Kommern in der Eifel zu vermachen. Dort wollte Straub unbedingt bald einmal hinfahren. Es würde passen, dass es dort nichts mehr zu essen gab. Ein solcher Ausflug war gut für die Zeit seiner Diät. ...

Nach knapp zwei Wochen trat Ernüchterung ein. Die Polizei von Genk hatte die weitere Umgebung mit Drohnen überflogen und vergeblich nach einem verunfallten Pkw gesucht. Bei der gesamten belgischen Polizei waren keine sachdienlichen Informationen eingegangen. Viele behördliche Stellen waren mit der Suche betraut gewesen. Möglicherweise hatte sich keine von ihnen richtig zuständig gefühlt. Eine passgenaue Zusammenarbeit fand nicht statt, erst recht nicht mit den Behörden in der Bundesrepublik. Es blieb die Frage offen: Wo konnte etwas passiert sein? Auf dem Weg in eine unvermutete Richtung, in Genk selbst, oder auf dem Weg nach Köln? Überall gab es andere Zuständigkeiten. Der Computer im Polizeipräsidium Köln hatte selbst nach einer europaweiten Abfrage keine Ergebnisse geliefert. Auch bei der Kreispolizeibehörde waren keine Informationen zu dem Fall eingegangen. Das Bundeskriminalamt besaß nur die wenigen internen Suchvermerke – *Suchanfrage mit Foto: Wer hat die Person im Laufe der Woche von – bis – tagsüber gesehen?* – Alles blieb ohne Antwort.

Der Fall wurde immer mehr zum *Cold Case*. Dann wurde er endgültig geschlossen.

Von Nathalie Leidgens und Luc De Clercq fiel bald die Angst ab, als Täter überführt zu werden. Sie gingen wieder zum normalen Tagesablauf über. Niemand konnte ihren Besitzstand infrage stellen. Auf nichts, was sie mit der Mordtat hatten sichern wollen, mussten sie verzichten. Claudine Fontaine gab voll Widerwillen Yvette ihrer Mutter zurück. Alle, die noch Verdacht gegen Nathalie und Luc hegten, hatten lediglich die Möglichkeit, sie gesellschaftlich zu ächten. Sie weiter öffentlich als Verdächtige zu bezichtigen, brachte die Gefahr einer Klage wegen Rufschädigung mit sich. Claudine war die Einzige, die das nicht scherte. Ihre Meinung war zu festgefahren. Sie schimpfte wie ein Rohrspatz offen über den Polizeiapparat, weil er zu dämlich gewesen war, den Fall aufzuklären. Die arme Frau wurde immer bitterer und einsamer. Dass niemand gegen sie vorging, war ihrem Alter geschuldet und der Achtung und Freundschaft, die sie sich über die Jahre erworben hatte.

Die Gerechtigkeit schien im Falle Alain Leidgens auf der Strecke zu bleiben. …

Fünf Jahre danach!

Gottes Mühlen mahlen manchmal langsam, aber immer gründlich. Um diese Zeit wurden rund um den Ablageplatz der Leiche Naturdesignarbeiten durchgeführt. Das ganze Gelände war vorübergehend gesperrt. Bald traf man bei den Ausgrabungsarbeiten auf den Sack mit dem Toten. Der *Müllsack* war unversehrt und luftdicht zugeschweißt.

Da er nicht blickdicht war, konnten die Arbeiter Reste von Kleidung, Körperteile und insbesondere einen Schädel erkennen. Der Polier stoppte sofort die Arbeiten, verbot seinem Bautrupp die Stelle weiter zu betreten. Dann ging er zum Bauwagen und rief die örtliche Polizei an.

Polizeikommissar Claas De Bruin wurde informiert. Bei der Beschreibung des Fundes kam ein ungutes Gefühl in ihm auf. Er musste an den vermissten Alain Leidgens denken und beschloss zusammen mit der Spurensicherung hinzufahren.

Er ließ seine Anordnung an die Arbeiter weitergeben, keinesfalls noch etwas anzurühren.

Innerhalb einer halben Stunde waren die Beamten vor Ort. Die Männer in weißen Schutzanzügen, mit der Kapuze über den Haaren und der Maske über Mund und Nase, sahen wie Marsmenschen aus. Ihre Hände steckten in Einweggummihandschuhen, mit denen sie keine Fundstücke kontaminieren konnten. Selbst ihre Sneakers waren durch Plastiküberzüge geschützt.

Claas De Bruin ließ den Fundort mit Trassierband absperren. Der Lichtgenerator, den sie bei sich hatten, und der mit verschiedenen Lichtwellen leuchten konnte, blieb ungenutzt. Ihr Fachwissen sagte ihnen, dass Blutflecken oder Spermaspuren in der ausgegrabenen Erde nach so langer Zeit und nach den vorgenommenen Erdumwälzungen nicht mehr unter dem Speziallicht feststellbar waren.

Die Folie um den Körper war luftdicht und bei den Ausgrabungsarbeiten nicht beschädigt worden. Vom Inhalt des Sackes konnte also nichts kontaminiert worden sein.

Der Polizeikommissar traf eine erste Feststellung:

»Die illegale und besondere Ablage des Toten ist der Beleg dafür, dass er einem Gewaltverbrechen zum Opfer gefallen ist. Warum sollte er sonst von einer dritten Person hier verscharrt worden sein? Eine weitere Erkenntnis scheint mir wichtig. Zwischen Täter und Opfer muss eine Beziehung bestanden haben. Ohne die ergäbe das Verscharren des Toten keinen Sinn. Sonst hätte die Leiche irgendwo offen abgelegt werden können. Einen Hinweis auf den Täter hätte sie nicht geboten.«

Der Fundort wurde zunächst gründlich in Augenschein genommen, dann abfotografiert und zuletzt mit den behandschuhten Händen untersucht. Außerhalb des Sacks fanden sich keine weiteren Beweismittel, die zum Toten dazugehören konnten.

Den Sack zu öffnen und seinen Inhalt zu analysieren, war Aufgabe der Gerichtsmedizin. De Bruin beschloss, mit dort hinzufahren. Er versäumte nicht, die Arbeiter noch vorher aufzufordern, über den grausamen Fund Stillschweigen zu halten. »Der Leichnam gehört zu einer Gewalttat. Der Täter oder die Täter glauben sich noch unentdeckt, glauben noch an den perfekten Mord. Wir dürfen sie nicht aufschrecken, bevor wir aus den Analysen Hinweise auf sie haben, die uns erlauben, sie dingfest zu machen. Sie dürfen auch nicht in die Lage versetzt werden, vorhandene Beweismittel zu vernichten.« Der Polier trat De Bruin mit bedrohlich knurrender Stimme unterstützend zur Seite.

Der Polizeikommissar offenbarte dem Gerichtsmediziner, Dr. Simon Meunier, seinen Verdacht, dass es sich bei dem Opfer um den vor fünf Jahren vermissten Alain Leidgens handele, und begründete dies: »Außer

Alain Leidgens ist in diesen Jahren niemand in der Umgebung als vermisst gemeldet worden.«

Der Doktor erkannte sofort die Besonderheit der Situation.

Er hatte Verständnis für die Bitte des Kommissars, bei der Öffnung des Müllsacks anwesend zu sein und die Bewertungen aus erster Hand mitzuerleben. Alles hautnah zu erfahren, konnte seine Ermittlungsarbeit fördern, auf jeden Fall beschleunigen. Der Kommissar versprach dem Arzt im Gegenzug schnelle Hilfestellungen, wenn sich aus der Leichenschau zusätzliche Fragen ergäben. Sollte Alain Leidgens wirklich in den Fokus rücken, wies der Kommissar schließlich erhebliches Vorwissen auf. Dr. Meunier stimmte deshalb seiner Bitte, dabei sein zu dürfen, zu.

Der Mediziner kommentierte im Folgenden alle Untersuchungsschritte. Nach erster Revision der Leiche auf dem Seziertisch unter dem grellen Licht der Halogenlampen gab er eine Erklärung zum Allgemeinzustand des Toten ab:

»In einem Erdgrab tritt die Verwesung innerhalb von ein bis zwei Jahren ein. Das Körpergewebe löst sich auf. Die vollständige Skelettierung tritt ein. Nur Fingernägel, Haare und Sehnen brauchen länger, um zu verwesen, circa um die vier Jahre. Knochen zersetzen sich noch viel langsamer.«

Den Kommissar gruselte es. De Bruin konnte nicht verstehen, dass Simon Meunier freiwillig den Beruf eines Gerichtsmediziners ausübte. Der fuhr jedoch unbeirrt fort: »Der Leichnam, den wir hier analysieren, sollte er wirklich schon fünf Jahre verscharrt gewesen sein, zeigt ein anderes Bild. Dafür muss es Gründe geben, oder, Herr Kommissar, wir müssen Ihren Verdacht, es handele sich um Herrn Leidgens, fallen lassen. Ich kann aber Entwarnung geben, ich sehe Gründe *für den Zustand des Opfers*. Die Mikroorganismen, die für die Verwesung zuständig sind, brauchen Sauerstoff, viel Sauerstoff. Bei zu geringem Sauerstoffangebot kommt es zum Stillstand des Verwesungsprozesses. Der Leichnam verbleibt im Zustand der Fäulnis. So zeigt sich in unserem Falle die Entwicklung. Ich darf in Erinnerung rufen, das Opfer war luftdicht in einem Sack eingeschweißt.«

Der Arzt sah sich um, als niemand Fragen stellte, fuhr er fort: »Das

Opfer ist mit Sicherheit ein Mann. Es wurde bekleidet in dem Plastiksack entsorgt.« Er betrachtete die Körperreste unter dem Licht der Neonröhren lange und gründlich.

»Keiner der Knochen zeigt sich gebrochen. Es gibt keine Knochensplitter durch Einschüsse oder Spuren von Stichen. Der Schädel ist völlig unversehrt. Das Gebiss ist komplett vorhanden. Die Zähne fünf und sechs haben an der kauseitigen Fläche eine Amalgamauffüllung. Der erste Schneidezahn weist eine Einkerbung auf. Wenn wir den Zahnstatus aus der Patientenakte seines Zahnarztes in die Hände bekommen können, sind wir mit der Identifikation des Opfers ein ganzes Stück weiter. Zum Glück haben wir genug Material für eine DNA-Analyse«, meinte der Mediziner. »Die DNA von Alain Leidgens haben wir bereits in unserer Datensammlung. Wir können also einen Vergleich anstellen.« Der Kommissar versprach ihm sofort, nach dem Zahnstatus zu forschen, er wollte, entsprechend seinem Verdacht, als Erstes den Zahnarzt von Alain Leidgens in Erfahrung bringen. ...

Von den Resten der Kleidungsstücke nahm Dr. Mertens zunächst das Schuhwerk in Augenschein: »Die Schuhsohlen hatten keinen Kontakt mit dem Erdboden am Ablageort. Das Einschweißen der Leiche muss bereits an einem anderen Ort, voraussichtlich dem Tatort, erfolgt sein.«

Aus den Stofffetzen am Leib des Toten schaute eine angeschimmelte lederne Brieftasche hervor. Sie enthielt einen Personalausweis, einen Führerschein, Fahrzeugpapiere, einen Bankauszug mit einer Abbuchung von 40.000 Euro und zwei Kreditkarten. Alles war auf Alain Leidgens ausgestellt. 300 Euro in Scheinen und einige Münzen befanden sich im Geldfach. »Ein Raubmord scheint mir ausgeschlossen«, meinte der Arzt und übernahm damit schon ein Stück der Polizeiarbeit, wie De Bruin mit einem leichten Schmunzeln dachte. Dann traf der Kommissar eine genauso wichtige Feststellung: »Die Dokumente sprechen dafür, dass wir den vermissten Alain Leidgens gefunden haben. Vollständige Sicherheit haben wir jedoch noch nicht. Jemand könnte die Unterlagen dem Toten zur Täuschung beigelegt haben. Wir brauchen noch wissenschaftlich fundierte Erkenntnisse, einen gleichen Zahnstatus oder eine passende DNA zum Beispiel. Lassen Sie mich bitte wissen, wenn sich auf den Papieren und Urkunden bekannte Fingerabdrücke befinden.«

Es fand sich unter den Dingen, die in den glitschigen Überresten schwammen, eine Armbanduhr. Sie war unbeschädigt, sodass die Uhrzeit, auf der sie stehen geblieben war, nicht wie bei einer beschädigten Uhr ein Indiz für die Uhrzeit der Tat sein konnte. Der Kommissar erbat sich eine Fotografie der Uhr und versprach, mit dem Bild eine Nachforschung zu starten, wem sie gehört hatte.

Er wusste genau, wo er beginnen würde. In den ganzen fünf Jahren hatte es rund um Genk keinen Vermissten gegeben, außer Alain Leidgens. Er wollte sich also mit allen Fragen zunächst an dessen Schwester Claudine wenden. Die war, wie er wusste, heiß darauf, den Mörder des Bruders zu *überführen*.

Schon in seinem Dienstwagen benutzte er das Telefon, um mit Claudine Fontaine zu sprechen. Er erreichte sie zu Hause. Der Kommissar erklärte ihr sein Anliegen: »Wir wollen die Suche nach Ihrem Bruder nochmals aufnehmen. Dabei wollen wir auch landesweit Ärzte befragen, ob jemand bei ihnen vorstellig wurde, auf den die gleichen Daten zutreffen wie in den Patientenakten ihres Bruders hier in Genk. Können Sie uns Alains Hausarzt und seinen Zahnarzt nennen?«

Claudine war erfreut, dass die behördliche Suche nach dem Bruder weiterging. Gern gab sie dem Kommissar die Adressen auf. Der Zahnarzt Dr. Jan Mertens war dem Kommissar persönlich bekannt. Er war selbst sein Patient. Er war erleichtert, dass ihn Frau Fontaine nicht nach den Gründen der Wiederaufnahme gefragt hatte.

Ganz beiläufig sprach er auch noch die Armbanduhr an. »Die wurde gefunden und wies die DNA Ihres Bruders auf. Ich möchte Ihnen ein Foto der Uhr mailen. Melden Sie sich bitte, wenn Sie etwas zu ihr sagen können.« Kommissar De Bruin hatte Gewissensbisse wegen seiner Notlügen, aber er wollte Claudine Fontaine nicht erschüttern, bevor der Leichnam sicher als Alain Leidgens identifiziert worden war.

»Das werde ich natürlich sofort tun«, bestätigte Claudine seine Bitte mit aufgeregter Stimme.

Von der Polizeistation aus rief der Kommissar den Zahnarzt an. Er erklärte, dass er die Patientenakte benötige, um die Bestätigung zu erhalten, dass die Leiche der vermisste Alain Leidgens war. Er bat den Arzt, über die Angelegenheit nichts bekanntzugeben. Der Arzt war sehr hilfsbereit und folgte De Bruins Vorschlag, die Akte dem Polizeibediensteten Marc De Witte zu übergeben, der sich sofort auf den Weg zu ihm machte.

Kommissar De Bruin hatte selbst auf das Gaspedal getreten, um die Ermittlungsarbeiten zu beschleunigen. Die Ergebnisse kamen nun so schnell wie ein Echo: Noch vor Dienstschluss erreichte ihn ein Anruf von Dr. Meunier. Sein Bericht war von erheblicher Bedeutung: »Mein Lieber, ich werde heute nicht mehr dazu kommen, mich schriftlich zu melden, aber meine Feststellung hinsichtlich des Zahnstatus sind so eindeutig, dass Sie die heute noch wissen sollen. Das Gebiss, welches wir gefunden haben, ist mit hundertprozentiger Sicherheit von Alain Leidgens.« Das war eine weitere Bestätigung! Es stand aber noch das Ergebnis der DNA-Analyse aus. Das erschien dem Kommissar für die Identifikation nunmehr ziemlich unwichtig. Der Gerichtsmediziner fuhr fort: »Leider ergaben sich noch keine Belege für eine bestimmte Mordart. Hier untersuchen wir noch weiter, aber langsam gehen mir die Optionen aus.«

De Bruin durchfuhr trotzdem ein Triumphgefühl. Seine Annahme hatte sich bestätigt. Endlich kam er von der Stelle. Doch der Triumph flachte schnell wieder ab, denn er stand nun vor der unschönen Aufgabe, die Familienangehörigen entsprechend zu informieren. Den Zeitpunkt dafür konnte er nicht einmal selbst bestimmen, denn direkt nach dem Anruf des Mediziners meldete sich Claudine Fontaine: »Herr Kommissar, ich habe eine wichtige Information für Sie. Die Uhr auf dem Bild gehört meinem Bruder. Sie ist ein Geschenk meiner Eltern zu seinem Examen. Glauben Sie, dass diese Erkenntnis zur Aufklärung führt?«

De Bruin schwieg betroffen und dachte über eine richtige Antwort nach. Er konnte die Wahrheit nicht am Telefon sagen, aber er musste sie einleiten. »Frau Fontaine, Sie haben mir sehr geholfen. Ich möchte mit Ihnen heute noch sprechen. Ist das möglich?«

»Jederzeit, ich bin zu Hause.«

»Dann komme ich sofort vorbei.« Er machte sich mit der Hiobsbotschaft auf den Weg.

Der Kommissar klingelte an der Haustür. Claudine öffnete sie so schnell, als hätte sie bereits hinter der Türe gewartet. Ihr Blick war voller Erwartung. »Was haben Sie für mich?«, wollte sie wissen. Der Magen des Kommissars zog sich zusammen. »Lassen Sie uns bitte erst Platz nehmen«, antwortete er so ruhig wie möglich. Der Blick von Claudine wurde ängstlich, aber sie folgte seinem Vorschlag. Die beiden nahmen auf den Sesseln im Wohnzimmer Platz. De Bruin wusste, dass er Frau Fontaine nun alle Hoffnung nehmen *würde*. Alles andere wäre eine nicht zu rechtfertigende Verlängerung ihrer Qual: »Frau Fontaine, ich habe leider eine furchtbar traurige Nachricht für Sie. Wir haben Ihren Bruder tot aufgefunden. Sein Leichnam wurde im Naturreservat bei Grabungsarbeiten entdeckt. Glauben Sie mir, ich hätte viel lieber eine gute Nachricht für Sie.«

Claudine Fontaine sah ihn fassungslos an. Tränen stiegen ihr in die Augen. Aber es waren Tränen der Wut: »Also doch, dann haben ihn Nathalie und Luc De Clercq doch umgebracht. Sie müssen etwas unternehmen.«

Dieser Wutausbruch setzte dem Kommissar arg zu. Er war um Schadensbegrenzung bemüht. »Wir werden natürlich in alle Richtungen ermitteln. Aber noch ist Ihr Verdacht nicht bestätigt. Schließlich ist Ihr Bruder nach glaubhafter Zeugenaussage mit Abschluss des Gesprächs mit seiner Frau wieder fortgefahren. Zunächst gilt also für Ihre Verdächtigen noch die Unschuldsvermutung.«

»Dann haben die beiden irgendetwas getürkt. Ich weiß nicht was und wie, aber für mich steht das fest«, schrie sie förmlich heraus.

Der Kommissar bewegte seine beiden breit gefächerten Hände als Zeichen der Beschwichtigung langsam auf und ab. »Ich werde Ihre Schwägerin natürlich dazu befragen und mache mir die gleichen Gedanken wie Sie. Ich bin allerdings noch zu keinem Ergebnis gekommen. Lassen

Sie mir die notwendige Zeit. Ich werde Nathalie Leidgens morgen früh verhören und bitte Sie, sie nicht vorher zu informieren. Ich will den Vorteil nutzen, sie mit meinem neuen Wissen zu überraschen. Gefährden Sie das bitte nicht.«

Nun brach Claudine zusammen, Verzweiflung hatte die Wut vertrieben. »Es gibt keinen gerechten Gott, aber ich will tun was Sie wünschen«, stöhnte sie.

Als der Kommissar nach einigen Trostworten das Haus verließ, fühlte er sich leer und war ratlos. Aber er *würde* Nathalie am nächsten Morgen erneut in die Mangel nehmen. Für ihn waren sie und ihr Geliebter nun wieder die Verdächtigen erster Klasse. Er würde den Abend nutzen, sein Vorgehen für morgen vorzubereiten. In seinem Kopf bildete sich bereits ein vager Plan. ...

Zunächst wollte er aber am frühen Morgen die Medien informieren. Dann lag die DNA-Analyse vor. Danach konnte er eine Meldung nicht mehr hinter dem Berg halten, konnte aber das Warten bis dahin mit der Bestätigung der Analyse begründen. Er wollte die Pressestelle telefonisch ins Bild setzen, danach konnte Marc De Witte alles Weitere koordinieren. Der Kommissar wünschte sich, dass zumindest ein örtlicher Fernsehsender die Fundstelle filmte und ausstrahlte. Diese Bilder sollten bei den Verdächtigen den letzten Zweifel nehmen, dass er mit falschen Behauptungen Druck auf sie ausüben wolle. Er stellte genervt das Radio ab. Er ertrug die gute Laune des Moderators nicht mehr, außerdem beeinträchtigte die Übertragung seine Konzentrationsfähigkeit.

Als er das dritte Glas Rotwein getrunken hatte, war seine To-do-Liste für den nächsten Tag fertig:

Zunächst würde er Nathalie Leidgens aufsuchen und mit den neuen Erkenntnissen konfrontieren. Er hatte länger überdacht, ob er Luc De Clercq gleichzeitig verhören sollte, sich aber dagegen entschieden. Er wollte sie sich nacheinander vorknöpfen. Damit bestand die Möglichkeit, dass sich die beiden in wichtigen Punkten widersprachen. Vielleicht ergab sich sogar, dass einer von ihnen jede Schuld von sich wies, aber den anderen in die Pfanne hauen würde, um die eigene Haut zu retten. Das würde nach seiner Einschätzung kaum passieren, wenn sie zusammen waren.

Die Wohnungen der beiden lagen so nah beieinander, dass sie sich zwischen seinen getrennten Befragungen nicht groß absprechen konnten. Er würde sich beeilen.

Den Kontakt zur Lebensgefährtin von Alain Leidgens in Köln wollte er Claudine Fontaine überlassen. Er versprach sich von einem persönlichen Gespräch mit Sabine Kassen keine Informationen. Es ging vielmehr nur um eine Beileidsbekundung. Vielleicht würde sich diese Sicht nach den Vernehmungen von Nathalie Leidgens und Luc De Clercq ändern. ...

8:30 Uhr erschien ihm eine angemessene Zeit für seinen Besuch bei Nathalie Leidgens. Er stand vor ihrer Haustür und klingelte. Als sie die Tür aufmachte, sah er, dass er sich nicht verschätzt hatte. Sie war bereits angezogen und ordentlich zurechtgemacht. Ihre Begrüßung war äußerst unwirsch:

»Den Beginn dieses Morgens habe ich mir wirklich schöner vorgestellt. Was kann ich für Sie tun?«

Der Kommissar blieb höflich: »Ich muss nochmals mit Ihnen sprechen. Es liegen im Fall ihres Gatten neue Erkenntnisse vor. Ich bin vorbeigekommen, um Ihnen eine Vorladung ins Revier zu ersparen.«

»Dann kommen Sie herein«, erwiderte sie barsch. Sie nahmen in weitem Abstand in den Sesseln im Wohnzimmer Platz. Nathalie Leidgens sprach kein Wort, sie wartete offensichtlich, dass er damit begann. De Bruin beobachtete, ob sie irgendwelche Zeichen von Nervosität erkennen ließ, aber da war nichts. Nathalie knetete weder ihre Hände, noch war ihr Blick unstet oder ängstlich, nur bitterböse. Die Zigarettenpackung auf dem Tisch blieb unbenutzt. Aus der Küche strömte der Duft von frischem Kaffee, sie holte ihn aber nicht und bot ihm auch keinen an. Er war sichtlich unwillkommen. Vielleicht würde sich ihre Selbstsicherheit nach den neuen Informationen erschüttern lassen. Aber er war sich im Klaren: Nathalie Leidgens war wie beinharter Granit und nicht wie Sandstein.

»Nun was wollen Sie von mir? Ich kann mir Angenehmeres vorstellen, als mit Ihnen zu plaudern«, sagte sie nun doch als Erste.

Der Kommissar ging wegen ihres frechen Untertons sofort in die Vollen: »Wir haben die Leiche Ihres Mannes gefunden. Er wurde im Naturschutzgebiet verscharrt.

Das wirft Fragen auf. Sie waren die letzte Person, bei der er sich nach unserem bisherigen Ermittlungsstand lebend aufhielt.« Ihr Blick traf ihn wie Messerstiche. Sie zeigte keinerlei Betroffenheit.

»Zu meiner Person ist doch alles gesagt. Mein Mann ist von hier gesund und munter fortgefahren. Dafür gibt es eine Zeugin. Ihre Nachricht belastet mich nicht, sie erschüttert mich nur. Ich glaubte, Alain habe wegen seines Doppellebens eine Auszeit genommen und würde irgendwann wieder auftauchen. Warum wollen Sie mich also quälen?«

»Bleiben Sie entspannt.«

»Ich bin entspannt. Mein zweiter Vorname ist Entspannt!«, fuhr sie ihn an.

»Frau Leidgens, ich *muss* aufgrund der neuen Erkenntnisse, die Ermittlung wieder aufnehmen. Alle bisherigen Überlegungen gehören nochmals überdacht. Dabei muss zweifelsfrei geklärt werden, dass die Zeugin sich nicht geirrt hat. Alternativ kommen Überlegungen zum Tragen, wer aus der Region Ihren Mann verfolgt und getötet haben könnte. Dass ein Mord geschah, ist nun sicher. Denn selbst hat sich Ihr Ehemann nicht verscharrt. Hatte er irgendwelche Feinde?«

»Ich kenne keine Feinde. Alain war allseits beliebt. Außerdem bin ich kein Ermittler, Herr Kommissar, ich möchte und kann nicht beurteilen, was Sie nun tun müssen. Eines weiß ich allerdings bestimmt: Ich kann Ihnen dabei nicht helfen. Bitte sehen Sie das ein, und lassen Sie mich in meiner Trauer allein.«

In De Bruin stieg Wut hoch. Er konnte sie nur schwer verbergen. Nun spielte diese Frau auch noch die trauernde Witwe! Die Hoffnung auf eine schnelle Aufklärung des Falls, der nun fünf Jahre in Köln und Genk geschwelt hatte, war ihm vergangen. Die neuen Tatsachen schienen wirkungslos zu verpuffen. In Wahrheit war er von der Auflösung des Verbrechens noch so weit entfernt wie die Erde vom Mars. Aber im Nachhinein war man immer klüger! Er verabschiedete sich kühl von Frau Leidgens und machte sich auf den Weg zu Luc De Clercq.

Luc De Clercq *öffnete auf sein Klingeln hin nicht die Tür.* Eine Nachbarin sah des Kommissars Bemühen und rief ihm zu: »Luc hat gerade in rasantem Tempo das Haus verlassen. Er musste wohl irgendwo eilig hin.« De Bruin fand für sich schnell den Grund dafür: Der Abstand zwischen seinem Weggehen bei Nathalie Leidgens und seinem Klingeln bei Luc De Clercq hatte zwar bestimmt nicht für eine Abstimmung untereinander gereicht, aber sehr wohl für eine Warnung. Für ihn war Luc De Clercq das schwächere Glied der beiden. Hatte ihn etwa Panik ergriffen? Dann wäre er mit seinem Bemühen doch ein Stück weitergekommen. Er musste das Eisen schmieden, solange es heiß war. Er rief im Revier an und ordnete zwei Maßnahmen an: In De Clercqs Briefkasten sollte sofort eine Vorladung geworfen werden. Darin war er aufzufordern, so schnell als möglich ins Revier zu kommen. Außerdem sollten alle Streifenwagen angehalten werden, nach ihm Ausschau zu halten. »Wenn eine Streife ihn findet, soll sie ihn ins Revier eskortieren«, ergänzte er seine Anweisungen.

Der Kommissar erhielt bei diesem Gespräch zwei Informationen, die ihn etwas zuversichtlicher stimmten: Der Fernsehsender TV Belgie hatte am Fundort der Leiche einen kurzen Film gedreht, und der erschien nun jeweils in den Kurznachrichten.

Alle anderen Medien hatten inzwischen den Bericht der Polizeipressestelle in Artikel umgesetzt. Der Aufhänger für die späte Bekanntgabe des Leichenfunds, man habe das Ergebnis der DNA-Analyse abgewartet, also, bis zur Sicherheit, dass es sich bei dem Toten um den Genker Bürger Alain Leidgens gehandelt habe, wurde von den Medien nicht nur akzeptiert, sondern meist übernommen. Auch die übliche Floskel: Wir ermitteln in diesem Mordfall nun in alle Richtungen, wurde vielfach abgedruckt. Sie hörte sich doch so professionell an!

Die Pressestelle bestätigte auch eine Anfrage der Deutschen Presse-Agentur. Die daraus resultierenden Meldungen in Deutschland fielen so kurz aus, dass Sabine Kassen sie übersah. Aber sie war schon durch Claudine Fontaine informiert und trauerte im Schockzustand.

Der Kommissar parkte zum Ende des Telefonats am Straßenrand, öffnete sein Seitenfenster und schaute ein wenig zufriedener hinaus. In den Bäumen der Stichstraße tummelten sich viele Vögel. Ihr Gesang hob seine Laune noch mehr und ließ Zuversicht aufkommen: »Ich werde die Mörder überführen!«, sprach er vor sich hin.

Der Tag ging ohne weitere Vorkommnisse zu Ende. Insbesondere wurde Luc De Clercq nicht gefunden. De Bruin fühlte sich sehr erschöpft und fuhr relativ früh nach Hause. Er brauchte eine gehörige Mütze Schlaf. Die dabei gewonnene neue Kraft verbrauchte er bereits weitgehend, als er am nächsten Morgen in der Zeitung folgenden Meldung las:

Seinen schweren Verletzungen erlegen ist in der Nacht von Freitag auf Samstag der Genker Bürger Luc de C.

Nach Angaben der Polizei war er auf der N75 von Bokrijk in Richtung Genk unterwegs, als es gegen 21:30 Uhr zu einem folgenschweren Unfall kam. In einer Rechtskurve verlor der Genker die Kontrolle über seinen alten Ford Focus und kam von der Straße ab. Der Wagen überschlug sich mehrmals. Minutenlang blieb Luc de C. in den Trümmern seines Pkws eingeklemmt. Alarmierte Rettungskräfte versorgten ihn zwar, doch ihre Hilfe kam zu spät: Luc de C. starb noch am Unfallort. Er war im Zusammenhang mit dem Mord an A. L. gesucht. Das Mordopfer galt fünf Jahre als vermisst, bevor man es bei Baumaßnahmen im Naturschutzgebiet verscharrt fand. Wir berichteten gestern ausführlich darüber.

Die amtsärztliche Untersuchung von Luc de C. ergab, dass er zum Unfallzeitpunkt unter Alkohol stand. Er hatte 1,8 Promille im Blut und war absolut fahruntüchtig. Luc de C. hatte die Aufforderung der Polizei nicht befolgt, für eine Befragung auf dem Revier zu erscheinen. Die belgische Nachrichtenagentur Belga mutmaßte, dass er sich beim Unfallzeitpunkt auf der Flucht befand. Sie beruft sich auf informierte Kreise. Die Ermittlungen zu einer möglichen Mordbeteiligung gehen weiter. ...

De Bruin war sehr erregt. Das schwächste Glied in der Kette seiner zwei Verdächtigten war weggefallen. Er hatte nicht die gleich starken Nerven wie Nathalie Leidgens gehabt, nun konnte er nicht mehr befragt werden. Aber vielleicht erschloss diese Entwicklung viel bessere Möglichkeiten, kam ihm in den Sinn. Die Verdachtsgründe lagen unverändert vor und rechtfertigten seiner Meinung nach eine Hausdurchsuchung bei dem Toten. Er wollte sich bei der Staatsanwaltschaft sofort darum bemühen. Es schien ihm das probate Mittel zur Beschaffung von Beweismitteln.

Der Staatsanwalt ließ sich von seiner Argumentation überzeugen. Er wünschte sich, genau wie er, einen Ermittlungserfolg. Zudem war Luc De Clercq ohne jeden lebenden Anverwandten. Gegen die Hausdurchsuchung gab es keinen Widerspruch. Der Staatsanwalt gab dem Gesuch des Kommissars statt, er wollte sogar bei der Durchsuchung anwesend sein.

De Bruin wollte ebenfalls dabei sein. Ein Ermittlungserfolg schien nun nur noch auf Basis von Indizien möglich. Verhöre hatten merklich an Bedeutung verloren, Indizien, Deduktion sowie sachdienliches Vorgehen waren angesagt. Viele Indizien würden nach fünf vergangenen Jahren sowieso verloren sein. Bei dieser Beweisnot durfte nichts übersehen werden. Man musste gründlich vorgehen. Dafür wollte er selbst die Verantwortung tragen. …

Der Kommissar bestand darauf, dass die Spurensucher mit all ihren Spezialisten zugegen waren. Wenn überhaupt, war Alain Leidgens sicher höchst selten in der Wohnung des Verunfallten gewesen. Er hatte mit Luc De Clercq nach allen Aussagen ein »Unverhältnis« gehabt. Da zumindest DNA-Spuren leicht fünf Jahre überstanden, ließ er sie überall in der Wohnung suchen. Die Spezialisten rückten schon am frühen Nachmittag zu sechs Personen an.

Die Wohnung war mit drei Zimmern recht klein. In ihr gab es nicht viel zu durchsuchen, sie war spartanisch eingerichtet. Der Kommissar überprüfte zunächst den Flur. In einem offenen Schlüsselkasten inspizierte er, ohne sie zu berühren, jeden Schlüssel. Einige von ihnen waren an

Anhängern beschriftet. Als er auf das Wort *Garagenschlüssel* stieß, rief er den anderen zu: »Der Tote hatte eine Garage. Die dürfen wir nicht vergessen.« Ein anderer Schlüssel sah wie ein Safeschlüssel aus. Zu ihm mussten sie nun den passenden Safe suchen. Vielleicht enthielt der belastende Dokumente. Die anderen Schlüssel erschienen ihm unverdächtig.

Im Wohnzimmer fanden sie den Wandsafe hinter einem Ölbild, auf dem eine Schafsherde im Naturreservat graste. Der Schlüssel passte perfekt in das Schloss des Safes. Man brauchte keinen Code. »Wie kann man nur so leichtsinnig mit den Sicherungsmöglichkeiten umgehen«, ereiferte sich De Bruin. Im Inneren des Tresors erzielte das Ermittlerteam den ersten Erfolg: Dort lag ein Umschlag, der in großen Scheinen 40.000 Euro enthielt. Eine vage Erinnerung kam im Gehirn des Kommissars hoch. Hatte Nathalie Leidgens nicht genau 40.000 Euro abgehoben? Lag hier vielleicht die Bezahlung für Luc De Clercqs Mittäterschaft? Er fühlte, seine Gedanken gingen in die richtige Richtung, aber sie waren längst noch nicht bewiesen. »Die Geldscheine *müssen* sofort auf Fingerabdrücke untersucht werden«, verlangte er. »Wir müssen wissen, durch welche Hände sie gingen. Vielleicht zeigt uns das, wofür sie gegeben wurden.« Die Beamten wussten noch nicht, welch wichtige Spur sie gefunden hatten.

Auf dem kleinen Schreibtisch in der Ecke des Raums stand ein Laptop. Er wurde sofort vereinnahmt. Eine kurze Überprüfung eines Profis brachte das Gesicht des Kommissars zum Strahlen: Das Passwort war auf der Unterseite auf einem Aufkleber notiert. Die Auswertung der Dateien konnte schnell beginnen. DNA-Spuren vom Mordopfer fanden sich jedoch nirgendwo. Das konnte bedeuten, dass Alain Leidgens niemals in dieser Wohnung war.

Zum Schluss inspizierten sie die Garage. Als der Suchtrupp sie gerade wieder verlassen wollte, hielt der Kommissar die Männer auf. An der Frontwand stand ein alter Spaten und daneben lag eine Stablampe. »Zumindest der Spaten erscheint mir hier fehl am Platz, meine Herren. Luc De Clercq hatte gar keinen Zugang zu einem Garten. Wozu also ein Spaten? Möglicherweise sind die beiden Dinge von woanders her und nicht zurückgegeben worden?«, erklärte er den Beamten. Er hatte für sich selbst schon eine passende Geschichte dazu vor Augen.

Nun galt es, die gefundenen Indizien auszuwerten. Der Kommissar nahm sich den Laptop vor und verlangte von Marc De Witte, dass er ihm assistierte. Der Polizeibedienstete war besonders firm in IT-Angelegenheiten. Sie begannen mit dem Verlauf der Google-Suche. Dort hatten sie den größten Treffer. Irgendjemand hatte mehrfach nach K.-o.-Tropfen und ihrer Wirkung gegoogelt. Genauso oft hatte er nach einer Mordart gesucht, die möglichst wenig Spuren hinterließ. Er war dabei auf Ersticken gestoßen und hatte nach der effektivsten Methode geforscht. Schließlich war er bei der Burke-Methode gelandet. Die konnte durchaus die Mordart sein. Unter Entsorgung eines alten PKWs fanden sie ebenfalls mehrere Ratschläge und zuletzt sogar eine Kontaktstelle in Genk. Der Kommissar führte seine Schlussfolgerungen zusammen: »Durch die einzelnen Links zeichnet sich die Art und Weise des Mords und das Vorgehen des Mörders folgerichtig ab. Der Mörder oder die Mörderin hat dem Opfer die K.-o.-Tropfen unbemerkt verabreicht, wahrscheinlich in einem Getränk. Als das Opfer leblos war, wandte man die Burke-Methode an. Die Tropfen gab es rezeptfrei in einer bestimmten Genker Disco unter dem Tisch. Das war polizeibekannt, wenn auch bisher nicht bewiesen. In jedem *überprüften* Fall hatte Aussage gegen Aussage gestanden. Hier werden wir nochmals nachforschen.«

Zu Entsorgung eines alten PKWs trafen die beiden Beamten auf Links über die Problematik, einen Wagen ohne Nachweis seiner Abmeldung sowie der Kfz-Papiere zu entsorgen. Das war, wie sie wussten, strafbar und wurde von keinem seriösen Verschrottungsunternehmen erledigt. Man brauchte einen unseriösen Helfer an seiner Seite. Den zu finden, half die gründliche Durchsicht aller Dateien. In Luc De Clercqs Telefonregister fand sich ein passender Name nebst Telefonnummer: Toby Vanaken, Unternehmer für Kfz-Verwertung in Genk! Den wollten sie sich sofort vornehmen.

Um die Bewandtnis des Spatens in der Garage zu klären, und um die Theorie des Kommissars zu bestätigen, brauchten sie Zugang zur Garage Leidgens. De Bruin vermutete stark, dass Luc das Gerät von dort mitgenommen hatte, als er den Toten aus der Garage fuhr. Danach hatte er versäumt, es wieder zurückzubringen. Wahrscheinlich war er im Gefühl, auf der sicheren Seite zu sein, einfach leichtsinnig geworden. Seine plausible Gedankenkette brachte De Bruin auf eine weitere Idee: **Luc** hatte beim Abtransport der Leiche Alains Baseballcap getragen und damit im Dunkeln die Zeugin getäuscht! Zum ersten Mal schien nun alles sehr klar. Sie mussten nur noch an Feinheiten arbeiten, um einen Haftbefehl gegen Nathalie Leidgens zu rechtfertigen.

»Ihr Motiv war Habgier, sie wollte mit aller Macht um ihren Besitzstand kämpfen«, erklärte der Kommissar voller Überzeugung dem jungen Polizeibediensteten. »Wer die Vorarbeiten zum Mord gegoogelt hat, erscheint mir eigentlich unerheblich. Ich halte Nathalie Leidgens allerdings für gewitzt genug, dass in den Räumen ihres Geliebten getan zu haben, damit in ihrem Haus keine Spuren gefunden wurden. Hier würde man schließlich am ehesten danach suchen. Wenn sie bei Luc gefunden würden, belasteten sie zunächst nur ihn. Schließlich galten für ihn die gleichen Motive wie für sie. Er wollte seinen Müßiggang bewahren und weiter auf Nathalies bzw. Alains Tasche leben. Dafür traue ich ihm die Tat zu, seine Mithilfe daran ist jetzt schon bewiesen. Nathalie hatte meines Erachtens die Rechnung ohne den Wirt gemacht. Der tote Alain wurde aus dem Haus Leidgens fortgefahren. Dort muss der Mord passiert sein. Dort hatte Alain die Aussprache gesucht und nach der langen Fahrt sicherlich auch etwas getrunken. Ich gehe fest davon aus, dass seine Frau ihm das Gift verabreichte und ihm den Erstickungstod zufügte. Für mich ist sie die Mörderin und Luc De Clercq der Mittäter.«

De Witte sah ihn ehrfürchtig an. Der Rundschluss seines Chefs schien ihm eine echte Beweisführung. »So wird es gewesen sein. Ich habe keinen Zweifel«, sagte er mit Respekt in der Stimme. Ein Anruf unterbrach den Wortwechsel der beiden.

Die Fingerabdrücke auf den Geldscheinen waren ausgewertet. Das Ergebnis schlug wie eine Bombe ein. Neben Abdrücken von Luc De Clercq fanden sich welche von Nathalie Leidgens. Daneben waren noch zwei andere Lieferanten von Abdrücken festgestellt worden. Sie wurden bisher nicht identifiziert. De Bruin hatte eine Idee: »Klärt bitte umgehend, wer in der Bank den Betrag ausgezahlt hat. Vielleicht steht der für diese Abdrücke.« Er sollte mit seiner Ahnung Recht haben.

Der dornige Weg bis zum Urteil

Der Kommissar sah sich nunmehr in der Lage, auch bei Nathalie Leidgens eine Hausdurchsuchung zu beantragen. Schon ein Anfangsverdacht war ausreichend, da hatte er mehr an der Hand. Er argumentierte zusätzlich mit Gefahr im Verzug. Er behauptete, es bestünde Fluchtgefahr. Eine Anweisung, sich zu bestimmten Zeiten beim Richter, der Strafverfolgungsbehörde oder einer von ihnen bestimmten Dienststelle zu melden, war als Sicherheit nicht genügend. Warum sollte nur Luc De Clercq nach erdrückender Beweislast fliehen? Auch gegen Nathalie Leidgens häuften sich inzwischen die Indizien in solchem Maße, dass sie durchaus beschließen konnte, vor den sich daraus ergebenden Folgen zu flüchten.

Mit seiner Kausalkette überzeugte er ebenfalls Staatsanwaltschaft und Richter. Zulässig war eine Durchsuchung schließlich bereits dann, wenn nur eine *Vermutung* bestand, dass sie zur Sicherung von Beweismitteln führte, und da versprach sich der Kommissar doch einiges. Deshalb bekam er das Recht zur Ermittlungsdurchsuchung. Die sollte am nächsten frühen Morgen stattfinden. In der Nachtzeit durften keine Durchsuchungen stattfinden, vorher war sie aber am laufenden Tag nicht mehr zu organisieren.

Nathalie Leidgens öffnete noch im Morgenmantel die Tür.

Sie zog voll Erstaunen die Augenbrauen in die Höhe, als sie die Vielzahl der Beamten dort warten sah. Der Kommissar zeigte ihr den richterlichen Durchsuchungsbeschluss. Strafvorwurf war Mord oder Mittäterschaft am Mord von Alain Leidgens, es bestand Verdunkelungsgefahr.

Neben der Wohnung durfte die Garage und der Garten untersucht werden. Bei einer Durchsuchung am Körper der Beschuldigten durften sogar die natürlichen Körperöffnungen wie Mundhöhle, After und Vagina inspiziert werden. Da vorgesehen war, nach der Untersuchung Frau Leidgens in Gewahrsam zu nehmen, hatte man verzichtet, sich darauf vorzubereiten. Es war keine Beamtin mit anwesend.

Natalie Leidgens zeigte keinerlei Schuldbewusstsein. Es ging sogar ein verächtliches Lächeln über ihr Gesicht. Aber sie widersetzte sich der Untersuchung nicht. Sie ließ alles wortlos über sich ergehen, doch wenn Blicke hätten töten können, dann wäre dies bestimmt passiert.

Kommissar De Bruin sollte mit seiner Vermutung Recht behalten, dass sich in der Wohnung noch einige Beweismittel auffinden ließen: In der Medikamentenschublade des Küchenschranks fand man die Flasche mit den K.-o.-Tropfen Flunitrazepam. In der Garage fehlte ein Spaten. Die Aufhängung für ihn zwischen den anderen Gartengeräten war leer. Die Geräte hatten die gleichen Aufkleber des Gartencenters, in dem sie gekauft wurden, wie der Spaten, der bei Luc De Clercq gefunden worden war. Der gehörte folgerichtig hierher.

Im Tresor oder anderen Orts fand sich auch kein Geldbetrag von bis zu 40.000 Euro, den Frau Leidgens aber nachweislich bei der Bank abgehoben hatte. Dieser Umstand bestätigte zusätzlich, wie die Fingerabdrücke, dass Frau Leidgens den Betrag an ihren Geliebten weitergegeben hatte, mutmaßlich, um ihm die Beihilfe zur Tat zu versüßen.

Ihr Mobiltelefon wurde beschlagnahmt. Die Gesprächsverläufe sollten ausgewertet werden, genau wie die der Standleitung. Schnell war nachgewiesen, dass Frau Leidgens direkt nach ihrem Verhör ihren Geliebten angerufen hatte. Auf dem Anrufbeantworter fanden sich allerdings keine unabgehörten Nachrichten. Die nun möglichen Schlussfolgerungen waren genügend, um Frau Leidgens in Untersuchungshaft zu nehmen:

Frau Leidgens hatte als letzte bekannte Person mit ihrem Mann in dieser Wohnung ein Gespräch geführt. Von der Garage aus ist dessen Wagen wieder fortgefahren.

Die K.-o.-Tropfen, die in der Wohnung aufgefunden worden waren, legten nahe, dass aus dieser Wohnung von Frau Leidgens der Mord durchgeführt wurde, wie er sich aus den Suchaufträgen auf dem Laptop Luc De Clercqs ergab.

Dass der Fahrer, der aus der Garage fuhr, Luc De Clercq gewesen war, bestätigte seine Fahrt zum Ablageort der Leiche und später zur Entsorgung des Pkw. Die Zeugin, die glaubte, Alain Leidgens gesehen zu haben, wurde mit Alains Baseballcap auf Luc De Clercqs Kopf in der Dunkelheit getäuscht. …

In den nächsten Wochen erfolgten mehrere langwierige Verhöre. Die Mahnung des Kommissars: »Hören Sie auf zu lügen. Sagen Sie die Wahrheit. Sie werden sehen, Wahrheit befreit, und sie wird Ihnen auch vor Gericht positiv angerechnet werden«, verhallte ungehört. Dass Nathalie aufgeben und gestehen würde, erreichte er nicht. »Deren Seele ist mehr als vernarbt«, befand De Bruin deprimiert. Eine Faust in der Tasche blieb zurück.

Schließlich ging man mit der eindeutigen Indizienkette vor Gericht. Auch ohne Geständnis der Angeklagten lautete das Urteil auf lebenslange Haft.

»Wir müssen uns wohl damit abfinden, dass Ermittlungen nicht immer gradlinig verlaufen«, erklärte der Polizeisprecher dazu schmallippig.

»Die Angeklagte ist zweifellos eine beeindruckende Frau«, erklärte der Richter später im kleinen Kreis. »Tatkräftig, eine Macherin, die nicht mit dem silbernen Löffel im Mund zur Welt gekommen ist, sich immer durchsetzen musste, deshalb aber auch keinerlei Skrupel kannte.«

Sabine Kassens Trauer

Fünf Jahre wusste Sabine nicht, was mit Alain passiert war. Jeden Abend stellte sie eine Kerze ins Fenster und betete für ihn. Kaum zuvor hatte sie gebetet.

Mit der Aufklärung des Falles fand sie ein bisschen Frieden. Schuld und Mitschuld wurden gerichtlich personifiziert.

Die Mörderin und ihr Komplize bekamen für Sabine die vermuteten Namen. Sie hatte mit Alain die Liebe ihres Lebens verloren. Alain lebte ein viel zu kurzes Leben. Immer noch haderte sie mit sich selbst. Ohne die Liebe zu ihr würde Alain noch leben. Die Einladung von Claudine Fontaine zu seiner Bestattung nahm sie nicht wahr.

Ein gewisser Trost blieb ihr zum Schluss: Ihre Liebe hatte zwar Alains Leben Tage genommen, aber seinen Tagen Leben gegeben. ...

Personenverzeichnis

Adenauer, Konrad, Oberbürgermeister von Köln (reale Person)

Arlef, Karl, Kfz-Ingenieur, Entwicklungszentrum Ford Köln

Coninck, Monica De, belgische Arbeitsministerin (reale Person)

Cross, Henry, Kfz-Ingenieur internationale Zusammenarbeit, Entwicklungszentrum Ford Köln

De Bruin, Claas, Polizeikommissar Lokale Politie, Genk

De Clercq, Luc, Nachbar der Familie Leidgens in Genk

Dendoncker, Henk, Chef von Alain Leidgens bei Ford Genk

De Witte, Marc, Polizeibediensteter Lokale Politie, Genk

Dries, Wim, Bürgermeister von Genk (reale Person)

Fontaine, Bruno, Verwaltungsbeamter der Stadt Genk

Fontaine, Claudine, Ehefrau von Bruno, Schwester von Alain Leidgens

Ford, Bill, Urenkel von Henry Ford, Leiter der Ford-Werke USA (reale Person)

Ford, Henry, Gründer der Ford-Werke in Detroit (reale Person)

Jansen, Marianne, Ehefrau von Olaf Jansen

Jansen, Olaf, Hauptkommissar in Köln

Körner, Professor Edmund, Architekt der Kölner Ford-Werke (reale Person)

Leidgens, Alain, Elektroingenieur, Ford Genk später Ford Köln, Sohn von Freddy Leidgens

Leidgens, Freddy, Autobauer Ford Genk

Leidgens, Michelle, Ehefrau von Freddy

Leidgens, Nathalie, geborene Bogaert, Ehefrau von Alain

Leidgens,

Yvette, Tochter von Alain und Nathalie Leidgens

Kassen, Sabine, Sprachlehrerin und Geliebte von Alain Leidgens in Köln

Kassen, Ulla, Tochter von Sabine Kassen

Kleefuß, Kai, Reporter beim Kölner Stadtanzeiger

Klein, Gerd, Personalchef Ford Köln

Lauda, Niki, *österreichischer Automobilrennfahrer* (reale Person)

Meister, Klaus, Kriminalkommissar, *Köln*

Mertens, Dr. Jan, Zahnarzt, Genk

Meunier, Dr. Simon, Gerichtsmediziner, Genk

Miller, John, Motorenentwickler, Entwicklungszentrum Ford Köln

Müller, Josef, Assistent des Personalchefs, Ford Köln

Nagel, Erwin, IT-Spezialist, Entwicklungszentrum Ford Köln

Öpen, Christian, Elektroingenieur, Entwicklungszentrum Ford Köln

Prenen, Luc, Gewerkschaftsführer der ACV Union (reale Person)

Rupo, Elio di, belgischer Ministerpräsident (reale Person)

Schenk, Freddy, Kommissar in der Kölner Tatort Sendung

Schrijver, Ruud, Polizeihauptinspektor Federale Politie

Straub, Wilfried, Kriminalobermeister, *Köln*

Vanaken, Toby, Unternehmer für Kfz-Verwertung, Genk

Van der Elst, Adriaan, Polizeibediensteter Federale Politie

Van Huffel, Pieter, niederländischer Chef von Alain Leidgens, Ford Köln

Literaturverzeichnis

Als erster Automobilhersteller verwendet Ford extrahiertes CO_2 bei der Entwicklung von Schaum- und Kunststoffen, FAPU Fachmagazin für die Polyurethanindustrie, 7.8.2016

Bauchaortenaneurysma, Cardio guide (digital)

Beginn einer Kölner Erfolgsgeschichte: Vor 90 Jahren legen Henry Ford und Konrad Adenauer den Grundstein für Ford-Werke am Rhein, Ford Presse-Information, 1.10.2020

Belgier randalieren bei Ford in Köln, Manager Magazin, 7.11.2012

Belgisches Ford-Werk vor dem Aus, Auto Bild, 24.10.2012

Bericht: Ford will Werk in Genk dichtmachen, Autohaus, 23.10.2012

Bigalke, Silke, Ford geht, das Land leidet, Süddeutsche Zeitung, 27.10.2012

Böhling, Susanne, Raus aus der Blechbüchse, Westdeutsche Zeitung, 27.7.2012

Christ, Tobias, 50 Jahre Ford-Entwicklungszentrum, Wo der Fiesta Fahren lernte, Kölner Stadtanzeiger, 22.6.2018

Daimler Truck und CATL entwickeln »hochmoderne« Batterien für Elektro-Lkw, ecomento.de, 21.5.2021

Daimler Truck und Shell treiben Aufbau von Wasserstoff-Tankinfrastruktur in Europa voran, ecomento.de, 20.5.2021

Das Ford Cologne Electrification Center, (www.ford.de/ueber-ford/highlights-aktuelles/electrification-center)

Das Ford-Jahrhundert, Tehabi Books 2001

Das halbe Jahrhundert ist voll: vor 50 Jahren zeigte der Ford Capri, was ein wahrer Volkssportler ist, Ford Media Center Köln, 20.2.2019

Elph, Philipp, Der Mörder und seine Leiche(n) – oder: alte Methoden und neue Art der Leichenbeseitigung, KrimiLese, 20.3.2017

Ford: belgische Arbeiter stürmen Kölner Werk des Autobauers, AFP, dpa, t-online.de, dapd, 19.11.2012

Ford erkauft sich Werksschließung, WirtschaftsWoche, 20.3.2013

Ford 5,8 Milliarden Dollar Quartalsverlust, manager-magazin.de mit Material von reuters, 23.10.2006

Ford schließt belgischen Standort Genk, Spiegel Wirtschaft (digital), 24.10.2012

Ford verdreifacht Flotte autonomer Entwicklungs-Fahrzeuge, Sensor- und Software-Tests werden erweitert, Ford-Werke GmbH Presseportal, 5.1.2016

Ford-Werke Genk – »unser« Produktionswerk – ein Nachruf, Mondeo Community, 29.1.2015

Ford-Werksjubiläum: vor 90 Jahren beginnt Kölner Erfolgsgeschichte mit der Grundsteinlegung der Ford-Werke, Ford Media Center Köln, 1.10.2020

Ford will mit Partnern nachhaltige E-Motoren in NRW entwickeln, electrive.net, Branchendienst für Elektromobilität, 6.5.2021

Ford zahlt 146.000 Euro Abfindung pro Mitarbeiter, Welt Wirtschaft, 20.3.2013

Fraunhofer-Forscher optimieren Wechselrichter für mehr E-Auto-Reichweite, ecomento.de, 11.5.2021

Frings, Christian, Ford Genk das nächste Industriedenkmal ... Oder Auftakt der Kämpfe in der Krise 2013/14?, Express 26. 11.2012

Gaertner, Christian, Wer am falschen Ende spart, fährt schnell ins Abseits, DIE WELT, 28.8.2003

Geheimvertrag 20. Januar 1930: Vertrag zwischen der Stadt Köln und der Ford Motor Company, www.konrad-adenauer.de/quellen/weitere-dokumente/1930-01-20-vertrag-ford

Genk: Ford Arbeiter, die in Frührente gehen, klagen, VRT Nachrichten Plus/Themen, 21.3.2013

144.000 Euro Abfindung für Ford Arbeiter, Manager Magazin, 20.3.2013

Harloff, Thomas, MEB-Ford wird in Köln gebaut, auto-motor-und-sport, 30.11.2020

Helmers, Prof. Dr. Eckard, die Modellentwicklung in der deutschen Autoindustrie: Gewicht contra Effizienz, Gutachten Trier, 9.9.2015

Jaguar zeigt den F-TYPE, einen zweisitzigen Sportwagen mit Heckantrieb, allgemeine Autonews, 26.9.2012

Job, Bertram, Strijdbaar in Limburg, TagesWoche, 2.10.2012

Köln Ford-Werke, Rheinische Industriekultur, Texte und Dokumente, Ausdruck 28.3.2021

[Kurz erklärt] Wie funktioniert ein Brennstoffzellenfahrzeug?, Zukunft Mobilität, 16.8.2014

Mauerer, Gerhard, »Robutt« hilft Ford bei Sitzentwicklung: Roboter simuliert Gesäß nassgeschwitzter Autofahrer, Automobilwoche, 8.1.2019

Meckert, Philipp J., Ford-Krise! Was machen die Kölner falsch?, Express, 25.11.2012

Mergl, Christian, Entwicklung eines Verfahrens zur Optimierung des Sitzkomforts auf Automobilsitzen, Dissertation bei der Technischen Universität München (durch die Fakultät für Maschinenwesen am 6.4.2006 angenommen)

Meyer, Oliver, Rust, Carsten, Aufstand bei Ford, Belgier: »Wir wollten unsere Kölner Kollegen warnen«, Express, 7.11.2012

Mnich, Stefanie (Interview von Prof. Dr. Birgitta Sticher), »Wenn eine Frau ihren Partner tötet, empfindet sie es oft als Befreiungsschlag«, rbb Fernsehen Täter | Opfer | Polizei, 6.6.2021

Müller, Carsten, MdB, Wasserstoff – die Potentiale für morgen schon heute nutzbar machen, Stiftung Energie & Klimaschutz, 19.2.2020

Photovoltaik-Straßenbelag: China baut Solarautobahn, futurezone, 23.12.2017

Pusch, Hendrik, Proteste bei Ford Streik auf »Belgisch« ist bei uns strafbar, Express, 21.10.2014

Sager, Gesche, Henry Ford und die Nazis der Diktator von Detroit, der Spiegel 29.7.2008

Schließung des Ford-Werkes in Genk 2014, www.labournet.de, 7.11.2014

Schulz, Corinna, Ford forscht an E-Motoren, Kölner Stadtanzeiger, 7.5.2021

Schwarzer, Christoph M., Das feste Versprechen 30 Prozent mehr Reichweite für E-Autos, doppelt so schnell aufladen – das soll eine neue Zellchemie ermöglichen. Wann ist es so weit?, Zeit Online, 13.5.2021

Siering, Friedemann, Ford Schließung in Genk: ein makabrer Zeitpunkt, Kölner Stadtanzeiger, 24.10.2012

Sigel, Mira, Kommentar: Mörderische Frauen – oder: morden Frauen anders?, verbrechen Archives – Die Störenfriedas, 1.3.2016

Steveker, Hermann, Ford in der Krise: Falsche Modellpolitik, zu hohe Kosten, Kölnische Rundschau, 3.10.2003

Vor 75 Jahren legten Henry Ford und Konrad Adenauer Grundstein für Kölner Ford-Werk, Presseportal Ford, 30.9.2005

Wiener, Norbert, Kybernetik. Regelung und Nachrichtenübertragung im Lebewesen und in der Maschine. Econ-Verlag, 2. Aufl. 1963

Wikipedia, Audi Brussels

Wikipedia, Ford Kinetic Design

Wikipedia, Genk

Wikipedia, Jacky Ickx

Wikipedia, K.-o.-Tropfen

Wikipedia, Ford S-MAX

Wikipedia, Vlaams Blok

Wikipedia, Volvo Cars Gent

Wikipedia, Yvette Fontaine

Wittich, Holger, FORD EUROPA IN DER KRISE?, Automotor Sport, 7.8.2018

»Wurstbraterei« aus Kölner »Tatort« kommt ins Museum, koeln.de, 17.7.2020

Zacharakis, Zacharias, Grüner Wasserstoff: Der H2-Hype, Zeit Online, 5.5.2021